涼宮春日的陰謀

谷川流

福往内———！
福往内————!!

……妳、妳怎麼會在這裡？
妳要做什麼？

朝比奈學姊驚訝地眨了眨眼睛。

吃。

好……
開麥拉！
涼宮春日的陰謀
谷川流&いとうのいぢ

用餐時有長門和
朝比奈學姊等
秀色當前，
也算是別具風味。

涼宮春日的陰謀

谷川流

涼宮春日的陰謀

CONTENTS

封面、內文插畫／いとうのいぢ

序曲

涼宮春日乖得出奇。

她看起來並不憂鬱，也沒有嘆息連連，坦白說也沒有煩悶的樣子；可是近來，她渾身散發那股奇妙的靜謐感，以及不明就裡的溫順，更是讓我心頭直發毛。

當然，那不是單純物理上的靜止，也不是情緒上的沉靜。只不過那難移的本性起了點小小的變化，小到連春日自己都沒有起疑。基本上來說，那女人要是真的轉性，到時受苦受難的又是我，不趁現在趕緊矯正過來怎麼行。可是……該怎麼說呢？那女人身上一年到頭都在放射的、類似基里安照片（註：前蘇聯技師基里安（Semyon Kirlian）意外發現藉著電流與底片的交互作用，可以拍下生物的能量場，是今日氣場照片的前身）的那種靈光，已從熊熊燃燒的紅色轉為橙色，整個人都籠罩在微妙的沉靜感中。

班上同學中會察覺到這女人的氣場和平常不一樣的，最多不會超過兩個。其中一個我敢咬定絕對是某人，那個某人也就是我。拜那女人入學以來始終盤踞在我背後的座位，即使放學後也要拉我作陪之賜，除了我之外即使沒人察覺也是無可厚非。雖說那女人變乖了，但是那面對世間萬物始終挑釁的眼神依然健在，一旦行動，不到她大小姐心滿意足絕不罷休的行動力也維持一貫。

上月底舉行的校內百人一首大會，她雖然屈居榜眼，但是到了本月初的校內馬拉松大賽就勇奪金牌。順便提一下，百人一首的狀元是長門，馬拉松賽的銀牌也是長門。總之ＳＯＳ團的團長和書蟲都是文武全才，一、二名全包辦了。這個社團設立的宗旨究竟為何，再度讓全校師生納悶不已。話雖如此，我也在納悶的那群人之列。

只有一件事我敢打包票，就是根據過往的經驗，一旦春日露出這種表情、散發這種氣息時，一定又在打什麼歪主意。而且想到的瞬間，一定會綻放出燦爛無比的笑容。

不然我實在也想不出有哪次不是這樣。有嗎？我腦內的歷史課本裡，有春日慣常變得溫順之後就打消歪主意的年表嗎？

暫時的風平浪靜，正是在預告下一波大海嘯要來的前兆。一直都是這樣。

現在——

正值寒氣絕頂的嚴冬接近尾聲，二月初的時節。

諸事不順的去年，已經過了一個月。之所以會覺得韶光飛逝，是因為新年剛過的頭一個月份就做了那麼多事的緣故吧。

在此先將時間倒轉回去一下。不管春日在打什麼歪主意，我都有必要跟自己「喬」一下。才二月份就開始回顧今年是有點言之過早，可是我要跟大家說的是，一件我非做不可，而且得盡全力達成的事件的始末。

當時，我內心的口號只有一個。

——完成剩下的事情。而且要儘快。

我是在合宿時決定的，但是要起而行也是需要一段時間。

那個插曲是發生在一月二日，依舊是從車站前的老地方開始。

…………

……

‥

在暴風雪中遇難，又被困在謎霧重重的怪屋裡的合宿旅行，在新年第二天就結束了，SOS團冬季合宿一行人從遙遠的山之彼端，浩浩蕩蕩打道回府。

「呼～我回來了！」

春日朝我們居住的小鎮打招呼，對著夕陽瞇細了眼。

「果然輕鬆多了。雪山的空氣是很清新，但還是聞慣了的空氣最讚。雖然有點潮濕。」

返家路線和我們不同的多丸兄弟與新川&森謙恭兩人組的蹤影已不復見。因此，在懷念的故鄉車站前卸下行李的，就只有完全不把長途跋涉當一回事，身心都猶如以超合金製成的春日和鶴屋學姊、被依依不捨的我妹纏著不放的朝比奈學姊、和平日一樣臉上面無表情，杵立不動的長門、以及笑容中帶點疲憊的古泉，和掩不住倦容的我跟已經行李化的三味線而已。我是覺得有這些成員就很夠了。

「今天就到此解散。」

春日的表情顯得十分盡興地說道：

「大家回去好好休息。明天還得去附近的寺廟或神社參拜呢。早上九點在這裡集合。啊，鶴屋學姊要一起來嗎？」

甫自旅途歸來，隔天又有出遊的活力，實在教人佩服，問題是我所代表的普通人種體內又沒有內建永動機能。可是，體內似乎蘊藏了和春日同等級能量的鶴屋學姊卻說：

「抱歉！我明天就要啟程去瑞士了。我會買土產回來，拜託！投零錢進香油箱時，記得幫我投一份好嗎？」

她從錢包拿出噹啷響的零錢往朝比奈學姊手中一塞，接著又說：

「這算是壓歲錢！」

給了我妹幾枚硬幣。

「拜拜！新學期見！」

之後她向我們揮手道別，帶著笑容離開了車站。足下輕鬆的步伐委實令人稱羨，真不知道那樣的好姑娘是怎麼培育出來的，日後有機會可得跟鶴屋學姊的雙親討教討教。

春日一直對著笑不絕口的學姊揮手，直到她的身影消失在出租公寓的轉角。

「那麼，我們也回家吧。大家路上要小心。直到平安回家前都算是在合宿喔。」

接下來要是還有任何活動，我和古泉就小命不保了。總不至於從車站到自家的這段路程又會遇上什麼奇怪的波折吧。

我看著長門。她在雪山怪屋內的身體不適已全然消失，又回到平日不知在想什麼的無表情狀態——就在此時，她的眼睛微微動了一下，與我四目交接。看到她的頭點了一下，應該不是我的錯覺。

接著我看向朝比奈學姊。她在這趟旅途中始終少一根筋，也由於她太過於少一根筋，害我在怪屋裡神經始終繃得很緊。現在回想起來，反倒覺得那樣才好。畢竟她真正的重頭戲是在後面。我全心全意用眼神跟她打PASS；但是很遺憾，朝比奈學姊始終沒注意到我別有含意的目光，和我妹宛如同世代的朋友說說笑笑。

「那麼，明天見！不可以遲到喔。還有，記得要把壓歲錢給A過來。攤販的行列不知會綿延到參道（註：為了參拜神社或寺廟所開闢的道路）的哪一端呢。」

和交待完畢的春日及朝比奈學姊等人道別後，我就牽著妹妹的手，提著裝有三味線的攜行包，上了公車。

「實玖瑠，再見——！」

在我將黏在車門階梯邊的妹妹拉走、就座的這段期間內，朝比奈學姊回過頭來好幾次，頻頻揮手。不好意思，我還不打算跟妳揮手道別。如果換作是春日或古泉，我不只會揮手，還會大聲喊拜拜呢。

一回到家、擺脫掉三味線和妹妹的糾纏後幾分鐘，我拿起電話撥給剛剛才分手的其中一名團員。

為什麼？

因為我巴不得快點解決掉去年讓我慶幸好在有做，不然會後悔萬分的麻煩事啊。我不想再讓自己的怠惰害自己冷汗直流，甚至想將去年年底能拖則拖的自己拖出來打一頓了，不過最該怪罪的，是更之前的自己。雖然雪山怪屋事件在長門和古泉的急中生智下，得以規避掉最壞的結果，但誰也無法保證同樣的離奇事件不會重演，說不定待會就上演了。在旅途中深怕會出什麼狀況，一度很躊躇，但是在團員散會後的現在就沒這個顧慮了。在鶴屋學姊家的別墅進行推理遊戲和玩繪雙六的期間，已有充分的時間讓我下定決心。

我非去不可。我一定得和長門、朝比奈學姊再度前往那個時間點。

對，就是十二月十八日的黎明時分——

沒有時間紓解冬季合宿的旅途疲憊了，我抓起電話，頭一個就打給朝比奈學姊。接到剛剛才分開的對象的電話，她似乎顯得有點吃驚。

『怎麼了？阿虛。』

「我想找妳一起去一個地方。現在就去。」

她的聲音顯得更驚訝了。

『咦……？去哪裡？』

「去年的十二月十八日。」

這次除了驚訝，還混雜了困惑。

『什、什麼……？那，那到底是怎麼一回事……？』

「我想請妳和長門跟我回到過去。我們三人得回溯時間，回到差不多兩週前的時間點。」

『那怎麼行！TP……呃，那個東西，不是說用就能用的。事前必須經過嚴密的審核，並且得到很多人的許可才可以的喔。』

我敢打賭，那個許可咻一下就會通過。我頭上浮現的妄想螢幕中，大人版朝比奈正對我拋媚眼，順便還丟了個飛吻。

「朝比奈學姊，請妳馬上聯絡妳的上司或是上頭的人。就說我想偕同妳和長門一起回到十二月十八日凌晨——妳這樣說就可以了。」

可能是我的語氣太過自信，朝比奈學姊沉默了好一陣子，問號幾乎快從聽筒中流洩出來。

『請、請等我一下下。』

我當然會等。我對學姊如何跟未來聯絡可是有興趣得很，但是從聽筒中傳來的，只有朝比奈學姊沉默的呼吸聲。那段ＢＧＭ播放不到十秒——

『真不敢相信……』

就轉變成茫然的語氣。

『……通過了。怎麼會？為什麼……？怎麼會如此輕易就……』

那是因為妳我的未來就扛在我的雙肩上——我自然沒說出口，而且我根本就不打算再繼續哈啦下去。

「那我們在長門的住處碰頭。三十分鐘內趕得過去嗎？」

『啊……等等。請給我一個小時。我想再確認一次……啊，還有，不要約在長門同學的房間，我們約在公寓樓下的玄關好嗎……』

我爽快答應，掛斷電話，自顧自想像朝比奈學姊那可愛又震驚的表情並竊笑一番之後，重新撫平臉部的肌肉、打起精神來。接下來要前往的那個時間帶，可沒有讓我笑得如此歡樂的畫面。這一點我比誰都清楚。

至於另外一位，就算我沒跟她聯絡，相信她心裡也有個底，但還是先確認一下比較好。我再度拿起話筒。

一小時後——

我來得太早了。誰叫我一時得意忘形，腳踏車踩得太快。就在我站在豪華分售型公寓的入口忍著寒意，做了十五分鐘的踏步運動後，有個慌慌張張的人影小跑步趕過來。她看來像是連換裝的餘裕都沒有，仍是穿著合宿回程時身上那件衣服。雖然我也是。

「阿虛。」

朝比奈學姊的表情活像是被狐狸附身似的。

「我真的搞不懂。為什麼你的請求會如此輕易就通過？而且上頭反倒命令我，要我連長門同學也帶去，務必三人成行……就算我細問詳情，上頭也只說是最高機密。而且……還叫我要完全聽從你的指示。為什麼呢？」

「等進了長門的房間，我再跟妳說明。」

說話的同時，我已經對著玄關的電子鎖鍵入長門的房間號碼，並按下門鈴。很快的對方有了反應。

『……』

「是我。」

『進來。』

玄關門一下就打開了，我連忙鑽了進去……喔哦，可不能忘了朝比奈學姊，她似乎還很茫然。我一招手，她就咻地貼了上來。每次來到這裡總是一副膽顫心驚的小動物模樣，似乎已成了她的習性。即使在電梯中，朝比奈學姊的頭部四周也彷彿有問號在打轉，表情顯得有些緊張，也依舊茫然。

那副表情直到長門打開房門，讓我們進去之後依然持續著。

長門則是一派氣定神閒。儘管在自個家裡，她還是換上了我熟悉的水手服。看到她那身裝扮，我就反射性地覺得安心。可別誤會我是什麼水手服戀物狂，而是那代表這傢伙相當進入狀況，讓我服下了定心丸。

「那時候」，我只看到一位穿制服的短髮女生抓住刀子，然後就暈了過去。所以，待會就要過去的長門若是穿別的衣服，那時候的我可能會相當困惑。我是不可能將長門誤認為別人的，畢竟水手服就像是這傢伙的註冊商標。

「…………」

長門無言地指著客廳，用動作叫我們坐下後，她就消失在廚房裡沏茶去。

那麼，我就趁這段時間，跟朝比奈學姊說明上上回的前情提要吧。

「真是不敢相信……」

朝比奈學姊杏眼圓睜，喃喃自語：

「歷史整個大轉變過，我居然完全都沒有察覺……」

這沒什麼好奇怪的。畢竟在那三天內，擁有正常記憶的人只有我，而我要是沒有長門的暗示和那個世界的春日大無畏的行動力幫忙，也是束手無策。

「世界規模的時空改變和從未來直接介入……那樣的事情竟然在同時間發生？」

朝比奈學姊帶著微顫的聲音說道。在這間樸素的屋子裡，她的目光卻不斷在空中游移著。客廳的暖被桌上放著三只茶杯。茶是長門沖泡的，但是朝比奈學姊只顧著聽取我的說明，並且不時對長門穿插一句：

「是嗎。」

驚顫不已的她，想必茶杯還沒碰到，茶就冷掉了吧。

「…………」

長門坐在我的斜對面，無表情地凝視著朝比奈學姊，又用疑問的眼神望著我，隨後又看著朝比奈學姊。

我想我能明白長門想表達什麼。於是我對朝比奈學姊說明著，由於長門爆發了ERROR POWER，使得世界在十二月十八日那天為之丕變。幸好她預留的逃離程式最後成功發動，我自己一個人去到了四年前的七夕，然後在出現BUG前的長門幫忙之下，重返十二月十八日。結果我又慘遭異常的朝倉涼子刺殺未遂；不過在我暈過去前，我看到了長門和朝比奈學姊的身影，還有應該是來自未來的我，好像是他們讓世界恢復了原狀——以上是我在自己也不甚清楚的狀況下所做的註解。

我當然不可能全盤托出。我沒有說出四年前的七月七日，那裡還有另一位朝比奈小姐在等我。因為我不確定這件事能不能說。現在的朝比奈學姊對這件事一無所知，我只能認定是那位大人版朝比奈刻意隱瞞。這個時代的朝比奈學姊好像會定期和未來聯繫，如果是重要的事情，就算朝比奈（大）沒說，她的頂頭上司或是大人物也應該會通知她。雖然我不了解未來人的情報交換系統是怎樣運作的，但是從她的隻字片語可略見端倪——「就算我細問詳情，上頭也只說是最高機密。」——這是我剛才所聽到的。

朝比奈學姊並不是知情不報，而是她根本就不知情。

理由我想不透，但是這麼想就說得通。朝比奈學姊雖是未來人，但過於迷糊——這是我從以前到現在不知有過幾次的感想。我們差點就掉進無限輪迴的八月、還有暴風雪中突然冒出來的洋房……起碼就這兩起事件而言，假如朝比奈學姊事前有給我預言式的忠告，我就能防患未然了。但她卻沒有這麼做，為什麼？

接點慢慢接上了。

朝比奈（大）如果也一無所知就太奇怪了。因為所有的事件都存在於從前的她——今日的朝比奈學姊——走過的歷史軌跡上。也因此，要是在那些事件發生前就迴避掉，未來的她的歷史就會改變。所謂的規定事項，就是不管發生任何事情，都一定得通過規定好的項目的意思嗎？就像是明知自己總有一天會暴走，也只能眼睜睜看著事情發生的長門那樣？

可是那樣一來，現在的朝比奈學姊就太可憐了。每當有什麼狀況發生，她的驚顫指數搞不好都比我這個現代人還高。何況，我越來越懷疑朝比奈學姊為何會來到這個時代。假如單單只是為了監視春日，安裝監視攝影機就好啦。

一定有別的理由，那才是真正的目的。現在的朝比奈並不知情，可是未來的朝比奈就知情的目的——

我的沉思，被一個彷彿被冷凍乾燥過的聲音打斷。

「我想拜託你一件事。」

長門的要求，就算是赴湯蹈火，我也在所不辭。

「對那時候的我，請你什麼話都不要說。」

什麼話都不要說的意思，是連「喲！」或「嗨！」都不能說嗎？

「儘量。」

長門無表情的眼神裡流露了幾乎沒有過的內心表現。那雙漆黑的眼底浮現的肯定是強烈的願望，要我拒絕長門的願望，我還寧可去撈取映在水面上的月亮。

「好的。我會照妳的意思做。」

簡潔的短髮緩緩點了點頭。

詳細的時空間座標是長門下的指示，忠實執行的是朝比奈學姊。很抱歉，一旦遇上外星人和未來人的聯合部隊，就算古泉的組織再龐大也是毫無勝算。至於他們想不想開戰，這我就不曉得了。

我、長門和朝比奈學姊三人走到玄關口，三人擠在狹小的空間，肩並肩各自穿鞋。這是有鑒於上個月，我和朝比奈（大）回溯時間時，忘了穿鞋子的教訓。以長門的個性來看，朝比奈（大）的高跟鞋經過四年肯定還是會放在原處；但又不能直接還給這位朝比奈學姊，所以我也沒點破。

「請問，妳說是去年的十二月十八日的……幾點來著？」

長門在秒單位之內回答了那個問題，朝比奈學姊點了點頭。

「要出發了。阿虛，請閉上眼睛。」

然後——

開始時間移動。經歷了好幾次的那個感覺又來了。那種天旋地轉的暈眩感，令我差點要嘔吐出來。就算閉上了眼睛，眼前仍有光在閃爍不定。又很像是整個人朝天空急速墜落一般，難以言喻的不快指數急速竄昇，總之我喪失了空間掌握能力。就像是坐上了失控的雲霄飛車轉個幾十圈那樣，身心都脫離了常軌，就在我的三半規管即將到達極限時——

「來了。」

我的腳掌取回了大地的觸感，地球的重力對身體產生的作用使我舒服不少。

聽到長門的囁嚅，我睜開眼睛。

然後就嚇了一跳。

我看到了在校門口的自己。

請諸位看倌回想一下。時光跳躍到四年前七夕的我，在長門（待機模式）的指揮下，被朝比奈（大）帶著移動到十二月十八日後，我是在暗處默默看著長門改變世界的光景，之後才跑到街燈下。

我們現在就是出現在那個時間點。

就是那麼剛剛好，那個「我」正在和改變了世界，自己也產生了變化的眼鏡長門不知在說什麼。也看到了披著我制服外套的朝比奈（大）的背影。這下可糟了。我們離得實在太近了。

「不用擔心。」

我這一邊的長門刻出了沒有抑揚頓挫的句子。

「他們看不見我們。我張設了不可視隔音防護罩。」

也就是說，對我所看到的「我」和朝比奈（大）以及長門（眼鏡版）而言，我們就像是沉默的透明人。這一點毋須長門講解，我本人也相當明瞭。只是心裡有點莫名的抱憾。

朝比奈學姊眨了眨美目。

「請問……那個女人是誰？就是那位成年女性，她為什麼會在那裡？」

因為是背影，朝比奈學姊沒認出來也是當然，況且會想到未來的自己也在這裡的話，想像力也未免太豐富了。就在我煩惱該不該告訴她時，發生了一件讓我將所有困擾完全拋諸腦後的事情。儘管我早就知道，像這樣客觀的目睹整個情況還是會起雞皮疙瘩。

一個像是從暗處衝出來的人影跑了過來。當我看清那個從我們身旁擦過的人影是朝倉涼子時，朝倉已像是要將我撞翻似的，不，事實上也的確撞到了，只見她從腰際抽出了刀子，作勢行刺。

朝比奈（大）不知在喊什麼；但一點用也沒有，「我」還是被刺中了。就像我腦中記憶的那樣。

「嗚呃……」

光看就覺得痛。在那個當下沒注意到，現在我才發現朝倉行兇時的刀子是用轉的刺進「我」的體內。她的殺意是真的，毫不猶疑想殺掉「我」。異常的輔佐員——朝倉涼子是位如假包換的殺人未遂犯。

「我」倒了下去。

「咦……嚇!?阿虛死了！」

朝比奈學姊也尖叫了起來，想要衝出去；卻撞到了透明的障壁「啊……」的喊了一聲，仰首露出痛苦的表情。看來那一瞬間，她是忘了我人就在她身邊。但她眼中只有那個倒地不起的「我」。這個情景真是教我好生感動又感動不起來。

「長門同學！」

聽到朝比奈學姊的呼喊，長門緩緩點了點頭。

「我這就解除防護罩……完畢。」

朝比奈學姊跑了出去，同時間長門也開始行動。移動速度比夜風還快的她，一眨眼就抓住了朝倉高舉的刀刃。我耳邊聽到朝倉混雜恐懼和憎恨的聲音，也朝自己衝了過去。唉唉唉，真的很慘。

朝比奈（小）一邊哭泣，一邊朝「我」靠過去。看到朝比奈學姊如此為我擔心，我是很高興，但是她那麼用力搖我，恐怕「我」只會死得更快……

由於眼眶濕熱，加上拚命在呼喊「我」，學姊完全忘了要注意身旁的女性。我真想大喊感謝上天。

神情悲痛、美目低垂的朝比奈（大），抬起臉來凝視著我。

「你來了。」

是啊，雖然晚了一點。不是時間上，而是心情上。

「啊……？」

發出那一聲的是「記憶中的長門」。那是會讓我的心微微抽痛的身影。「戴著眼鏡的另一個長門」，跌坐在地上，表情充滿了驚愕。睜得大大的漆黑眼眸先是看著倒地的「我」，接著轉向朝倉，然後是和自己長相一樣的水手服少女，最後則看向我。

「為……為什麼……」

我和長門有約在先，所以我沒有對另一位長門，也就是剛改變了世界的這一邊的長門開口說話。我該做、該說的只有一件事。

撿起三年前的長門特地為我們製作的短針鎗，我俯視自己。張嘴唸出記憶中那段對白。我想應該有一致，反正意思到就好，些微的差別應該還在容許範圍內。那個「我」原本微微張開的眼瞼完全闔上，頭向側面垂了下來。這一幕看起來真的很像氣絕身亡了，不快點止血的話真的必死無疑。

好，現在輪到我們上場了。雖然接下來會發生什麼事，我心裡也完全沒個譜。

首先映入我眼簾的，是長門阻止朝倉的行動。

「…………」

長門抓住的匕首在閃爍中化成了沙礫。朝倉雖然及時跳開了，腳卻猶如在地上生根般一動也不動。長門連珠砲似的囁嚅著。

「為什麼？妳是……!?為什麼……」

朝倉的身影也開始閃爍。

「那不正是妳所期望的嗎……現在也是……為什麼……」處於凍結狀態的朝倉直到最後都帶著疑問的口吻，終於連刀帶人化成了沙礫。差不多在同時──

「啊？……呼～」

朝比奈（小）整個身子像是要壓扁「我」似的向前趴了下去。輕閉的眼眸和微啟的櫻唇像極了天使的睡臉，全身虛脫的可愛學姊的粉頸上，朝比奈（大）的玉手正輕輕搭在上面。

「我讓她睡著了。」

大人版朝比奈感傷的撫著少女時代的自己的秀髮。

「我不能讓她發覺到我也在這裡。所以我非這麼做不可。」

我的朝比奈學姊已酣然入眠，而且是枕在昏厥過去的「我」的手臂上。

「請別讓她知道我的事。」

三年前的七夕，我在那座公園的長椅上也見過一樣的睡臉。緣由也是一樣，朝比奈（大）仍然不想讓過去的自己看到自己的模樣。背影固然ＯＫ，但靠近一看，誰都會認出那就是未來的朝比奈學姊。

在我低頭察看朝比奈（小）和「我」這兩人的昏睡狀態時——

「…………」

長門單腳屈膝，手按住「我」被刀子剜挖過的側腹。我敢說一定是拜那所賜。出血止住了，「我」蒼白的臉也恢復了點血色。果然治好我的傷的人就是這傢伙。

長門未多做停留，立刻站了起來，沾血的指尖連擦都沒擦，沾血的指尖就伸手對我說：

「借一下。」

我默默將短針鎗遞給她。要我一直拿著這東西，我也會很彆扭的。就算是緊急狀況，心理障礙還是會戰勝一切。不管是哪個長門，我都不想用這東西對付她。

淡淡接過手鎗的長門，將鎗口對準那名坐在地上、表情始終怯懦的眼鏡長門，很乾脆就扣下扳機。

「…………」

我沒聽到任何聲響，也沒看到東西發射的軌跡。

「…………」

長門（眼鏡版）卻慢慢眨了眨眼，然後又慢慢站了起來。她那佇立不動的模樣，是我熟知的長門一貫的姿勢。而不是那位拿入社申請書給我、不安的拉著我的衣袖，嘴上掛著怯怯微笑的長門。

像是要為我的思緒掛保證似的，那個長門以再自然不過的動作摘下眼鏡，裸眼凝望著我，又用毫無感情的雙眼定睛注視另一個自己，說道：

「請求同期化。」

我眼前的光景就是兩位長門一直凝望著彼此。包含這次在內，我已經看到了好幾次過去的「我」。大小朝比奈同時在場的畫面也已經投影在我的視網膜內。可是兩個長門彼此對望可是我生平頭一遭看到，說有多奇妙就有多奇妙。那感覺比什麼都還壯觀。

「請求同期化。」

被射擊的長門又覆誦了一遍，射擊的長門也立即回答：

「我拒絕。」

不只我感到意外，眼鏡拿在手上的長門更是錯愕。眉毛動了動釐米單位。

「為什麼？」

「因為我不想。」

我啞口無言。長門口中曾經吐出過意志如此明確的話語嗎？這實在沒道理。要拒絕得如此明白，鐵定是帶有某種程度的感情。

「…………」

被拒絕的長門陷入了沉思，靜默不語。

「…………」

在持續的靜默中，夜風吹亂了她的頭髮。

和我一同從未來過來的那個長門率先打破了沉默：

「我要將妳改變過的世界恢復原狀。」

「了解。」

那個長門點了點頭，用我聽來有那麼一點躊躇的聲音說：

「我感知不到資訊統合思念體的存在。」

「他們不存在於這個世界。」

長門淡淡的告知：

「我連結的是和在我現存的時空裡的他們。再次改變世界由我來主導。」

「了解。」過去的長門說。

「再次改變後……」

我這一邊的長門又接著說：

「妳就可以隨心所欲地行動。」

剛剛才恢復原狀的長門，頭部微微傾斜看著我。她的表情與眼底蘊含的不可視情報，我確實收到了。像我這麼了解長門想法的人類，世上再也找不到第二個了。

這個長門就是那個長門。就是那一天晚間，出現在醫院的那個長門，就是現在這個。也就是跟我說上頭正在檢討如何處分她而激怒了我的那個長門。

這下我總算了解來自未來的長門為何會拒絕她的同期化要求了。因為長門不想告訴屆時的自己該做什麼事。

至於為什麼——什麼為什麼？這還用說嗎？

謝謝你——當時長門說的那句話，就已是一切的答案。

「阿虛。」

對著佇立不動的我，朝比奈（大）客氣的請求：

「你可不可以……幫我抬一下這孩子？」

她正努力扶起睡得香甜的朝比奈（小）沉重的上半身。我立即伸出援手，照她吩咐的，將嬌小的朝比奈學姊一如往常揹起來。那柔軟溫暖的觸感也一如往常。

「大規模的時空震就快要發生了。」

朝比奈（大）雙手抱胸，以嚴肅中混雜了恐懼的表情說：

「那是比長門同學先前執行的規模還要大，而且更加複雜的時空修正。就算我想親眼見識，恐怕也睜不開眼睛。」

妳那麼說，我就相信，不過，到底有什麼不同？

「第一次改變只是將過去和現在做個變化。可是這次不光是那樣，還得加上讓時間回歸正確流向的作業。你想想看，你是在哪裡醒來的？」

十二月二十一日傍晚，我是在醫院的病床上恢復意識的。

「沒錯。所以呢，我們一定得那麼做。」

香肩上披著我的外套的裸足朝比奈（大），似乎有些憂心的靠了過來。她以玉手輕觸我揹著朝比奈（小）的肩膀，轉過頭去看著長門。和我一起來的長門靜靜走過來。另一位長門則繼續站著，另一個「我」也仍舊倒在地上。

朝比奈（大）用另一隻手觸碰長門的手臂說著：

「拜託妳了，長門同學。」

長門微微頷首，像是在做最後的道別一般，只是一味凝視著自己。另一位長門也是一語不發。不曉得是我的錯覺還是怎樣，這兩人似乎都很落寞，但我一點也不擔心。我還清楚記得那時我說的每字每句。那是倒在那的「我」接下來會對妳說的話。那個我一定會那麼說。所以妳大可放心的來探望我。也別忘了要對妳的頭頭轉告「狗屁啦！」那一句喔。

「快閉上眼睛，阿虛」。

朝比奈（大）小聲地說：

「不然我怕你又會想吐。」

遵命！我趕緊將眼睛閉得緊緊的。

下個瞬間，我再度感受到世界的扭曲。

「嗚哇——」

在無重力狀態下天旋地轉的感覺，我體驗過好多次，照理說應該早就習慣了；但是這次的暈眩感程度截然不同。如果說之前的感覺像是在坐雲霄飛車；這次就好比是乘坐混亂噴射的太空船，忘了繫上安全帶的狀態。我身上當然沒有加重裝備，實際上我的人也沒有被拋來轉去；但我就是醉得七暈八素。就算想看看外面的情況如何，一睜開眼，整個人就是奇暈無比，恐怖感有增無減，眼皮內的黑暗中有亮光在一閃一閃，是我僅能感知的所有影像。所幸背上的朝比奈（小）的體溫，和放在肩上的朝比奈（大）的掌心觸感讓我安心不少。

——此時，我閉上的眼瞼感受到某種危險的光芒在刺激眼睛。

我壓抑不住好奇的慾望，睜眼一瞧，看見了那道紅光的真面目。迴轉的紅色燈是緊急車輛的專用特權。

那是……?

北高的校門口停了一輛救護車。從圍觀的學生群間讓出來的通道，有人被救護人員以擔架抬出來。以同樣速度小跑步跟在擔架旁的那兩個身影，是我這輩子都不會忘記姓名的女學生：春日蒼白的臉色中帶著驚懼；朝比奈學姊哭喪著臉，追著擔架上的人跑。而落後幾步的古泉，則臉上笑意全消。

擔架立即被搬上救護車，春日和救護人員講了幾句話後，也跟著坐了進去。救護車的紅色迴轉燈加上了警笛聲，隨即揚長而去。古泉站在掩面而泣的朝比奈學姊身旁，神情肅穆的打著手機。長門不見人影。可是，我覺得她不在是理所當然的。

我的飄浮感仍然持續著。坦白說，我連人在何方都搞不太清楚。

身體的某處感受到了朝比奈（大）的吐吶。

「阿虛，你就跳回原來的時間吧。」

眼前的影像逐漸淡出。花絮鏡頭也播完了嗎?我闔上眼。感謝上天讓我看到了好東西——我毫無印象的那三天的片段。沒錯，春日，擔心團員的安危，本來就是團長的義務。

又來了，那種天旋地轉的感覺又開始了。我需要止吐藥。下次絕對要先準備好。

「我已核對過你出發時間的座標軸了。至於那個我，就拜託你了。她尚需要一段時間才會醒來……呵呵，我允許你可以偷親她一下下。」

淘氣的聲音言猶在耳，朝比奈（大）的氣息卻逐漸遠離。

然後——

睜開眼睛時，我正站在長門住處的客廳，揹著朝比奈學姊。

長門就站在我正對面。

「現在是離出發時間六十二秒後，」

她抬頭看著我說。

「我們回來了。」

我們回到了自己的時間和世界。

我鬆了一口氣，將朝比奈學姊從肩上放下來。這的確是讓人想一親芳澤的最佳睡臉，但我可沒單細胞到會把那位朝比奈小姐的話給當真。假如這裡不是長門的房間，長門又不像監視器直盯著我瞧的話，我說不定真的會昧著良心做出什麼事來。不，我不會這麼做的，我說不會就是不會啦！

我將桌上茶杯內的剩茶一飲而盡。雖說出發去時間旅行時，茶就已經變溫了，可是滋味超讚的。跟洗完澡後來上一杯的麥茶有得拼，和社團教室裡朝比奈學姊泡的茶相比也足可匹敵。

「太好了。」

總算把去年的存貨給出清了，終於可以了無牽掛，世界已經成功恢復原狀，跨年冬季合宿也平安歸來。接下來的活動，了不起只剩新年參拜。反正也沒差啦，再過不久，春日包準又會想到新花樣，不過在她想到前，我多少可以再休息一下。

順便一提，美若天使的未來人尚未醒來。究竟是怎樣被催眠的不得而知，但是我實在不忍心將那張像是吃得飽飽且待在暖暖屋內的三味線般幸福的睡臉吵醒。於是就拜託長門在客房裡鋪好墊被，我將朝比奈學姊抱進去睡，並幫她蓋上毛毯和棉被。

「長門，朝比奈學姊醒來前，就麻煩妳照顧了。」

長門深深凝視著客房內的睡美人，又看了我一眼，點了點頭。

雖然我很希望學姊醒來時，我能陪在她身邊，但事實上我的疲憊已到了臨界點。合宿加上時光旅行的倦怠，再不回到自家泡泡澡、躺在自己房間的床上療癒一下，明天早上九點休想爬得起來。本來就不是無底洞的錢包，裡頭的錢活像自然現象逐漸遞減的情形，我說什麼都得讓它畫下休止符。五人份的新年開銷可是很讓人心疼的。

雖然我寧願像三年睡太郎狀態起始的那個七夕一樣，躺在朝比奈學姊身旁鋪墊被睡覺，也有自信二話不說一沾枕就能呼呼大睡；但是不知為什麼，我就是覺得沒人期望我那麼做。

未來人在外星人家裡小睡片刻，偶一為之也無傷大雅。

「明天見。」

「了解。」

長門以安定的無表情目送我離開。靜謐的兩只黑眸直截了當的盯住我不放。

「今天辛苦妳了。給妳添了不少麻煩，真不好意思。」

雖說朝比奈學姊也很辛苦，但是論及最大的功臣，絕對是這位長門和四年前七夕在這裡的長門。

「沒關係。」

一如往常的長門表情不變。

「畢竟我才是始作俑者。」

我凝視著外星人製終端機的臉龐，直到房門關上。我幾乎要以為她臉上露出了一絲微笑，但是很遺憾——同時又讓我很安心，白皙的巴掌臉露出的是普通的無表情。不過呢，我還是察覺到有些微的不同，這全要歸功於我嫻熟的眼力。

出了豪華公寓，我慢慢踩著腳踏車，一回到家裡倒頭就睡。

累到掛掉的睡眠狀態中，不知為何我好像做了個快樂的美夢。其實我醒來三十秒，夢的記憶就消失了，是殘存的氛圍告訴了我。

就像是未來人和外星人和樂融融的在泡茶，差不多就是那樣的夢。

就這樣，我心頭的重擔也跟著肩膀上朝比奈學姊的體重一同卸下了，正打算悠閒度過一月份時——

才想到還有一個問題沒有解決。

她那可愛的睡臉讓我早把這件事忘得一乾二淨，由於睡美人朝比奈人如其名睡著了，以致於我和長門以及朝比奈（大）在十二月十八日那天後來的所作所為，她完全沒有目擊也沒有聽聞。對她而言，她是突然間從我這得知時空改變的事實，半信半疑的回到過去，在那裡看到「我」被刺殺的慘狀而驚慌失措，然後就被強制催眠了，一醒來又回到了原本的時間——情況就是這樣。

在我看來，她已經充分盡到了職責，除了她，還有誰有這份能耐？可是朝比奈學姊肯定不那麼認為。現在回想起來，寒假結束後不久，朝比奈學姊確實是有那麼一點心不在焉。

那和朝比奈學姊約我出去做模擬約會的星期日，我在千鈞一髮之際拯救眼鏡弟弟免於慘死輪下的那一天，她的憂鬱情結息息相關，怪來怪去都怪朝比奈（大）主張的秘密主義作祟。弄哭朝比奈學姊的人，我絕對不問原因先扁一頓再說，可是仔細一想，好像我害她哭的次數比較多耶？改天乾脆和春日去拳擊館當個一日拳擊手對打算了。偶爾適度的毆打彼此作樂，倒也挺快活的。

總之，拜我和學姊結伴去買茶葉的那個星期日之賜，我開始認真思考起ＳＯＳ團的未來，同時也成功將朝比奈學姊的憂慮一掃而空。她察覺到多少，坦白說我真的不知道。但是，那種心照不宣的感覺是無需詳加說明的。起碼對目前的朝比奈學姊而言。

我在春日面前絕口不提約翰・史密斯這個名字，跟對朝比奈學姊絕口不說大人版朝比奈的存在有異曲同工之妙。因為那是緊急情況時的最後一張王牌。

萬一那一刻來臨了——

不不，那一刻最好別來。

……

……

……

接著進入二月，故事又得從頭說起。

到了年尾，學校各方面或多或少都會有所改變，譬如三年級的學生幾乎不見人影。這個時期他們有一大半都在準備大考，導致教職員室的氣氛也有點劍拔弩張。想到再過兩年我們也會變成那樣，就不能說事不關己。今年的三年級生要是再不奮發圖強，上榜率沒贏過市立的敵校的話，校長有可能會處心積慮臨時增設課後輔導時間，或是舉行模擬考來破壞創校紀念日。這對只想把兩年後的自己丟到九霄雲外的我來說，只覺得煩不勝煩。

說到大考，國中生的特別班推薦甄試也差不多要開始了，我們學校也有兩班。對了，古泉唸的九班就是數理資優班。至於是那小子的後台組織強行安插，抑或是原本古泉就有如此實力，我不清楚；但我著實很佩服他敢唸數理班。換作叫我每天都上數學和理化為主菜的課程，鐵定會消化不良。

姑且先不管遲早會降臨在我身上的大學入學考試煉獄，我現在都下意識不去看日曆，看看這樣所剩無幾的高一生活會不會再多個幾天。自從十二月十八日回來之後，我的身心就一直處在放鬆的悠閒狀態。

不管怎樣，超過時空修正程度以上的懸案，我是怎麼想也想不到的。既然那件事已平安落幕，讓我休息一下並不為過吧。長門已經恢復原狀，朝比奈學姊的笑臉也復活了，至於春日是有點奇怪，不過應該馬上又會開始興風作浪吧。

都到這個階段了，照理說不會有問題才對，應該說是我根本就不敢想。但是，就是有愛揪出芝麻小事當成重大問題來討論的無聊人士，我們社團教室就有這麼一位無聊小子。那就是我很想連同春日一起丟出蚊帳外去餵蚊子的唯一團員，在時空改變上無用武之地的超能力者古泉一樹。他是這麼說的：

「你去了好幾次的十二月十八日凌晨，存在著兩種時間點。」

自雪山怪屋事件之後，對我的時間移動經歷成了最佳聽眾的古泉，就像是經常纏著爺爺奶奶講故事聽的孫子一般，暗示了我好幾次。看來這小子似乎立志成為時光旅行者，對我的境遇相當羨慕。從鶴屋學姊家的別墅回來的電車上也是不死心的探詢「真的不能帶我一起去嗎？」、「其實只要過去的你沒看到我，應該就沒問題。」我當然都是充耳不聞。

長門的事多少也讓我內心有些彆扭。儘管一切都過去了，我始終都含糊其辭。但是求知慾旺盛的古泉真的不是普通難纏，我只好趁社團教室只有我們兩人時，爆些無傷大雅的料給他解饞。

果不其然，那小子又沾沾自喜的開始解說：

「你聽我說，發生異常的長門同學是在十二月十八日黎明時分改變世界。世界從此變成從我到涼宮同學，甚至朝比奈學姊也都成了普通人的世界。你在那個世界過了三天，才利用長門同學的逃離程式移動到三年……不，現在算起來是四年前了。在那裡你找到了仍然正常的長門，然後又再度回到十二月十八日破曉前。」

一點都沒錯。順便補充一下，後來我又去了一次。

「我知道。可是，請你仔細想一想。十二月十八日的清晨……姑且將長門同學執行改變世界的這個時間稱之為X時間點好了。你從四年前的七夕回溯到X時間點時，那個X時間點應該已不是原本的X時間點。」

什麼意思?不可能吧。同樣的時間點不可能同時存在好幾個。

「不，只有那樣想才說得通。道理很簡單。在X時間點發生的世界改變既然沒了，涼宮同學的消失和我們的普通人化也會跟著不見。如此一來，你就沒有回到過去的理由了。」

原來你是在說時間悖論。這個我當然有切身的了解。（註：時間悖論（Time paradox）又譯為「時間矛盾」，即是因果論的矛盾，經由時間旅行回到過去所產生的不可能狀況。譬如一個人回到過去殺了他父親，那麼他就不可能出生）

「可是要讓世界恢復原狀，你就必須回到過去。如果你沒去，世界就會維持改變後的現狀。而你也確實回到了過去、修正好世界後又回來了對吧?否則這個時間軸就不會存在。」

我的視線不時朝大門飄去。不管是誰都好，拜託快來打斷這小子。

「我來畫個圖說明，也許可以有助於你的理解。」

自從遇難之後，古泉似乎就愛上了圖形。只見他拿起水性簽字筆走向白板，在白板下方朝上畫一條縱直線。

「這條向上的直線就代表過去到未來的時間流向。然後——」

線在白板中央停住，他於線的頂端點上圓圓的一點，寫上X。

「這是最初的X時間點。長門同學就是在此將自己連同世界整個改變，產生了你記憶中的時間帶。」

古泉手中的筆又開始滑動。不是繼續畫直線。而是向右畫出一條陡曲線，又回到出發點X，完成了一個圓。看起來很像是牽牛花的雙葉被拔掉一邊的圖形。

「這個圓就代表你記憶中的十八日以後的歷史。你利用逃離程式回溯時間到四年前的七夕，然後再跳躍到十八日的黎明時分。假如長門同學已因此恢復正常了就好；偏偏就是沒有。」

因為有朝倉涼子在。可是當時在場的不只有朝倉。從未來過去的另一個我、長門以及朝比奈學姊也在，最後總算是設法讓世界恢復正常。那是距離現在差不多一個月前的事。

「就是那樣。所以你等於是救了你自己。而那段史實——」

古泉的筆又從X點開始移動，這回是向左畫了一個圓。

「——就成為發生在這邊的時間帶。也就是在這個世界持續的時間。我和涼宮同學所記得的是，十八日那天你從樓梯上摔下來意識昏迷，直到二十一日都沒有醒來。然後上個月，也發生過你去拯救自己的時間移動。」

畫完朝左邊繞一圈回來的圓形，古泉依然沒有停手，又繼續讓白板上那條直線通過X點向上延伸，達到頂端後才停筆。他離開白板、退後半步望著我，我則定睛看著那個圖形。

那看起來像是橫躺的8字，想像成∞記號的正中央有條直線貫穿過去，解釋起來比較快。所有線條交疊的中央交點就是X時間點。

我這顆向來公認對數理科目恐懼的腦袋，也一步步意會了古泉所要表達的事情。

第一步，也就是右邊的圓形，是我記憶中的時間。一陣兵荒馬亂之後，我趕到X時間點，親眼目睹眼鏡娘長門改變世界，然後被朝倉刺殺。

第二步，左邊的圓形，是我記憶中沒有的部分。我被刺中後失去意識，躺在醫院的病床直到甦醒的那三天時間，統統囊括在那個圓形裡。

最後，不管哪個圓形都同樣以X點為起點……

「這就證明了X時間點有兩個。」

古泉說出了答案。

「世界發生了改變的X時間點，以及將改變了的世界再變回來的──對了，就叫它作X'時間點吧。」

放下筆的古泉饒富興味的審視起自己所畫的圖。

「如果X沒了，X'也不會發生。因此原本的X不能被消去。所以恐怕兩個X時間點，在時間點上是重疊的。就像是重覆寫錄……對，是被覆寫了。就像在舊檔案上重覆記錄新檔案那樣，第一圈的X和從那裡衍生的改變後的世界，被X'和第二圈的時間軸給蓋住了。但不是完全消失不見。那個時間依然存在於那裡。」

「我實在是有聽沒有懂。」

裝聾作啞的我，想起了朝比奈（大）的話。

規模還要更大，而且更加複雜的時空修正——是嗎。

「近似從空中鳥瞰立體交叉賽車場的模樣吧。交叉部分乍看像是二次元平面的連結，但只要再補上一次元就會產生段差。即使在只有縱橫的世界裡，位於同樣位置的東西，深度部分還是有所差異。」

我按住太陽穴。古泉的說法，不知道未來人或是外星人聽到了會作何感想？

「還有另一個可能性，我可以說說看嗎？」

都這種時候了，我能不聽嗎？

「就是你沒有但我們有的記憶……在十八日那天，你從樓梯上摔下來陷入昏睡，直到二十一日才醒來的那三天，說不定事實上根本就不存在。」

不管有沒有都好啦！反正那三天我都在睡。

「是的，你說得沒錯。記得我以前跟你說過嗎？『世上根本沒有任何證據足以否定地球是五分鐘前誕生。』所以也有可能，你被救護車載走，昏睡三天的這段事實，根本就不存在。也就是十八日世界再度改變後，直到二十一日傍晚你清醒的瞬間，那段時間極有可能不存在。那麼一來，我和涼宮同學擁有的那三天的共同記憶就是仿照記憶。我們被植入了那段記憶，演繹出二十一日傍晚的歷史……」

雖說我什麼都會聽，但是太離譜的我也聽不下去——可是我沒有講。因為並不是不可能。過去一整年份的記憶都可以被換掉了，何況是短短的三天。

「另外還有一件事，涼宮同學看到的幻影之女，我現在知道是誰了。」

是誰？是誰將我推下樓梯的？

「是長門同學。」

你在說笑嗎？當時，長門不也跟你們一樣在下樓梯？而我走在最後面。這件事還是你跟我說的。

「是的，就我們的記憶確實是如此。長門同學當然不會直接從背後推你下去。可是你昏睡中的那三天歷史，是長門同學創造出來的。而涼宮同學在無意識中察覺到了。當然，她不會想到那個女生是長門，事實上也沒有犯人。儘管如此，涼宮同學還是感覺到了，這是某人幹的好事，犯人就躲在某處。」

古泉對我露出開朗的笑容。

「那份直覺衍生出神秘女學生的幻影，一個不可能存在的幻影之女。」

幻影都出現了，恐怕不是直覺兩字就說得通的。既然世界再度改變是由長門主導，不管怎樣她都有能耐捏造出足以粉飾太平的記憶。但是春日卻更有本事，可以在那個時間點察覺到不對勁：某人在做什麼，或者是，做了什麼。

「這只是假設。是我為了回答你的疑問，從嘗試中衍生出的思考實驗。」

爽朗小子在鋼管椅坐下來，兩手一攤。

「實際上的問題、時間的成立和移動的結構等等，我是不可能明白的。可是，朝比奈學姊從未來來到這個時代，一定是有某種用意。現在，換我問你問題了。假設你回到過去，並且有機會防範釀成大悲劇的事件發生，你會出手嗎？」

我回想起和朝比奈（大）共度的七夕那一夜。在就讀另一間學校的春日和古泉、書法社社員朝比奈學姊、戴眼鏡的長門齊聚一堂的世界，我按下了電腦的ＥＮＴＥＲ鍵，再度回溯到過去。見到了坐在公園那張長椅上那個以前的我。也就是幫忙國中的春日，在校園的地上畫圖的那個「我」。

當時，我如果衝了出去，事情會如何發展呢？要是我將接下來會發生的事一股腦兒全爆出來，別讓春日拍什麼電影、也別再給長門添麻煩，假如我滿腔熱誠的給「我」勸告呢？

這時候，好像也只能聳聳肩。

「天曉得，我哪知道啊！」

要是有那種機會，我在思考之前身體就行動了。我對自己的頭腦不太信得過，該做的事都用身體來記。至今我都是這樣過來的，往後想必也能照樣過關。我真是值得期待啊。

「算了算了。再怎麼說，我也不可能常做時光旅行吧。現在叫我想去哪，還真想不出來。」

「那可真遺憾。我本來想請你下次帶我同行的。」

就算你露出三味線半夜時分飢腸轆轆的眼神也沒用。去拜託朝比奈還比較快。我不是說現在這個朝比奈學姊喔，而是朝比奈小姐。至於要去哪才能見到她，我就不知道了。我只能跟你說，記得帶止吐藥。

古泉露出死心的表情，搖了搖頭，再度下起一人的軍人將棋（註：類似台灣的陸軍棋）；我則是專注於正要開始看的漫畫雜誌，正當社團教室好不容易又恢復寂靜時——

「久等了！」

砰！一腳踢開門，騷動的原料登場了。只見水手服裙擺飄揚、黑髮抖擻搖曳，這間教室的最高權力者——春日，抱著便利商店的塑膠袋，露出自豪的熱量過剩笑容道：

「附近的雜貨店沒有，我們就下山去買了。呼，冷死了。」

繼這名對著教室一隅的電暖爐烘手取暖的團長之後，長門和朝比奈學姊的倩影也出現了。兩人都提著和春日手上一樣的東西。

「……………」

長門默默地關上門。

「請問一下，買這些是要做什麼啊？」

對於歪著頭納悶不已的朝比奈學姊的問題，春日大剌剌的回答：

「這還用問嗎？實玖瑠，妳知不知道今天是什麼日子？等等，妳該不會什麼都不知道就出去採購了吧？」

「今天是二月三日。可是今天不是什麼節日啊……？」

「是節分、節分！」（註：「節分」顧名思義就是「季節的區分」。在此是指立春的前一天（大約是2月3日前後），即為日本俗稱的撒豆節。在這天要撒炒過的大豆納福驅邪，吃合自己歲數的豆子祈求健康，向著吉利方位吃稱為惠方卷的太卷討吉利）

春日從塑膠袋中取出小塑膠袋，拿出一袋袋包裝好的食物說道：

「實玖瑠，妳實在太可悲了。妳到底有沒有童年啊？今天是節分，節分當然就要撒豆子和吃惠方卷嘍！」

惠方卷是因地制宜的習俗吧！總之我家團長就是對季節性的活動細節很講究。現在的SOS團可不是「讓世界變得更熱鬧的涼宮春日團」，而是作為「隨著每一季的固定節日慎重其事舉行活動的組織」在運作，這麼說相信絕對不會有人有異議。

「那是什麼？伯努利曲線？」（註：原文直譯雖是伯努利曲線，但春日看到圖形所想到的應該是「伯努利雙扭線」（The lemniscate of Bernoulli），於1964年由瑞士數學家雅各伯・伯努利以其姓氏命名）

眼尖的春日一眼就看到白板上古泉畫的圖，隨即用對認識的小朋友搭訕的可疑人物的審視目光，注視著那幅我好不容易才跟上的時間流解說圖。

「不對，我看錯了。是什麼樣的算式構成了那樣的圖形？」

「這只是普通的塗鴉。」

古泉若無其事的站起來，用板擦擦掉了白板上的筆跡。

「那是我打發時間亂畫的，不值得深思。」

真會說話。

「啊，是嗎？」

三言兩語就被騙過去的春日，一副那個不重要，隨便都好的表情，將一個包裝袋交給我。我接過沙沙作響的袋子，裡面是塞得滿滿的炒豆。

今天是節分，一定要撒豆子——今天中午午休，春日才想起來。那時候，春日自責的這麼喊著：

「好像忘了什麼……對了，是節分！」

她八成是看到谷口便當盒裡裝的太卷（註：粗卷壽司）才想起來的。那位谷口一打開盒蓋：「搞什麼，就這些喔？沒其他菜色嗎？」就發動毒舌功，抱怨連連；「人家做給你吃就不錯了，抱怨個什麼東西。」我反射性吐嘈回去，其實我的內心也和無法體會媽媽苦心的兒子一樣。起碼也切一下再裝進去啊，別引起春日的注意。

「一味推崇外來文化是不行的喔。唯有尊重固有的風俗，才擁有享受各項節慶的權利。不然要是活動廢除了多可惜！樂趣也會減少很多。忘了親近傳統的人，漸漸就會走上邪門歪道！」

最沒資格說這種話的人就是妳。這女人該不會一直以為自己是走在正途上吧？我個人認為就算她走在野獸行經的小徑上也會逆其道而行。

「你在胡說什麼啊！我可是一直都朝著王道前進。為了懷古緬今，我該做的全做了！阿虛，你該不會忘了今天是節分吧？真教人難以原諒！」

妳自己還不是忘了。不，所以她才要唸我。班會一結束，春日就開始張羅節分要用的東西。說是這麼說啦，該準備的也只有豆子和太卷。採買工作由她一手承攬，這全多虧我被導師岡部以升學就業輔導的名義叫去；古泉也狗屎運超好，今天輪到他掃地；春日只好火速召來長門和朝比奈學姊當挑伕，三人浩浩蕩蕩離開放學後的校園，現在才剛採購回來——事情經過就是這樣。

太卷只要朝吉利的方位吃掉就可以了，豆子則另有他途。

「那麼，要在哪裡撒豆子？」

我打開包裝，一邊將豆子放進嘴裡，一邊問。這當茶點剛剛好。

「撒在教室裡的話打掃起來很麻煩。而且也很浪費。」

「撒在哪都無所謂。」

春日閃動著燦爛無比的雙眸說道：

「有了！就從校舍最上層的空中走廊撒向中庭如何？反正豆子掉在地上也會被小鳥吃掉，我們就不用收拾殘局了。」

接著，春日又繼續補充：

「剛好福娘又有現成的人選，不好好熱鬧一下實在對不起自己。」（註：為了因應正月的諸多節日，大型神社年年都會徵召健康的少女扮成福娘，穿著紅色和服褲裙，發放象徵幸運的裝飾品給來參拜的民眾）

SOS團團長閃亮得猶如Ia型超新星（註：當白矮星發生爆炸時，亮度突然增加，超過太陽亮度的一萬倍以上，此現象稱為Ia型超新星）爆發的明眸，視線的前方是正熱切閱讀炒豆袋上的使用說明的朝比奈學姊，以及早已在長桌一旁入定，埋頭看著書名極為聳動的推理小說的長門。

有道理。

假如校內舉行福娘選拔大會，這兩位鐵定會是票數遙遙領先的冠軍，和評審特別獎的得主。就算撇開這點不談，這兩人也是這類驅邪儀式的不二搭檔。朝比奈學姊是擺好看的表演型，長門則是真功夫的實務型。

春日不由分說拉了朝比奈學姊就跑，我們只得在後頭狂追，一路追到了校舍最上層的空中走廊，便遵照女王聖旨開始大把大把的撒豆子。然而聖旨也規定負責撒豆的人僅能是女子團員三人組，我和古泉則是默默為她們手中的容器補充豆子。難得每個人都按照春日的指示去做，卻都發揮了最幸福的功效。

當初不曉得是什麼事起的頭，原本見到我們就遠遠躲開的學生們，就像是對殺蟲劑的噴霧避之唯恐不及的蟑螂一樣，現在男同學們居然在不到一分鐘的時間裡，朝中庭蜂擁而上，有如在搶錢一般忽左忽右的搶接朝比奈學姊和長門撒的豆子。不過他們閃避春日剛腕發射的散彈豆攻擊的動作倒是很一致。

「糟了。」

春日似乎十分懊悔的說著：

「早知道就讓實玖瑠穿上巫女服，說不定可以辦個收費活動。門票一人只要收一百圓就很好賺了。」

要是朝比奈學姊穿上巫女服，在校園繞境一周的話，她的人氣只會越來越旺。拜託妳別再增加我煩惱的來源了，角色扮演秀限定在社團教室內就好了。

「福、福往內！呃……那個……福往內！」

我凝視著努力丟豆子的朝比奈學姊和默默將掌中的豆子撒出去的長門，直到兩人身著巫女裝的倩影都深深投影在腦海裡之後，才不情不願的回答春日：

「一人收五百圓。」

順便一提，只准喊「福往內（註：撒豆子由於有祈福除厄之意，一般都是喊「福往內、鬼往外。」不過這也是因地制宜）」的理由是某人——

「我自從看了《哭泣的紅鬼》後，就下定決心遇到鬼要親切的招待他！真是的，《哭泣的紅鬼》害我哭得淅哩嘩啦。換作是我，看到告示牌絕對高興得二話不說就跑去紅鬼家作客，毫不客氣的大吃大喝……」（註：《哭泣的紅鬼》是日本童話。大意是描述山中住了一名紅鬼，很想和山下的居民做朋友，於是在自家門口立了告示牌，表明自己是親切和善的紅鬼，隨時備妥茶點歡迎居民前來串門子。可是日復一日，山下都沒有居民登門拜訪，紅鬼非常難過。好友青鬼於是提議自己到山下搗亂扮黑臉，再由紅鬼扮白臉打倒青鬼，博取人類的信任。計劃成功了，從此紅鬼家日日都有村民上山來拜訪，而青鬼只留下一封希望紅鬼幸福快樂的信，悄然離去，紅鬼看了信，淚流不止……）

因為移情作用使然，心已完全偏向鬼那一邊的春日，對我投以肅穆的目光說道：

「給我聽好了！你要是見到青鬼，也要親切對待他喔。將鬼趕到屋外這種事，我是絕對不會允許的。本來ＳＯＳ團的門戶對地球人以外的人就是廣為開放。」

主張求福不除厄，將福氣陸陸續續招到屋內來是沒關係，可是完全沒有丟東西出去，我有預感將來某天會有個看不見但脹得滿滿的袋狀物砰的一聲爆破。然而對於青鬼，我和春日倒是頗有同感。

可能是因為那是在我仍算感受性豐富的小鬼時代，讓我淚流不止的回憶，也可能是長門將節分豆附贈的簡陋鬼面具橫掛在頭側的緣故。在社團教室裡，邊看書邊聽著春日講古的長門，不知為何對紙製的鬼面具似乎很感興趣，只見她悄悄地拿起來，以雷射掃描儀般的視線掃過一遍，戴在自己頭上。

或許是，春日說的也歡迎地球人以外的人，那句標語觸動了她的心弦吧——雖然這只是我的妄想。

朝比奈學姊和長門雙人組的校內撒豆大放送結束後，我們回到了社團教室，準備一口氣吃掉惠方卷。上網查詢到今年的吉利方位後，春日便將食物發給全體團員，說道：

「吃完之前都不可以開口說話。好，大家站起來，朝著那邊開始吃。」

五個人朝著同一方向排成一列，默默咀嚼著冷壽司，腮幫子漲得鼓鼓的異樣風景持續了好幾分鐘。春日和長門沒幾口就吃完了，像小動物一樣兩手捧著惠方卷吃的朝比奈學姊則翻著白眼硬吞下去，我只一心祈求晚餐的餐桌上別又端出同樣的東西。

剩餘的豆子全被倒在深盤中，隨著朝比奈學姊泡的茶一同消失在我和春日的腹中。我重新認識到原來節分是可以吃得這麼撐的一個節慶活動。

這下子，春日的心情總該雨過天晴了吧？但不知怎麼的，隔天她又靜默了下來。一開始我就說過了，她並沒有嚴重到抑鬱的地步，從想到節分就讓她精神奕奕來看就足以證明。她的靜謐就是如此微妙，讓人摸不著頭緒。而且春日這回的安份好像是只有我才懂的品種，跑龍套的谷口和國木田姑且不論，連素來以春日精神研究專家自豪的古泉也似乎沒有察覺。

真的好怪。

儘管心裡納悶不已，但我可無法靜下心來注意春日的動向了。

因為發生了一件怪得更直接的事情。不是像春日那種僅止於感受性的怪，而是眼睛都看得到的怪事發生了。

我才剛跟古泉掛保證，應該暫時不會再發生時間移動，而我自己也打算如此。總之，我希望回溯到過去處理雜務這樣的事，能暫時與我無緣。何況我已經去過好幾次了。也不是糊里糊塗說去就能去的。

或許是上天聽到了我的苦苦哀求，嗯，應該算是有聽到。

這回，回溯時間的人不是我。我人在現在的時間點，一步都沒動過。儘管如此，我還是捲

入了和時間息息相關的騷動中。

那個人就出現在文藝社社團教室的清潔工具置物櫃裡。

第一章

時值節分過後幾天的某個傍晚。

放學後，我打開社團教室的門，等著我的是冷冽的空氣和無人的室內。沒有朝比奈學姊來迎接，長桌一隅也沒有長門小小的端坐身影，春日也要等會兒才會來。今天輪到那女人去做升學就業輔導，現在八成在教職員室大放厥詞，提出讓導師岡部困擾不已的志向。我認為她被問到將來想做什麼時，一定會用極為認真的表情回答「統治者」或是「宇宙大總統」之類讓人啼笑皆非的志願。稍有不慎讓那女人走上岔路可就糟了，但願岡部能對春日諄諄教誨，促使她步上人生的坦途。因為那女人的個性就猶如吃軟不吃硬的鉻族元素一樣，不分青紅皂白硬要她聽你的是沒用的。

我將書包放在桌上，打開電暖爐開關，讓或許是空無一人才如此寒冷的社團教室增添些許溫暖。舊式電暖爐要完全發熱，尚需要一段暖身時間。

其他能取暖的東西就只有朝比奈學姊煮開水時從水壺冒出的蒸氣，以及她沖泡的熱茶了。

就在我想著真想早點喝到學姊泡的茶，一面將附近的鋼管椅拉過來坐時……

嘎答——

「什麼聲音？」

聲音是從社團教室的角落傳來的。我反射性看往那個方向，就是每間教室大概都有擺設的不鏽鋼製長方櫃，也就是清潔工具置物櫃座落的位置。我對自己的聽力很有信心，聲音是從裡面發出來的沒錯。

就在我猜想可能是掃帚或拖把倒下來時……

喀答——

這次的聲音小了一點，我開始自言自語：

「別又來了。」

各位也有過這種感覺吧。全家人都出去了，孤零零的回到空無一人的家裡時，明明只有自己一個人在家，卻總覺得還有別人在。窗簾後似乎有黑影晃來晃去，活像是躲了個人，想過去確認又怕真的有人在，只好坐視不管，大部分的情形最後也都證明只是自己多心罷了。

照過往的經驗，我斷定這次也是。假如我現在人不在社團教室，而是在自家看家的話，我可能會嚇得皮皮挫；可是我現在是在學校，況且太陽又還沒下山，我怕什麼呢。

我不以為意地走近清潔工具置物櫃，毫無心理準備地打開櫃門，接著啞口無言。

「…………咦？」

清潔工具置物櫃內除了掃帚、拖把和畚箕之外，還有別的東西在。實在太意外了，我的反應頓時化成了疑問句：

「……妳、妳怎麼會在這裡？妳要做什麼？」

這是再當然不過的疑問。因為我看到的那個人——

「啊……阿虛。」

就是朝比奈學姊。不知為何她露出了安心的表情道：

「你果然在這等我，太好了。我正不知道該怎麼辦呢，這下我就放心了。呃，那麼，接下來

……我該做什麼？」

「啊？」

「咦？」

她驚訝地眨了眨眼睛，抬頭望著我說：

「請問……今天的這個時間點對嗎？我記得你是說這個時間點……」

我凝視著那位和掃地用具一起瑟縮在不鏽鋼櫃裡的人士，她那不太有自信似的仰望著我的

嬌小水手服身影，不祥的預感頓時像是高度成長期的工業區煙囪的煙霧從我心頭飄出來。

「朝比奈學姊……？」

這是怎麼回事？妳躲在清潔工具置物櫃中是在玩捉迷藏嗎？不會吧，不可能。

就在我心中裊裊上升的煙霧化成煤煙之際——

叩、叩。

社團教室的門響起了敲門聲，我和朝比奈學姊嚇了一跳，不約而同轉頭過去看。正當我要開口回答時——

「啊，咦？……啊，不行……」

我的領帶被拉住，身子不由得向前傾。朝比奈學姊更是順勢將我整個人拉進置物櫃，再伸手關上不鏽鋼櫃門。

哇！這是在幹嘛？到底是怎麼一回事？

「噓——阿虛，安靜，什麼都別說。」

在透氣孔透進來的微弱光線中，我隱約看出朝比奈學姊以食指按在唇上。就算她不交代，我也不會說什麼；不過我希望她想清楚一點。

清潔工具置物櫃通常不是用來躲人的。躲一個還ＯＫ，躲兩個就ＫＯ了，更何況是我和朝比奈學姊躲在一起。朝比奈學姊凹凸有緻的曲線美，可是誘人到連春日想不注意都不行。用膝蓋想也知道，我和朝比奈學姊不得不貼在一起，事實上，我們已經貼在一起了。透過制服感受到的異常溫暖又柔軟的東西正壓著我的胸膛下方。

就在我進入忘我的境界時，社團教室響起開門聲，有人進來了。但是，不管下場如何我都無所謂了。如同在沒有暖氣的冬季山中小屋中互相取暖似的，朝比奈學姊和我貼得緊緊的，幾乎讓我快窒息了。雖然不明白是怎麼回事，但我很樂意擁抱這樣的幸福。在這世上哪裡找得到這種幸福啊。

不祥的預感去死吧。煤煙已然淨化成臭氧，誘我進入軟玉溫香抱滿懷的夢境……幸福得難以言喻。希望這段時間能永遠持續下去。

可是我的陶醉，被進到社團教室的人的說話聲毫不留情地打斷。

「咦？都沒人在……電暖爐明明就開著啊。啊，這是阿虛的書包。他去上洗手間了嗎？」

我低頭看著依然緊抓著領帶的朝比奈學姊。朝比奈學姊也仰頭望著我。

接著，我努力扭轉脖子企圖從置物櫃細長的透氣孔——既是唯一光源，同時也是窗口——看看後面。雖說人類的脖子不可能迴轉到正後方，但還是能依稀從眼角看到外面的景象。

「…………！」我演出無言的驚奇。

只見「朝比奈學姊就站在那裡」。

面向電暖爐烘手的「那位朝比奈學姊」，正一邊哼著小曲兒，一邊移動，她一度從我的視界消失，又拿著掛在衣架上的女侍服再度登場。只見她俐落解開水手服的緞帶，掛在鋼管椅的椅背上，接著又解開水手服全部的鈕釦，窸窸窣窣的寬衣解帶。

「…………！」我又持續奏出無聲的刪節號。

那位朝比奈學姊將脫下來的上衣放在椅子上，然後將手放在裙子的腰際時，我的臉上也同時多了一雙手。

「…………！」

我這邊這位朝比奈學姊以雙手夾住我的臉，強迫我轉向前面。即使在黑暗中，我也看得出來，這位朝比奈學姊小臉漲得通紅、櫻唇微動：

不・要・看。

我不必學讀唇語也讀得出來，雖然為時已晚，但我也察覺到自己做了要不得的事，想開口道歉又慌忙掩住嘴巴，至此我才認清現狀——

有兩個朝比奈學姊。

等一下。如果其中一位是大人版朝比奈的話還說得通。畢竟這種情形不是第一次，就算她出現在這裡，我也不會太驚訝。

可是現在是怎樣？外觀如出一轍，乍看根本是照鏡子的朝比奈學姊，隔著薄薄的不鏽鋼門，裡外各有一個。一個和我氣息相依、幾近臉貼臉的從正面抱住，另一個則正在換穿社團教室的正式服裝，也就是女侍服。

不管哪一個都是朝比奈學姊的本尊。若要說分辨長門的表情和朝比奈學姊的真偽，我自信擁有無人匹敵的高超技巧。如果信得過我的判斷，我敢說這兩人是同一個人，同一個人同時存在於同一個空間，也就是——

時間移動。

其中一個，和我一起擠在狹小空間內的朝比奈學姊，恐怕是從另一個時間點，而且還是最近這幾天過來的。兩個朝比奈學姊雷同度百分百，就算是同卵雙胞胎多少也會有些差異……不過，一時之間我也無法想太多。相信不用我多做解釋，大家也都明白觸覺永遠比感覺跑得快的道理。

裡側的朝比奈學姊閉上雙眼，緊貼著我不放；外側的朝比奈學姊發出的穿衣摩擦聲，現場收音更加刺激了我的想像力，很快的，我的內外壕溝完全填滿，靜待收工的訊號。宛如真田幸村不在的大坂夏之陣那般只能舉白旗投降。在這樣的精神雙面夾擊下，我要是當得了柳下惠才真是沒道理。（註：慶長二十年（西元1615年），大坂以五萬對德川十五萬大軍，是為夏之陣。被譽為日本第一兵的真田幸村，在敵眾我寡且上不配合（真田主合戰，主君主分攻）的不利情勢下，仍勇率騎兵隊大破德川本陣，但是德川家康在逃跑中扔掉帥旗，真田失去追擊目標，最終力盡而亡）

大腦某處不斷分泌的麻藥性物質讓我昏昏沉沉。拜託，誰來幫我克制一下。

再這樣下去，我不是用僅存的餘力抱住近在眼前的朝比奈學姊，就是會飛奔出去嚇得換裝中的朝比奈學姊魂飛魄散。就在千鈞一髮之際，救世主出現了。

開門聲敲醒了我的神智。

「……」

那傢伙似乎只是靜靜站著。我也沒聽到關門聲。

「啊，長門同學。」

我聽到了朝比奈學姊清亮的聲音。

「請稍等一下，我這就去泡茶。」

我再度轉過頭去。

眼角捕捉到女侍服的裙角翻起來的一瞬間，但是那樣的景象已是從隙縫中窺探到的極限。也因此，我腦海再度浮現出換裝完畢的朝比奈學姊小跑步奔向瓦斯爐的身影。

「…………」

聽不到長門走進來的聲響。雖說她走路本來就沒什麼聲音，但是門關起來時不可能和長門一樣無聲無息，所以長門應該還站在入口附近。

「請問……怎麼了嗎？」

朝比奈學姊的聲音聽來很不安。不過這也是我的想像。長門一定是一手拿著書包，另一隻手靠在門上，眼睛直盯著清潔工具置物櫃不放。

「…………」

「請問……」

「我有話跟妳說。」

是長門的聲音。

「什麼？」朝比奈學姊發出了驚呼。

「跟我來。」

「什麼？」朝比奈學姊又再度驚呼道：

「請、請問要去哪裡？那個……咦……？」

「只要不是在這間教室裡就行。」

「可、可是，妳是要找我談什麼呢……不能在這裡談嗎？」

「不能。」長門的聲音淡淡響起。

「啊……妳真的……是要找我談嗎？妳確定？」

「對。」

「嗄？可是……長門同學？呀！妳不用拉我，我自己會走……」

後面就沒有說話聲了。只聽到朝比奈學姊踉蹌的腳步聲，接著是關門聲。兩人的氣息逐漸朝社團教室大樓深處遠去。

長門，太感激妳了。

經過響亮的「磅！」的一聲，我從清潔工具置物櫃中逃脫出來。緊接著，朝比奈學姊也滾了出來。

「啊哇哇！」

跪倒在地的朝比奈學姊，發出了既不是安心也非疲累的聲音。

「嚇死我了。」

我認為妳受到的驚嚇應該不會在我之上。

「朝比奈學姊……」我說：「這是怎麼回事？發生什麼事了？妳應該是我認識的那個朝比奈學姊吧？」

朝比奈學姊垂得低低的臉抬起來直盯著我，連續眨了眨眼說道：

「咦？阿虛，你不是知道嗎？」

知道什麼？我哪會知道啊？

「因為——」

朝比奈學姊臉上的表情，彷彿是一名好不容易坐上救生艇，才發現竟是破了個洞的沉船客房服務員：

「叫我到這個時間點來的人，正是阿虛你啊。」

等一下。

待我想想。我是說過類似的話。我的確說過。不過那是在一月二日，因為我得回到去年的十二月十八日。而且我回去了，也回來了。

那樣就仁至義盡了不是嗎？起碼在那之後，我就不曾指示朝比奈學姊再跳到未來，腦海中連那麼一絲絲念頭也沒有掠過。

也就是說……

是未來，這個朝比奈學姊是從未來過來的。

「妳從什麼時候過來的？」

「啊……」

朝比奈學姊愣了一下，視線落在手錶上。

「呃，是一週又過一天……八天後的下午四點十五分。」

「為了什麼理由？」

「我不知道。」

哪有這樣的，妳回答得也未免太快了吧！

「我真的是不知道。我只是照你的指示去做而已。我才想問你呢，為什麼你的申請都那麼輕易就通過？」

朝比奈學姊的嘴嘟得半天高，有點像春日。雖說這樣的表情也很可愛，但現在可不是一一賞析的時候。我再度將意識投注在社團教室的門口。

「是我下的指示？八天後的我那樣指示妳的？」

「是的。雖然你急急忙忙要我過來，不過你說只要我來了就會了解。對了，你還要我跟在這邊等候的你問好。」

八天後的我，你是在說什麼東西啊。

真是丈二金剛摸不著頭腦。我要朝比奈學姊回到過去到底是要她做什麼？還說什麼要她代為向我問好，這樣只是徒增我的困擾嘛。

不不，等等。我越想越奇怪。這個朝比奈學姊說她是從八天後過來的。那麼，換上女侍服被長門帶走的朝比奈學姊就是存在於現行時間的學姊了。

呃……？那未來會變成怎樣？朝比奈學姊有兩個。這裡是社團教室。另一個已經被長門帶到校舍的某個地方，我又不能對眼前這個嚴加拷問……

「長門同學把我拖到逃生梯去，跟我說了一大堆超難理解的理論。」

朝比奈學姊歪著脖子說：

「她是講如何用數論來證明神明存在，以及如何用觀念論來否定……我記得好像是這樣。長門同學一直講個不停，我則是一句也聽不懂。那個到底叫什麼來著……啊。」

講到這裡突然就停了。

「……是嗎？」

朝比奈學姊的話突然打住的同時，我顱內的能量計時燈（註：COLOR TIMER，在此是指超人力霸王家族胸前會發光的計時器。平常是藍色，能量遞減時就會變成閃爍不定的紅色）變成了閃爍的紅燈。沒錯，再這樣下去絕對是大事不妙。

我內心祈求長門的電波談話能再放送久一點。（註：在此所說的電波並不是指一般的電波，而是指能控制人心的精神能量。現在已經引申為凡人無法理解、近乎外星人的思想）

「朝比奈學姊，妳在這一週內，並沒有和從未來過來的自己打過照面吧？」

「嗯，沒有……」

朝比奈學姊老實點了點頭，她也開始有些慌張，那我們動作可得快點。

千萬不能讓這個朝比奈學姊和那個朝比奈學姊碰面。

長門就是注意到了。她感應到清潔工具置物櫃裡頭有我和朝比奈學姊在，才會耍手段幫我爭取時間。不然她幹嘛在這時候將女侍版朝比奈帶出去？絕對是要幫我和這位朝比奈學姊製造脫身機會。

再過不久，春日和古泉也會來到這裡。其實偶爾休社也無所謂，只是就如同鮭魚會迴游到故鄉的河川一樣，放學後到社團教室報到已成了ＳＯＳ團成員的習性。因為我也是這樣，所以我知道他們一定會來。一旦春日看到朝比奈學姊的無性增殖，用雙胞胎這個理由騙過她的機率有多少，連我都無法判斷。期待朝比奈學姊隨機應變更是想都不用想。

不趕快把這個朝比奈學姊帶離現場，我有預感這裡不久將會發生大慘案。

「快離開吧，朝比奈學姊。」

我抓起自己的書包，將社團教室的門打開一點點，觀察走廊的情況。一個人也沒有。一招手，朝比奈學姊就像小動物似的跑過來，提心吊膽的朝走廊張望。倒數計時已經啟動。條件有二，一是不能讓存在於現在這個時間點的朝比奈學姊和這個朝比奈學姊打照面。二是不能讓春日目擊到有兩個朝比奈學姊。我看向衣架，想說乾脆讓學姊變裝算了，最後終於認清掛在架上的全是引人注目的服裝才死了心。幸好這個朝比奈學姊身上穿的是制服。想隱藏樹葉，就要藏在森林裡。

我拉起朝比奈學姊的藕臂，快步離開社團教室。慌慌張張逃竄之餘，我問道：

「妳確定是八天後沒錯吧？」

「嗯，因為阿虛叫我到八天前的下午三點四十五分去。」

朝比奈學姊的步伐也邁得比平日大，兩步併作一步地跑下社團教室大樓的樓梯。我暗暗祈禱導師岡部能再多花一點時間教誨春日。

「那麼，這一週發生什麼事情妳都知道嘍？」

跑到一樓後，我猶豫了一會，決定直接橫越中庭。如果是從走廊通往校舍，很可能會與春日遇個正著，而且要前往鞋櫃那邊，走這條路線也比較快。

朝比奈學姊氣喘吁吁地說：

「嗯，大概都記得。」

「有發生什麼非得回到過去才行的事件嗎？」

「我印象中是沒有。只有阿虛你突然拉著我狂奔，叫我躲進那個清潔工具置物櫃裡。」

也就是我將朝比奈學姊推進去，並命令她來到今天就對了。儘管下命令的人就是我，我也參不透其中玄機。我到底想幹嘛？何不乾脆連我也一起帶過來？起碼省了獨自傷腦筋的麻煩。

想趁著沒遇見任何熟人之際殺到鞋櫃前的我，猛然踩煞車。

「要去哪裡好？」

雖說離開學校是錯不了的鐵則，但是可以藏匿朝比奈學姊的場所究竟是哪裡？

話又說回來，我該做什麼才好？難道可以什麼都不做，直接讓她回到八天後——

「不可以。」

朝比奈學姊面帶憂愁的瞅著我看並說道：

「我之前也是那麼想，跟上級聯絡之後，被打了回票。連何時回去也是最高機密，我完全不知道。」

換言之，這位從八天後過來的朝比奈學姊，必須在今天或是明天做某件事才行。這個我知道了。

然後咧？

那個某件事，就是我最想知道的事啊！為什麼八天後的我連張重點提示的小紙條都沒讓她帶來？

在我責怪未來的自己時，朝比奈學姊已小跳步跑向二年級的鞋櫃。就在我要把學校穿的室內鞋換穿成布鞋時——

「朝比奈學姊！」

我連忙轉身找尋未來人的身影，只見朝比奈學姊正踮高腳尖想打開設在高處的鞋櫃。

「啊？」朝比奈學姊維持那個姿勢，回過頭來。

「什麼事？」

還問我什麼事？

「那雙鞋是現在這個時間點的妳在穿的。」

「啊……對，對喔……」

砰的一聲關上鞋櫃門，朝比奈學姊張大了美目和櫻唇。

「我要是將鞋子穿走，當這裡的我回家時可就傷腦筋了。對了，印象中我好像沒有因為找不到鞋子而困擾……」

不光是那樣。要是我沒提醒，按照朝比奈學姊的習性，她一定會將脫下來的室內鞋自然而然地放回鞋櫃。這樣一來會如何呢？待另一位朝比奈學姊要回家打開鞋櫃時，又會自然而然把跟自己腳上那雙沒兩樣的室內鞋穿了就走。

「說、說得也是。」

朝比奈學姊也慌了。

「可是，那麼，我要怎麼做才能出校門……」

只好穿室內鞋出去啦。雖然有點丟臉，但這也是沒辦法的事。總不能偷借別人的去穿。況且現在重要的不是「怎麼做」，而是「去哪裡」。

太鼓不斷在我的胸口奏鳴，我回到自己的鞋櫃前，打開櫃門。

然後我看到了。

令人懷念，捎自未來的訊息。

「……真有妳的。原來妳都安排好了，朝比奈小姐。」

我那雙有點髒污的鞋子上，放了一個風格很夢幻的信封。

我和朝比奈學姊迎著刺骨的山風走下坡道。

同一時間也有三三兩兩的北高學生離開學校，不知道是我多心還是怎樣，總覺得他們頻頻偷看兩手空空、穿著室內鞋、模樣不像是放學回家的朝比奈學姊。

走在我右邊的朝比奈學姊，一頭栗色長髮飄來晃去，但她的表情可不像秀髮那般輕盈，陰霾得像是下雪前的天空。

附帶一提，我的臉色也好不到哪去。再怎麼說我也是被迫溜出社團教室，就算有再好的理由，無端蹺社（應該不是社，說是團較恰當）可是會讓團長的好心情指數急速下滑，要是我沒有想出逗人發笑的藉口或是再正當不過的理由，按照規定我就會成為春日特製懲罰遊戲下的犧牲者。

雖說如此，但若是放朝比奈學姊不管，就各方面而言都太危險了。不論是誰，看到在寒冷夜空下漫無目的徘徊的朝比奈學姊，都會心生保護慾，可是該位護花使者的人格可不一定有擔保，既然如此乾脆由我來保護。

「對不起。」

她那沮喪卻很可愛的聲音說：

「我又給你添麻煩了……」

「不、一點也不。」

我盡量用輕快但大家聽不到的音量回答。

「差遣妳到這裡來的人是我對吧？那麼，就是我不好。」

還有朝比奈（大）。這兩個未來人對我們倆實在太不親切了。未來人就那麼厭惡過去嗎？

我插在口袋中的手，握緊了那封信。

未署名收件人和寄件人是誰的信封裡，放了張便條紙寫道：

『麻煩你照顧身旁的朝比奈實玖瑠。』

就只有這幾個字。我對這端正的字跡有印象。去年春天，我曾收到同樣字跡的邀請文，約我午休時間到社團教室。也就是在那裡，我遇見了出落成性感大美女的朝比奈（大），因而得知痣的位置和更重要的提示。我敢說這封信的寄件人絕對是她。

可是妳這次又來麻煩我，那妳要用什麼條件跟我交換呢？朝比奈（大）。記得好像最多就一個親親？

此外，這封信我也給朝比奈學姊看了。給她看應該也沒有關係。麻煩你照顧身旁的朝比奈實玖瑠——看到這一句話自然就曉得了。假如這是只准我看的秘令，身旁的部分就不會是朝比奈實玖瑠，而是「我」了。

拿著便條紙直盯著不放，活像是要將它吞下去的朝比奈學姊喃喃說道：「這是怎麼一回事……？」完全沒發現那正是未來的自己寫的留言——似乎是這樣。

不過，就算她隱約察覺到了也不奇怪。第二次去到十二月十八日時，她看到了既不是我也不是長門更不是朝倉的第四人。雖然她很快就睡著了，但也因為如此，朝比奈學姊應該察覺得到那位成年女性有什麼隱情。

而且上個月，我在春日家附近，救了差點慘死於暴衝廂型車輪下的眼鏡弟弟時，因為不忍心看朝比奈學姊沮喪，我含糊其辭的安慰中多少吐露了些許情報，她也應該還記得。雖然我不清楚目前的朝比奈學姊察覺到多少，但就像古泉說的，SOS團的團員都在逐漸轉變中。

古泉說過，春日創造閉鎖空間的頻率減少了。

古泉也說過，長門身上的外星人氣息減弱了許多。

最會說別人的古泉，你不也和以前不太一樣了嗎？沒錯吧，副團長殿下。

在我看來，春日開始慢慢融入了周圍。校慶時她會臨時代唱就是一例，和電腦研究社的遊戲對戰、跨年冬季合宿、以及高一剛開學時難以相處的時期比起來，她現在的笑容多得根本像是另外一個人，和不熟識的陌生人也能溝通了。

——你們之中要是有外星人、未來人、異世界人、超能力者，就儘管來找我吧！

——找出外星人、未來人，以及超能力者，然後跟他們一起玩！

簡直就像是她早知道會實現似的。

我認為這一切統統都可視為是她的成長。

但是，我自己可不知道自己成長了多少。

差不多過了半小時，我將朝比奈學姊帶到了我家。

「原來……」

朝比奈學姊在我家入口脫掉室內鞋說道：

「阿虛沒來社團教室，是這麼一回事啊～」

她悠哉悠哉的發表感言。

這是因為朝比奈學姊不能回到她自己的住處，一時之間又找不到別的容身之處，假如有專門租給朝比奈學姊這種時間派駐員的地方，就可以直接送她過去棲身了，可是——

「或許真的有那種人，但是我並沒有被告知。」

既然學姊都露出剛比完賽狗的惠比特犬的表情了，我也不好再深究。不然只怕會加深朝比奈學姊的傷悲，撲朔迷離的事態也會更往五里霧的正中央移動。總之我雖然搞不清楚狀況，卻也沒有很積極想解開謎團。和我們的困惑八竿子打不在一塊的我妹，正撲向朝比奈學姊。

「啊，實玖瑠！」

我一打開門，正忙著將逃進床底下的三味線拉出來的妹妹，一頭撞上朝比奈學姊，害得北高男學生最垂涎的美少女踉蹌了一下。

「打、打擾了。」

「哇！咦？只有阿虛和實玖瑠？春日喵呢？」

我妹眼睛閃閃發光，仰頭望著朝比奈學姊，我抓住了十一歲小五生的衣領。

「春日還在學校。還有，不准妳擅自進我房間。」

我知道講再多次也是白搭。就因為這樣，我藏不想被她找到的東西才會藏得這麼辛苦。

「三味不肯出來嘛。」

我妹抓著朝比奈學姊的裙襬，笑得很開心說道：

「有希呢？古泉同學呢？鶴屋學姊呢？他們不來嗎？」

老妹習慣將耳朵聽到的暱稱照單全收，從她都叫我阿虛就看得出來。我妹就是這麼一個沒有敬老尊賢概念的小學生。拜託誰來叫我一聲哥哥，讓我偶爾過過當哥哥的乾癮也好。

「啊。你們在約會？是不是？」

我將老妹趕出去，把門關得前所未有的緊。

「現在……」

我和朝比奈學姊面對面坐下來說道：

「把這一週發生的事，簡單扼要的告訴我吧。」

「唔──嗯。」

朝比奈學姊露出了思索的神情娓娓道來：

「八天前……也就是今天，我去社團教室，裡面空無一人，電暖爐卻開著。」

如同我之前所見。

「我在換裝時，長門同學來了，然後就把我拉到逃生梯的平臺……」

那個過程也看到了。

「回到教室後，阿虛的書包不見了，古泉同學在場。」

剛好交錯而過吧。

「差不多過了三十分鐘，涼宮同學也來了。」

這場升學就業輔導時間還真長，早知道就不用逃得那麼慌張。

「涼宮同學看起來不太高興。」

因為出路問題和岡部吵起來了吧！這世上不會有符合那女人期望的志願表的，有的話我也想要一張。

「她用恐怖的眼神瞪著窗外，然後續了三大杯茶──啊！」

朝比奈學姊眼睛睜得大大的，彷彿見到房內一角有地縛靈似的繼續說：

「涼宮同學發現到阿虛不在……」

發現？

「就打電話——」

在學姊說出那句話的同時，我的手機也響了起來。

糟了。

仔細一想，朝比奈學姊陳述的影像對她而言是錄影重播，對我可是實況轉播。現在實在不是悠哉聽她重述的時候，我還沒想到不假曠團的好藉口。早知道就將手機設定成禮貌靜音模式（註：日本手機的功能，發話方會直接進入語音信箱，表示受話方無法接聽電話），不接的話，春日反而會起疑。不過，還是先問一下比較保險。

「朝比奈學姊，妳記得我有接聽嗎？」

「嗯，你好像有接聽。」

那麼，還是接聽得好。

「喂？」

『你在哪裡！』

春日劈頭就問的聲音聽來有點焦躁。我老實回答：

「我的房間。」

『為什麼？早退？』

「我有急事。」

從這邊開始就得撒謊了。

『急事？什麼急事？』

「啊……」

我正好看到三味線慢條斯理地從床底下爬出來。

「就是三味線呀，三味線生病了，我帶牠去看獸醫。」

『你帶牠去？』

「是啊，家裡只有我妹在，她通知我的。」

『咦～是什麼病？』

「呃……圓形禿。」

聽到我胡謅的病名，不知為何朝比奈學姊掩住了櫻唇。

『你是說三味線得了脫毛症？』

「是啊，醫生說可能是壓力累積所導致的，牠現在正在家中靜養。」

『貓會壓力大到得精神病？而且還要回家靜養？那不正是三味線每天都在做的事嗎？』

「說是那麼說啦，不過妳也知道我妹常黏著三味線，這樣對牠不太好。所以我決定要將我的房間列為三味線保護區，禁止妹妹進來肆虐。」

『哦～』

聽不出她是不是諒解了，春日哦完一聲就陷入沉默。再度開口後卻說：

『我問你，你現在和誰在一起？』

「…………」

我將手機稍微挪離耳朵，盯著通話計時畫面。

她為什麼會知道？朝比奈學姊一句話都沒說，甚至還用兩手遮住嘴巴，深怕一個不小心發出了聲音。

「沒有啊。」

『哦，是嗎？我聽你的口氣怪怪的，才想說是不是你旁邊有人。』

這女人的直覺依然敏銳得很多餘。

「我旁邊就只有三味線在。妳要跟牠講話嗎？」

『不用了。替我轉告牠，請牠多保重。拜拜。』

這麼乾脆就掛斷了，令人意外。

我將手機丟在床上，看著靠在朝比奈學姊膝上摩蹭的花貓，盤算著要在牠身上哪一處剃一塊圓圓的毛。免得要是春日突然殺過來探望，我會措手不及。

「在這之後，春日又怎麼做？」

搔著三味線耳後的朝比奈學姊露出回想的表情說道：

「嗯——她在社團教室待到五點過後，就和大家一起回家。涼宮同學……對了，我覺得她突然變得很安靜。在社團教室也是一直看雜誌……」

春日令人毛骨悚然的文靜，終於連朝比奈學姊也感受到了嗎？

其他人又如何呢？我只能確定長門知道這件事。

在朝比奈學姊手指的逗弄下，三味線喉嚨呼嚕作響，前腳搭在水手服裙子的膝蓋上。學姊手放在佔據了整個膝頭的三味線背部，繼續說：

「和平常好像沒什麼兩樣……對不起，我實在不太記得了。」

這也是沒辦法的事。我自己也不清楚一週前的古泉臉上有什麼表情。要是有人問我，我也只會回答：就跟平常一樣啊。

「其他人呢？明天或明後天呢？」

朝比奈學姊輕輕抓住發出滿足聲響的三味線尾巴，只見她美目低垂地問：

「說到哪個程度好呢？」

只要學姊肯告訴我未來的行程，我會全部照本宣科進行。

「嗯呃，下一個國定假日，大夥會一起去尋寶。」

尋寶？

「嗯。涼宮同學拿了藏寶圖來，大家就一起去挖洞。」

挖洞？

「對。是鶴屋同學給涼宮同學的。她整理老家的倉庫時，找到了老祖宗繪製的奇怪地圖。就像這樣。」

學姊伸出白魚般的玉指在空中比劃著：

「類似水墨畫的古地圖。」

鶴屋學姊……妳真是沒事找事做，竟然給春日那麼麻煩的東西。而且還是挖洞？我們又不是平安京的檢非違使（註：平安時期設立，類似衙門的捕快，職責是維護京都治安、打擊非法），究竟要挖哪裡？

「山。」

朝比奈學姊的回答簡潔到不行。

「就是鶴屋同學家私有的山。我們放學途中在坡道上看到的那一整片山都是。」

光聽到這我就快昏倒。又不是在演《山國峽恩仇記》（註：日本國寶菊池寬大師短篇小說，描述作惡多端的市九郎弒主遠走，在皈依向善、發願打通山國峽隧道造福百姓之際，卻遇上尋找殺父仇人復仇的實之助的故事），爬完山之後再進行挖掘作業，在這冷到爆的二月就像是耐寒遠足那樣蠢的活動。先跟各位聲明，鶴屋家的家山可沒什麼引人入勝的景點。小小別墅都有附設私人滑雪場了，在自家山上設一個總不為過吧。

我毫不隱瞞自己的嘆息問道：

「那麼，有找到寶藏嗎？」

「呃……沒有。」

朝比奈學姊回答前似乎有點支吾其詞，但她最後還是用力搖了搖頭說：

「到處都沒埋藏古代的寶物。」

早知道就不問了。看來不論是不是難得的假日，我都得學尋寶獵人去探求不可得的寶物。再也沒有比事先就得知會無功而返更讓人無力的作業了。

「還有下週的星期六和星期日……」

又要去挖寶？探勘鶴屋家的庭園說不定挖到的機率會比較大。比如說溫泉。

「不，六日都是做那個……呃，市內搜查行動。」

原來如此，是那個啊。為了探尋這世上的各種不可思議現象，四處趴趴走的ＳＯＳ團主要活動，就是朝比奈學姊口中的那個。對了，那個的確很久沒進行了，儘管如此——

「總不會連續兩天都在做那個吧？」

「是的……可是，不，沒錯。」

朝比奈學姊不知為何轉開了目光——

「因為星期一學校也放假……」

聽她一說，我才想起來。下週一要舉行特別班的推薦甄試，那天學生可以不用到校。

「那有發現不可思議現象嗎？」

會不會是因為這樣，才要叫朝比奈學姊來到一週前，就在我這麼猜想時——

「沒有。」

栗色長髮毫不猶豫朝兩旁搖了搖。

「和平常一樣，喝茶、中午共進午餐……」

我的脖子歪得更嚴重了。從朝比奈學姊說話的內容，根本找不出她回溯時間的緣由，也找不到我命令她那麼做的動機。假如是一年後，起碼是以月為單位的一段時間，找不到的話還說得通，從下週到本週才不過短短一週，會有什麼變化？

我不動聲色觀察正搔著滾轉的三味線柔軟腹毛的朝比奈學姊。

這次只有短短的一週，我想儘可能不借用長門的力量來使用長門方式。從去年七夕移動到四年前七夕的我和朝比奈學姊，經過了三年的時間凍結才回到原來的時間帶。只要活用那個經驗就行了。設法讓這個朝比奈學姊在那裡掩人耳目一個禮拜，不久她就會追上原本的時間。不必動用到冷凍睡眠，弊害也頂多只是比別人年長一星期，才老那麼一點點沒差啦。

可是那麼一來，朝比奈學姊這次的回溯時間就沒有意義了。應該是有意義的，畢竟朝比奈學姊會在這裡，是八天後的我指使的，加上朝比奈（大）親手寫的留言又說……

「那我這幾天有沒有怪怪的？我都沒有什麼可疑的舉止或是跟妳透露什麼嗎？」

「嗯——沒有……」

朝比奈學姊一味按著舒服得閉上眼睛的三味線彈性十足的肉球。

換個角度切入吧。

「那麼請妳告訴我，八天後的我叫妳去時間旅行時當時的狀況。」

「這我就記得很清楚。因為對我來說是今天才發生的。」

手離開了貓，朝比奈學姊在空中畫了好幾條直線。

「我們在中庭舉辦收費性的活動，是SOS團主辦的抽籤大會。」

什麼東東？

「那是阿彌陀籤，抽中大獎的人……將會得到豪華獎品，參加費一人是五百圓，涼宮同學用擴音器招攬人群……」

那女人是想賺團費想瘋了不成？

朝比奈學姊欲言又止的繼續說明：

「我負責發放獎品。參加者好多，我有點害怕……」

節分時沒撈到，才想一次撈夠本吧。

「朝比奈學姊，妳當時是做什麼打扮？該不會是巫女吧？」

「咦？你怎麼知道？」

因為春日的思維就是那樣。想引人注目就要從服裝著手——正是春日流宣傳手段。總之那女人就是認為受人注目就等於成功了。平日的朝比奈學姊五官就已經夠引人側目，要是再妝點一番，難以言喻的奇妙威力更會大大增強。以參數而言，就像是魅力度那種東西。

「在我為中大獎者奉上獎品、握手並拍紀念照的當兒……」

朝比奈學姊難為情似的揪起三味線的腮毛說道：

「阿虛你突然就抓起我的手直衝社團教室，又叫我快點換上制服，我雖然搞不清楚狀況，還是照做了，然後你又叫我進去清潔工具置物櫃，時光跳躍到八天前的三點四十五分。你說你會在那裡等我，接下來的都聽你的就成。」

朝比奈學姊一直用食指在三毛貓背部摩來摩去，彷彿在描繪紋路般，此刻她低頭繼續道：

「TPDD的使用許可很快就下來了。快得令人不敢置信。簡直就像是在等我申請似的。」

看來是這樣沒錯。朝比奈（大）肯定早就知道了。但令人不解的是，為什麼八天後的我會在未來人的計畫裡參一腳。而那位性感大美女朝比奈小姐，和我這邊這位朝比奈學姊也是不同時空的同一人物。可是道理是道理，感情歸感情。妳到底要小朝比奈在不明就理的情況下行使時間移動多少次才甘願？差不多也該告訴她了吧，朝比奈（大）。

妳再不露面，我就將所有事情一吐為快。

我面前的朝比奈學姊神色又開始抑鬱起來。額上又浮現出同上月的某段時期，她對自個的無能深感無力的陰影。說到這個無能為力，我也是不輸人。就像現在，我又開始想找幫手了。

「唉～」

我和朝比奈學姊不約而同嘆了口氣，三味線無聊的打了個大呵欠。就在這時候——

「阿虛——開門——」

門外傳來我妹的高聲叫喊。我照她的話開門，只見她顫顫巍巍的拿著裝有果汁和小蛋糕的托盤進來。雖說是我老媽機靈，但是看到準備了三人份，我就知道這小妮子打算坐下來旁聽。雖然有點遲，我還是察覺到了。我和朝比奈學姊在我的房間獨處，置身於絕佳的情況下；我卻絲毫感受不到美好的氣氛。我一再用眼神暗示老妹快出去，她卻連看也沒看我一眼，挨著朝比奈學姊坐下來說道：

「三味，要不要吃蛋糕？」

看見我妹拿撕下來的蛋糕底湊近貓的鼻尖，朝比奈學姊綻開了柔柔的笑靨。

妹妹偶爾也派得上用場。但願這份天真無邪不會隨著長大而失去，這是我身為兄長的衷心祈願。

在我妹夾著貓和朝比奈學姊玩耍得心滿意足後，我和朝比奈學姊才得以從我家逃脫出來。手錶指著下午六點十五分。天色已暗，立春尚早，是下個月的事。

「怎麼辦?阿虛。」

走在我身旁的朝比奈學姊呵著白氣小聲說道。她的步伐不穩，是因為她穿的是我多出來的鞋子。總比穿室內鞋來得好。雖說對灰姑娘而言，這雙玻璃鞋是太大了些。

「怎麼辦啊。」我也吐出了白色氣息。

我是很想直接把朝比奈學姊留在家裡，相信我妹也會很高興，問題是怎麼想都說不過去。尤其是我爸媽一定會問她為什麼不回自己家。而且萬一，謠言長了魚鰭奮力游到春日耳邊，現實中的天譴保證會降臨到我身上。三味線的毛剃掉還會再長，朝比奈學姊的存在可不能說消除就消除。朝比奈學姊留宿我家的計劃暫時最好僅止於妄想。

嬌小學姊的步伐走得歪歪斜斜。一觸碰到手臂就驚跳開來的動作，此時看來更加可愛。那好像不單單是鞋子不合腳的緣故。假如學姊是下意識如此依賴我，我會很開心，但可不能只是覺得開心。有朝比奈學姊貼著我就能承受一切的強韌自信，尚未在我的體內滋生。畢竟倒下的骨牌也得推倒下一枚骨牌，才能來到最後一枚。

那麼，此時此刻，值得信賴的最後一枚骨牌是誰，能想得到的候補人選實在不多。

首先，春日完全不在考慮之列。假如有人問我為什麼，就算拿那傢伙的頭當橡皮頭，我也不會有罪惡感。（註：「橡皮頭（Eraser Head）」是驚世駭俗名導大衛林區（David Lynch）首部公開上映的實驗性電影。電影中有一幕是男子的人頭掉在路邊，被路過的男孩撿去賣給鉛筆工廠，工人將男子的頭製成附有橡皮擦的鉛筆）

存在於現在時間點的另一位朝比奈學姊也不用討論。再多一隻膽顫心驚的小動物，離解決問題只會越來越遠。再說我也不打算再就時間悖論深究下去。

古泉那小子是頗值得信賴，但他所屬的「機關」會如何對待未來人卻是個未知數，將朝比奈學姊寄託給那種來路不明的組織，會不會受到善待我也不確定。新川先生和森小姐與多丸兄弟看起來都是善類，但他們要都是古泉自稱的底層小嘍囉的話，地位在他們之上的支配者要得到我的完全信賴還有得拼。

因此，用單純的消去法，某人的名字浮上了我心頭。就是了解我們處境的稀有存在，同時也是ＳＯＳ團檯面下的實力派。雖然也有個來路不明的頭頭，但不像古泉那麼現實……

剩下的就只有那傢伙。

於是乎，在我深思熟慮該上哪裡去後，還是只有那裡能去。

換句話說，該長門有希出場了。現在不是吐嘈說你不膩嗎或是又來了的時候。也許把未來人和外星人視為配套組合會比較好。說不定從未來回到過去的過程中，早就將前往長門家設成必經的路線。

而且——我是這麼想的。

那傢伙為了不讓這個朝比奈學姊被現階段的自己看到，才將另一個朝比奈學姊（現）從社團教室帶開。搞不好我連說明來龍去脈的口水都可以省了。

「要去長門同學那裡嗎？」

可是，朝比奈學姊抬頭看我，步伐也慢了下來。我連忙激勵她：

「那傢伙一定ＯＫ的。她的住處有多的房間，收留妳住一個星期不成問題的。」

甚至連我都想帶睡衣過去了。等我想到好藉口就帶過去。

「可是……」

她的視線朝下低語著：

「和長門同學獨處，我會有點……不自在。這一週……都要住在她那邊嗎？」

不用怕成那樣吧！長門不會加害朝比奈學姊的，人家之前照顧過妳那麼多次，前陣子她還是和妳一起去時間旅行的旅伴耶。

「那個我知道……」

很不可思議，此時朝比奈學姊以責難的眼神瞄了我一眼又說：

「但我要是和你一起去，長門同學可能會很不開心……」

「咦？為什麼？」

學姊妳怎麼知道什麼樣的東西才能讓長門開心？就算離她十公分遠有個嗑了藥的毒癮犯大跳脫衣舞，我想那傢伙也是會無動於衷。

就在我注視著朝比奈學姊，期待她的回應時，她突然鼓起腮幫子，面向前面像是在鬧彆扭的說：

「……算了，當我沒說。」

以最短的解釋就能溝通是長門的優點，還有這時候也是。一按下豪華公寓入口的電子號碼鎖和門鈴——這對我的指紋早已熟悉不過，我就聽到了——

『…………』

一如往常的無言應門。

「是我，朝比奈學姊也在。事情是這樣的……」

『進來。』

這是第幾次了？這段對話。不管是大小朝比奈都被我帶進去過，呃，合算下來這是第四次了吧。第一次是四年前的七夕，第二次也是在那一天，第三次是上個月二日。

朝比奈學姊坐立難安的模樣，也是每次都會看到的熟悉光景，走出電梯到七樓的通道上也都沒有改變。緊緊握著我的衣袖的小動物模樣不言可喻，假如不保護這個人的話，那就算將地球化為粉末鉅細靡遺的調查，也調查不出該保護什麼東東。

「…………」

長門屋門半開，探出身子等我們到來。她身上穿的也是我早已看習慣的制服。頭一次看到這傢伙穿便服是在夏季合宿，最後一次是在冬季合宿。定睛在我們身上的眼神中，似乎沒半句話要對我們說，可是朝比奈學姊很快就腿軟了。

「那個……不好意思，長門同學……我好像每次一有麻煩就會來找妳……」

事實上也是如此。

「沒關係。」

長門冷漠地點頭說道：

「請進。」

朝比奈學姊提心吊膽的驚顫感，說穿了就是對應長門的熟稔度指針，兩人之間的隔閡彷彿有太陽系到巴納德星系（註：Barnard's Star是距離太陽系第二近的恆星，距離地球約5・97

光年）的距離那樣遠。我得使勁推著學姊的背，才能讓學姊踏進長門家家門。客氣到完全看不出上個月她才在這間屋子的客房裡睡覺。

「打擾了……」

以前的長門住處的單調度，從屋內僅有最低限度的家具即可見一斑。現在多了我第一次來，也就是去年春天她約我過來時還沒有的渦紋圖案冬季用窗簾就掛在客廳的大窗戶上。光那樣就足以改變我對這間屋子的印象了。聖誕節過後就捲收在這裡的人體扭扭樂也靠牆豎放著；然而仍舊不見電視機的蹤影，也沒鋪上地毯。走到起居室也只看到暖被桌；不過棉被已取下，成了普通的和室桌。我很想參觀一下寢室看看裡面的布置，但是又有不好的預感，還是別看得好。萬一她的香閨裡貼滿了夢幻風的壁紙或是掛著綴有蕾絲的壁飾，附有美美紗帳的公主床，床頭還擺有羊咩咩布偶的話，從這天起，我就得將腦海裡一切有關長門的資料全部歸零，重新再構築情報。到那時候，我內心的評語恐怕上溯到美索布達米亞文明黎明期都不存在。還是等到明天，跟朝比奈學姊套話打聽情報來得保險。

現在該問的，是別的事情。

「長門，妳知道這位朝比奈學姊是從未來……」呃，這還用問嗎？「我是說，妳知道她是從八天後的未來過來的另一位朝比奈學姊嗎？」

我在起居室的暖被桌旁坐下，如此問道。

「我知道。」

長門採正座姿勢，在我的正對面坐下，目光看向仍杵立不動的朝比奈學姊。朝比奈學姊驚跳了一下，慌忙在我旁邊坐好、頭垂得低低的。

「朝比奈學姊並不明白自己為何得來到這個時間點。」我說明著：「據她表示，是那個時間點的我叫她來的……長門，妳是不是清楚整件事的來龍去脈？」

就算不知道，這傢伙也極有可能告訴我未來的情報。所以——

「不清楚。」

聽到她這麼直截了當的回覆，並沒有動搖我的信心。有什麼關係，往後她自然會幫我弄清楚。只要用那個什麼同期化的就行了。

可是長門又直截了當辜負了我的期待。

「沒辦法。現在的我，無法不問過去未來，和存在於任何時空連續體的自己的異時間同位體同期化。」

為什麼？在我這麼問之前——

「因為我申請了禁止處理碼。」

還是不懂。為什麼？

「基於判斷，那可能會和我的自律活動有所衝突。」

所以妳的頭頭才叫妳把那個封印起來？

「資訊統合思念體只是首肯——」

長門的無表情中有些許的神采奕奕。

「我憑自己的意志做的決定。」

長門繼續以覆誦電報般的聲音述說著：

「解除碼被暗號化，裝設在不是我，而是另一個聯繫裝置底下管理。我無法憑意志解除，也沒那個打算。」

呃——也就是說，長門無法和未來的自己交換情報，也無法得知未來發生的事情。當然，我也無從得知朝比奈學姊從八天後過來的理由了。那我現在該怎麼辦？

「照你的判斷去行動即可。」

真摯的黑眸中映著我的小小身影。

「我會怎麼做，你就怎麼做。」

我下巴都快掉了。長門正在闡述自我意識。搞不好我現在是在聽長門說教？

「藉由失去同期化機能，可以獲得讓自律機動更進一步自由化的權利。我會照現階段的自我意志下去行動。不用再受未來束縛。」

就長門而言，今天的她算是相當多話了。是什麼原因讓她變得如此長舌？

「未來的自己的責任，據判斷應該由現在的我來揹負。」

長門凝視著我。

「你也是。那正是——」

長門緩緩吐出了下一句：

「你的未來。」

我閉上雙眼，開始思考。

假設我有預知能力好了，可以預知到自己直到八天後的全部行動。再順便假設我也知道不論如何都無法改變那個結果好了。既然怎麼做都無法改變未來；做什麼都無法修正結局，莫可奈何下放棄才是正確的。

不管我再怎麼掙扎，結果還是不了了之，和乾脆一開始就什麼都別做，最後還是會抵達同一個終點，這樣也能說是一切都相同嗎？

長門應該掙扎過。這傢伙早就知道自己會出亂子。不然她幹嘛那麼努力做補救措施？我連問這一句都覺得是浪費時間。或許她早就知情正是亂源所在，但是就結果而言已經成定局了。這不是單純誰對誰錯的問題。千錯萬錯都是我的錯。明明感覺到長門有異，卻不予理會的我才是真正的亂源。雖然很想叫她撥一部分給春日承擔，偏偏那卻是誰都無法分擔的精神負荷。

上個月，未來的長門對過去的長門是這麼說的：

——因為我不想。

她不想預先被知會自己該做什麼事，也不想知道。

長門以前會明白自己該採取什麼行動。因為她很信賴自己。

她不至於會改變決定。我自己不也是這樣？

我聽見了未來的自己的聲音，回到過去對當時的自己說了同樣的話。我既沒問今後該怎麼做，也沒說該做什麼。

——因為我早就知道未來會是如何了。

而我也設法去做了。所以我現在才會在這裡。

「不要緊的。」

長門的聲音拉回了我的意識，無感情的黑眸比往常更加閃耀。

「我的最優先任務是保護你和涼宮春日的安全。」

真希望妳也能將朝比奈學姊列入保護之列。順便連古泉也一起。在雪山怪屋時，那小子承諾過要當妳的後援的。

長門點點頭。

「當敵性存在意圖干涉的狀況下。」

能不能舉例說明？譬如像是什麼樣的傢伙？

「和資訊統合思念體起源不同的廣域帶宇宙存在。以前，曾將我們囚禁在異空間裡。」

雪山山莊事件的幕後黑手是嗎？

「他們存在於和資訊統合思念體相距遙遠——」

長門頓了頓，好像在思索字彙似的。

「——的位置。知道彼此的存在，卻從未接觸過。因為我們得出結論，兩者不可能會有互相理解的一天。可是，他們也注意到了。」

注意到什麼？

「涼宮春日。」

好久好久沒有這種感覺了，該怎麼形容才好？不管是誰都特別重視春日，緊盯著她的一舉一動，有時甚至會對她出手。

「所以他們才會引發雪山遇難事件……」

「沒錯。就是他們加重我的負荷，讓我難以獨力迴避危機。」

那當時，妳的頭頭在幹嘛？睡午覺嗎？

「以有機終端機的功能而言，無法完全讀取資訊統合思念體的一致想法。」

不過，長門的頭傾斜了兩釐米左右。

「在我的認知裡，那只是他們的一種溝通手段。」

那是哪門子的溝通啊。將我們全部關禁閉的交友方式，在現代社會絕對不適用。

「他們和我們的性質完全不同，我們無法理解他們的思路。同理可推，他們也不能理解我們的思考。」

無論如何都沒辦法嗎？我很想知道他們對春日有何看法。

「情報的完全傳達是不可能。」

我想也是，畢竟他們是用暴風雪取代哈囉的交友白癡嘛。

「些許的話或許還辦得到。」

長門縱向動了動頭說道：

「只要他們也創造出和我有類似機能的有機人工智慧聯繫裝置，雖說無法做到百分之百，但是以言語為媒介的溝通是有可能成立的。而且成功機率很高。」

不會吧？他們不是還遠在天邊嗎？原來已經來到地球了？

「有此可能。」

我一點都不希望有此可能。但另一方面又覺得那種人不出現才真叫不可思議。

「啊……」

倒抽一口氣的是朝比奈學姊。

「莫非……」

朝比奈學姊似乎察覺到什麼。更令人驚訝的，她是用心裡有數的表情看著長門；長門也看著她。我則是看著兩人，對未來人和外星人兩相對望的模樣有點吃驚。

「怎麼了嗎？」

「不，沒事沒事。真的沒事……」

在我被慌忙換了張表情的朝比奈學姊嚇了一跳後，長門很快站了起來。

她俯視著我們說道：

「我去準備茶水。」

聲明完畢後就朝廚房移動，走到中途又停下來回頭看。

「還是說——」

說什麼？就在我等她說出下一句時，疑問句形式的短字彙飄了下來。

「晚餐？」

長門今天的晚餐菜單是罐裝速食咖哩。將分量足足有五人份之多的超大罐頭直接下鍋加熱的烹調方式，有著難以言喻的長門風情。春日要是也在這，我可以想像得出那女人一定不管三七二十一加入一堆雜七雜八的食材，而我又會浮現難以言傳的心情——她究竟是把美味與快樂哪個擺優先？

話又說回來，現在早已是晚餐時刻。

朝比奈學姊一副侷促不安的模樣坐在起居室，是因為長門命令她不要輕舉妄動。她對想要幫忙的朝比奈學姊說：

「妳是客人。」

如此宣稱後，長門便默默開始準備晚餐。只見她從櫥櫃中取出咖哩罐頭，再將一整顆高麗菜切絲。

最後，在深盤中盛入剛煮好的飯並堆得有如小山高，淋上速食咖哩後，就成了單純中帶點豪邁的主菜，再配上超大分量的純高麗菜沙拉，端到我和朝比奈學姊面前。惶恐的朝比奈學姊忙不迭點頭道謝，低頭盯著盤子裡堆得有如山脈一樣高的超多咖哩飯，強忍胃痛的表情僵硬得可以，此時一滴汗水悄悄滑落。

長門坐回自己的位置說道：

「吃。」

「開、開動。」

當然我也雙手合十。一聞到咖哩香就開始哀鳴的胃袋早就等不及了。雖然有點遺憾不是親自熬煮的咖哩，偶爾吃吃速食咖哩也不壞。況且用餐時有寂靜無聲大口剷平咖哩山的長門，和細嚼慢嚥吃相秀氣的朝比奈學姊等秀色當前，也算是別具風味。雖然完全找不到話題聊（假如春日在場，她一個人也不愁沒話題），但是再也沒有比這更棒的餐桌風景了。

後來，我和長門合力將痛苦得快翻白眼的朝比奈學姊剩下的半座咖哩山剷平，餐後喝完也是長門沖的茶之後，我說道：

「謝謝妳的招待。我就坐到這裡，告辭了。」

「咦?阿虛你不留下來過夜嗎?」

一邊優雅啜飲著茶、一邊壓著胸口的朝比奈學姊杏眼圓睜，甚至連長門也持杯就口，以一動也不動的視線朝我看來。

「呀，我……」

在這時候斗膽說出「那樣也不錯。」的妄想，以疾如星際衝壓噴射引擎暴走中的太空船般的速度在腦內流竄。（註：星際衝壓噴射引擎（Bussard ramjet engine）源自1960年美國物理學家Robert Bussard提出的理論，利用磁場將大量吸收的星間物質轉化為熱能，因此航途中不用補給燃料，也能保有永恆的續航力。這種觀念廣為SF作家喜愛與採用）朝比奈學姊換上跟長門借的睡衣，拿毛巾擦拭洗好的頭髮，模樣嬌羞不已；旁邊是長門頭上冒著熱氣，大口喝牛奶的影像一閃而逝，記憶旋即回溯到在和室鋪有兩床棉被的回憶，直到腦內螢幕不知為何突然跳出完全無關的春日吐舌弄眼扮鬼臉的模樣（註：請見《涼宮春日的動搖》封面）我才恢復了神智。

「今晚我先回去，明天放學會再過來。」

接著，我詢問這屋子的主人：

「可以嗎？長門？」

長門點頭同意。我朝更加不安的朝比奈學姊頷首示意：

「請妳乖乖等到我放學過來。別擔心，船到橋頭自然直。」

我不是在安慰學姊。萬一情況不對，只要請長門將時間凍結起來就行了。就像第一次時光回溯到七夕時那樣做，照樣可以回到三年後，這次才短短一個禮拜，小CASE啦。再說我又有別的預感。朝比奈學姊不可能進行無意義的時光回溯，八天後的我會命令她那麼做肯定也不是沒事找事做。把未來的事說得好像「煞有其事」似乎很古怪，但這完全不影響我堅定的信念。因為還放在口袋裡的那封信告訴了我。

對吧？朝比奈大人版。

這件事一定和妳有關。

揮別了楚楚可憐得足以激起保護慾的朝比奈學姊擔驚受怕的表情，我仰望寒冬的夜空，踏上了歸途。

途中，我都在思考長門告訴我的能力限制一事。古泉，你的預感或許很準喔。長門變成普通的女高中生，從此與資訊統合思念體絕緣，專心當文藝教室一員的日子指日可待。那麼一來，每當我遇到困難時就不用去找長門了。也不會再帶給她負擔。我們可以成為有福同享、患難同當的普通好友。

沒有長門大明神的神力加持，未來當然有可能會比現在更加手足無措。

但是，那個呢？那個又怎麼說？

去年的十二月，春日和古泉消失無蹤，朝比奈學姊也不認識我的那個詭異世界，我並不後悔讓它恢復原狀。只是，我對那個世界仍有些許留戀。朝倉端關東煮過來的那一天，正當我要回去時——

長門出現的那抹淡淡的微笑，我一直很想再見一次。

如果在這個世界可以實現，我寧願它有實現的一天。

第二章

隔天，到校後第一個迎接我的，是鞋櫃中的信封。

「果然。」

我趁沒人注意，趕緊塞進學生西服的口袋，匆忙換上室內鞋，直接往廁所衝。拆秘密信件時要到廁所的個別空間是不成文的規定。

我打開信封，取出折疊好的紙條。裡頭有兩張。

第一張毫無疑問是她的字跡，上面是這麼寫的。

『從〇〇町××番—△△號的十字路口向南走，附近有條沒有鋪柏油的小路。今天下午六點十二分到十五分之間，照著圖示將東西放在那條小路和市街的交叉路口。

P.S. 務必要帶朝比奈實玖瑠同行。』

我看得懂的只到這裡。文章末尾尚畫了一些見都沒見過的符號，看它的排列組合很像是署名，但它真正的意思我實在是有看沒有懂。想說會不會是簽名，又看不懂那些符號，我只有歪頭納悶的份。

「這是哪門子的指令啊？」

當我看到第二張時，脖子歪得更厲害了。

「這是什麼東東？」

上頭畫了教人難以理解的東西。我只能理解那是簡略到連馬屁精也無法奉承幾句的手繪地圖，而上頭標示的×大概是地點。問題在於，她要我放在那個×記號上的東西的圖解和說明，只會讓我認定這如果不是在開玩笑，就是純粹的惡作劇。

「我不懂妳的意思，朝比奈小姐。」

今天下午六點十二分起三分鐘內要將那個設置在那裡？

做這種事是要幹嘛？

我反覆看著信件內容直到背起來，將信放回信封裡，收在書包深處。就算有什麼萬一，也不會被春日抓包。畢竟這種事就連我也找不到好藉口。

我從廁所出來，邊沉思邊上樓梯。

不過，整起事件總算有個端倪了。朝比奈學姊會從八天後被送過來，為的就是這件事吧。因為必須在這個時間帶做某件事情，又不能找如今在學校的朝比奈學姊去執行。可是，為什麼不能找她？

跟越想越謎的疑問持續搏鬥中，我走到了教室，映入眼簾的是春日那張乖得出奇的臉。

春日抬起眼皮看了我一眼說道：

「三味線的情況如何？」

「啊——」

她不提我都忘了。

「還可以。」

「喔，是嗎？」

我在冷冰冰的椅子上坐下，假裝若無其事地偷看春日的側臉。

看來她似乎沒有起疑。百無聊賴的托著腮幫子，心不在焉地緊閉雙唇；不過她最近都是這副調調。不知道她心裡在想什麼，說實在我也沒那個美國時間去研究。

「哪，春日。」

「幹嘛？」

「就是那個三味線啊，我今天也得帶牠去看醫生。有好一段時間我都得帶牠去複診。所以，我今天大概也無法去社團教室了。不好意思……」

本以為會看到一雙銅鈴大眼朝我怒目而視。

「可以呀，沒關係。」

想不到她居然恩准得如此爽快。她那麼關心三味線啊？

「你那是什麼表情。」

春日對著嚇呆了的我，瞇細了眼睛。

「無故曠團當然不行，但好歹我也是個通情達理的團長，只要有正當的理由，自然不會跟你囉唆。」

通情達理而且不會跟你囉唆的春日，我至今有見過嗎？翻翻記憶，正當我猜想這應該是第一次時——

「幫我轉告三味線，就說過幾天我會去看牠，請牠要打起精神來。可是三味線，不就是因為被你妹用惹貓厭的方式過度溺愛才會得病的嗎？」

她輕描淡寫的說完，手腕托著的下巴搖晃了一下。雖然若有所思的沉默春日看起來的確不太自然，但對目前的我可是求之不得，因為我還有名為朝比奈習題的家庭作業等著我完成呢！

不過，這氣氛究竟是怎麼一回事？坐我後面的女生一語不發，直盯著窗外看，為何我會同時感到懷念與新鮮？只要醒著的一半時間就好，有這樣的春日也不壞。

「各位同學早！」

預備鈴尚未響完，導師岡部就精神抖擻走進來。

我知道的。

春日的憂鬱不會持續很久。仔細想想，其實這次未來人提供的情報首度有很具體的預言。根據朝比奈學姊的敘述，接下來這女人會將我們拖下水一起去尋寶，然後又四處去趴趴走。假如醒著的另一半時間是那樣的春日也很好。

不管是好是壞，我總算是比較安心了。

午休時間，我快速扒完便當，就往社團教室衝。

果然不出所料，她不在教室就是在這裡，長門正坐在長桌的指定席上埋頭看書。

「長門，朝比奈學姊怎麼樣？」

「…………」

畢竟人是我帶去的，還是關心一下的好。

長門落下的視線前方固定在我身上，像是在揣測我話中的意思，沉默了好一陣子。

「什麼怎麼樣？」

「有沒有給妳添麻煩？」

「沒有。」

那就好。我想像長門和朝比奈學姊開睡衣派對的模樣，想著想著心窩都暖起來了。

「可是——」

長門以平坦無起伏的聲音說：

「和我在一起，她似乎很不安。」

像是剛擦得透亮的硬幣的眼眸，又落在精裝書上。

我凝視沉默不語的長門，搜尋白皙的臉龐上是否有什麼表情。像是很遺憾啊、或是有一丁點的寂寞——雖然我是這麼想，但實在很難從長門的無表情中擷取出任何感情的成分。

我可以理解朝比奈學姊的不安。應該說是，大部分的人和長門單獨關在密室裡也同樣會失去冷靜。除了我和春日及古泉以外，所有人應該都是如此，啊，鶴屋學姊應該會沒問題……不不，問題不在於這裡。

長門可以理解朝比奈學姊內心的不安，並且像這樣描述出來，感覺上有點不太對勁。

「因為我和朝比奈學姊時常受妳照顧，她覺得不好意思吧！」

「彼此彼此。」

長門眼也沒抬地說道：

「我也借用了你們的力量。」

可是，付出最多的是長門吧。我的小命被妳救回好幾次，大部分的事件中最可靠的人也是妳。我不是說朝比奈學姊和古泉沒有用喔，但是沒有妳就無計可施的時候是比較多。

「我也有成為罪魁禍首的時候。」

那怎麼能怪妳呢。假如非要找個人怪罪，就統統怪到我和資訊統合思念體頭上好了。妳實在不用太過自責。也多虧那起事件，我才終於能夠完全接受這整個現實，也看到了春日馬尾妹版。假如說我有了什麼改變，那次的經驗著實功不可沒。

「是嗎。」

呢喃般的低語之後，長門翻往下一頁。颼颼吹的冷風使得社團教室的玻璃窗頻頻振動。我打開電暖爐的開關說道：

「妳的頭頭現在如何?有好好壓制住激進派嗎?」

「資訊統合思念體的意念統一並不完全，不過目前是由主流派掌權。」

原來如此，外星意識生命體也會有派系鬥爭啊。

「妳屬於主流派嗎?」

「對。」

而朝倉是激進派的尖兵。等等，只有兩派嗎?還是還有別的派系?像某某派之類的。

「就我所知，有穩健派、革新派、折衷派、思索派。」

原來有這麼多派系啊。想當時，朝倉採取殺死我以間接刺激春日的作法，長門逼不得已只好消滅她。至今她們的頭頭仍然在互相角力。

當我在將天上眾神的鬥爭視覺化時——

「其他派系的思維無法傳導到我心中。」

長門緩緩地抬起頭，從書本移開了視線。

「可是，只要我在這裡的一天——」

沒有起伏的語調，道出了可靠無比的一句話：

「就不會任人擺布。」

從社團教室回來的路上，遇到了熟悉的兩人組。

「嗨，阿虛！」

鶴屋學姊熱情地大力揮手。她旁邊那位可人兒——

「那個，府上的貓咪要不要緊啊？」

語帶憂心的詢問。

「聽說你帶牠去看獸醫了。」

這人正是朝比奈學姊。是這個時間點的，普通的朝比奈學姊。完全不知道自己又再度回溯時間的那一個。

「有吃藥嗎？」

啊，對了。春日是在社團教室打的電話，當時朝比奈學姊也在場，從春日的話語中也能拼湊出事情的大概。

「牠的病情沒那麼嚴重，只是需要靜養。」

我輕輕搖了搖快要混亂的頭腦。兩位朝比奈學姊在外貌上自然是沒兩樣，一不小心就會有錯覺，誤以為在長門家裡的她來到學校了，就算是那樣我也不會察覺有異。只要朝比奈學姊不說的話。

「真不敢相信三味會得到壓力型脫毛症！」

鶴屋學姊笑著說：

「可是總比得到怪病來得好，一定是運動量不足的關係。阿虛家沒有老鼠吧？我家的花園偶爾會有野鼠出沒！要不要把牠帶過來？牠的陰霾一定會一掃而空！」

「假如情況始終都沒好轉，就那麼做。」

現在是冬天，人都懶得出門了，何況是貓。不過到了春天，三味線一定會很開心。要是櫻花也開了，春日一定會吵著要去鶴屋學姊家賞花、舉行花園派對。

「阿虛，你今天會來社團教室吧？」

朝比奈學姊不安的詢問我，但我今天的預定表還是先問過另一位朝比奈學姊會比較好。

「抱歉，今天我也要帶三味線去看獸醫，春日那邊我已經報備過了。」

「是嗎？」

她似乎是真的很擔心三味線地說：

「希望牠早日康復。」

雖然有點愧疚，我還是擠出愁眉苦臉的表情點點頭。

「過幾天請學姊來撫慰撫慰牠，說不定那麼做牠就會康復了。好歹那傢伙也是公貓嘛！」

和要去福利社買果汁的兩人分手後，我回到了一年五班。沒有暖氣設備的教室，比方才去過的文藝教室要冷上許多。唯有靠學生的鼻息和體溫來提高室溫，偏偏高純度的熱源春日照例又跑得不見蹤影。

為了加入說笑的圈子，我朝谷口與國木田的小團體走去。

現在，是放學時刻。

我很快就離開了學校。離信上指定的時間還很充裕，然而放朝比奈學姊一個人我總是不放心，況且也得張羅一些工具才能遵照朝比奈（大）的指示去做。

我一回到家，翻出儲藏室的鐵鎚和五寸釘就往書包裡塞，跨上淑女腳踏車直奔長門住的豪華公寓。儘管這嚴寒冬日的冷風凍得我耳朵都發疼了，但是一想到孤零零等著我去接她的朝比奈學姊，這點痛就不算什麼了。再說，內心有些許的期待對我而言幾乎已成為規定事項。自暑假以來，我夢寐以求的某個場景就要實現了。

我之所以會這麼ＨＩＧＨ，泰半是受到在社團教室和長門那段對話的影響。

萬一出了什麼狀況，長門會保護我和朝比奈學姊；我也想保護長門和朝比奈學姊。春日一直把我們這些團員視為她自己的所有物，假如有人敢對我們出手，她絕對會暴跳如雷，不扭斷對方的手誓不罷休。古泉基本上應該可以自己保護自己。雖然想像不出古泉累癱了的模樣，假設那小子跌倒了，我是可以幫他一把啦。反正春日一定會命令我那麼做，而且完全不會替我著想。無所謂啦。雖說我成為ＳＯＳ團的一員不到一年，就成了前怕狼後怕虎的膽小鬼，但我的學習機能可絲毫沒降低。

「喲咻！」

我放後輪空轉，停下了腳踏車，走向豪華公寓玄關的控制面板，鍵入長門的住家號碼。

『……來了。』

對講機流洩出朝比奈學姊的大籟，我頓時安心不少。

「是我。妳沒事吧？沒事就好。」

『嗯……是的。我沒事……啊，我馬上下去。等我一下下！』

我個人是很想上去長門的住處坐一會，可是朝比奈學姊很快就切掉了對講機。

我在原地踏步，差不多等了五分鐘左右，一手拿著室內鞋，身穿制服的朝比奈學姊的倩影已出現在入口大廳。

朝比奈學姊看到我似乎安心不少，不知為何又臉色一整，打著冷顫，小跑步跑向我。

「鞋子是跟長門同學借的。還有，這是她家的備用鑰匙。」

朝比奈學姊手指挾著小小的鑰匙。

「阿虛，你可不可以幫我還給長門同學？」

嗯？怎麼一回事？既然要借住一週，何不乾脆連鑰匙和鞋子一起借？

「關於借住的事……」

朝比奈學姊拉長了下巴，略微低頭，眼珠子朝上揪著我看地說：

「我覺得，我還是離開長門同學家比較好。」

為什麼？

「該怎麼說才好呢……」

她用手壓住在寒風中飄揚的栗色秀髮。

「長門同學和我單獨在屋子裡，好像有點不自在。」

我不由得凝視起朝比奈學姊。

似曾相識的話，長門也說過。不，在那之前，最讓我無法想像的是朝比奈學姊怎麼看得出長門的不自在。

「呃——」

朝比奈學姊像是小孩在向大人解釋著：

「是真的，我就是那麼覺得。晚上睡覺的時候……啊，我們睡不同間，我是在和室睡覺，長門同學就站在枕邊一直俯看著我……」

怎麼可能！妳把長門形容得好像活見鬼的幽靈。

「……雖然那只是我的感覺，反正，長門同學就是對我非常在意。」

朝比奈學姊不斷呵出白色氣息，同時看著我的胸口。

「在社團教室和大家在一起時，我沒有感覺到，可是在長門同學家和她單獨相處，我就有很強烈的感覺。上個月也是。我們回到過去又回來後，我一覺醒來，發現阿虛不在，當時也是感覺我睡覺時好像有人一直盯著我看。」

就算長門真的盯著妳看也沒什麼啊。即使有天大的誤會，我想她也不至加害朝比奈學姊。

「嗯，這個我知道。長門同學並沒有那方面的意思。其實這純粹只是我個人的觀感……可是，我就是知道。長門同學好像很在意我。」

好支離破碎的論點。我是有聽沒有懂。

朝比奈學姊露出內疚的眼神，語氣裡摻雜了些許寂寥：

「長門同學也很想做和我一樣的事情。」

「？」我丟出了問號。

「就是我和阿虛經常在忙的那些事呀。長門同學一直看著我們。七夕那一天，還有未來消失的暑假……」

想到去年或多或少總會出現SOS團的刻印。其中工作得最辛苦的就數長門了。

「長門同學之所以會改變過去，多少也是那種想法在作祟吧。長門同學一直在扮演守護別人的角色，不像我，總是有人幫忙。」

「呼」的一聲，朝比奈學姊在掌心呵氣取暖，接著又「嗯」的一聲，點了點頭。

「這麼一想就說得通了。長門同學會如此在乎我，說不定其實是她很想成為我……」

我的妄想再度暴走。腦中出現了我一如往常去到社團教室，開門一看裡頭是穿著女侍服待命的長門……並且高高興興的燒開水泡茶，還笑盈盈的在我面前放下茶杯，抱著托盤詢問茶好不好喝……這種無可救藥的妄想。

那樣的萌角色要是換成長門，倒也不壞。不過坐在長桌邊看書的長門哪去了？

「我想長門同學本身並不曉得。所以我還是別逗留在她那裡比較好，以免擾亂了長門同學的心思。」

朝比奈學姊的眼神十分真摯。她並不是因為不喜歡待在長門家才這麼說，而是真心在為長門著想。學姊早就知道長門BUG囤積到最後會變成怎樣。或許那真的是BUG累積的主因。結果長門對自己施加了限制，也就是拒絕同期化，用自己的一套來防患未然。長門的理想是朝比奈學姊？對方不同於自己，必須在幾乎一無所知的情況下行動。可說是立場和長門完全相反的未來人。

真是諷刺。朝比奈學姊是為無知所苦；長門則是因為知道太多而苦惱。

我抬頭仰望長門住家的方向。

「說得也是……」

朝比奈學姊的想法很可能是正確的。不管怎麼說，回想我至今結交的朋友，擁有龐大敏銳直覺的都是女性友人。像春日和鶴屋學姊就太過敏銳了。

長門有長門的優點，雖然那樣就很優了，但若是本人沒有自覺就很難滿足。就算苦口婆心勸她想開一點，她也照樣想不開。

也有可能是朝比奈學姊想太多了。說不定長門根本就不在乎。只是正好沒有想看的書，才會漫不經心的盯著朝比奈學姊看，也是不無可能。可是，既然朝比奈學姊如此信誓旦旦，我也無法斷言說沒這個可能。

「我明白了。長門那邊我會跟她說。之後再來思考今晚的落腳處。」

反正最終還有我家可以住，除了我家之外也不是沒有別的去處。

「對了，妳先看看這個。今天有封新的信放在我的鞋櫃裡。」

朝比奈學姊把我遞給她的信，像是在看考前重點提示似的慎重看了一遍。

「啊，這是……」

她指著指令文章的最後面。

「這是命令碼。最優先的。」

也就是不知是記號還是簽名的那一行。這麼說，這是未來的語言？

「不是。這不是語言……而是命令碼。是我們所使用的具有特殊強制效果的代碼。只要接到這個指令，不管發生任何狀況，當事人都得去執行。」

「執行信上面說的那件事嗎？」

我回想文章內容說道：

「這個惡作劇一定有什麼意義。」

「這個嘛……」

朝比奈學姊表情困惑，歪頭納悶說道：

「我就完全沒概念了……」

「要是忽視這命令，什麼都不做的話會怎樣？」

「這命令是無法忽視的。」

朝比奈學姊斬釘截鐵的回答：

「只要看見了這道命令碼，我就只能照著上面的指令行動。」

然後她又以不安的眼神看著我接著說：

「而且，阿虛，你會幫我這個忙吧？」

我們照著信上指示，來到了指定地點。交通工具是腳踏車，不用我說大家也知道是朝比奈學姊坐在後座的兩人共乘。總之，那個地點就位在於市內騎腳踏車也到得了的地方。

適度閒晃打發時間後，手錶上指示的時間是下午六點過十分。按照預定，我得在十二分到十五分的三分鐘之內將我目前拿在手上的東西設置完畢。

四周顯得冷冷清清並不光是日落西山的緣故。那個地方離住宅區有點遠，路上也是人煙稀少。那條路上有條沒有鋪柏油的岔路。不像是私設道路，感覺上，除了把它當成迅速通往某處的捷徑外，應該不會有人特意涉足。手繪地圖的×印就位於那條岔路和市道交接處不遠，離柏油路面僅有幾公分的地方。

幸好路上都沒行人。因為我接下來要做的事是近乎惡質的行為，坦白說就是惡作劇。

準備的東西只有鐵槌、鐵釘與空罐子三項物品。要做什麼，應該料想得到吧。

「差不多該開工了。」我說。

「說得也是。」朝比奈學姊點點頭。

躲在電線桿暗處的我，迅速朝目標處跑過去，準備用鐵槌將釘子打入地面。結果硬得要命，將釘子近半打進地面需要很強的力道，但若發出太大的聲響就糟了，萬一有行人目擊到，那更不是一個糟字了得。

動作快的話，這工程花不了三十秒。

我在突起於地面的釘子上頭套上空罐，返回有朝比奈學姊等著的電線桿方向。然後躲到離她不遠的暗處。

接下來會發生什麼事呢。我想朝比奈小姐就是要我們留下來觀察，看這個裝置會起什麼作用吧。

要等也不用等很久。時間已是下午六點十四分。

我躲藏的小路的另一頭，有個男性的身影緩緩走來。隱約可看出他身穿長大衣，提著肩背包的模樣。他好像沒有發現我們。

男子走路時頭垂得低低的，不是很有精神。突然，他的腳步停了下來。臉的方向和地面上的空罐方位一致。

「唉……」

男子發出了嘆息。我才在想他是對亂丟垃圾感到痛心的善良人類，就見到他老兄大剌剌朝果汁空罐走去，大腳迅速一揚，使出一記腳尖踢。

不消說，空罐不但未刺穿任何一面球門網，而且還好端端的留在原地——

「嚇？嗚哇啊啊！」

只見男子壓著腳倒臥在地的身影。

「什麼東西呀！痛死我了！」

他痛得在地上打滾，哀嚎得像是快死了。

「可惡！是哪個王八羔子幹出這種缺德事……痛！痛痛痛痛！」

我和朝比奈學姊面面相覷。

裝設陷阱的目的就只是為了這樣？

我也不知道……？

以目光交談後，我們同時點點頭，從暗處出來。沿著剛才走過的路線走過去。

「先生，您要不要緊？」

朝比奈學姊對著兩手抱著腳尖，採仰臥姿勢的男子出聲詢問。我裝作若無其事的站在朝比奈學姊旁邊，低頭看著不斷呻吟的男子。

「啊？」

那張扭曲的臉孔是個完全沒見過的陌生人，瘦瘦的，約二十來歲。長大衣底下是襯衫打領帶，普通的上班族模樣。

「要我扶你起來嗎？」

我說道。昧著急速跳動的良心。

「嗚唔……麻煩你了。謝謝。」

男子抓著我的手，好不容易站了起來，又疼得皺起眉頭，抬起一隻腳。

「可惡，到底是誰，做出這麼幼稚的惡作劇……」

「真的很過分。」

我蹲下去，拾起地上的空罐，上頭凹了一個大洞，固定的釘子也歪掉了。看來這位仁兄原本是打算施展大力金剛腳。

「這很危險耶！」

我假正經的邊發表言論邊拔除釘子。多虧男子那一踢，很容易就拔起來了。為了湮滅證據，我趕緊收在口袋裡。

男子一隻腳不時抬起又放下，臉部表情扭曲，自認倒楣似的嘖舌不已。

「傷腦筋。應該是沒有骨折……是腳踝扭到了嗎？」

「先生……」朝比奈學姊建議他：「您是不是去看個醫生比較好……」

「我也覺得那麼做比較好。」

男子採金雞獨立之姿，跳向車水馬龍的街道，中間還穿插顫顫巍巍的搖晃。

「請搭著我的肩。」

我怕男子又摔倒，連忙過去扶著他並問：

「要叫救護車嗎？」

「啊，不用了。我搭計程車過去就好。叫救護車太誇張了。抱歉，可以麻煩你扶我走到馬路上叫車嗎？」

「可以，一點都不麻煩。」

不管怎麼說你會受傷都是我害的，我還想跟你道歉呢。

抓著我的肩膀跳著走路的男子，在街燈的照明下，稱得上是相貌堂堂。

「我在職場上有點不順心——」

在走到馬路的途中，他開始自我辯解：

「想踢開內心的鬱悶才會去踢罐子，說來都是我自作自受。」

「不不，是在路中央設置那種陷阱的混蛋不好。」

「說得也是，不曉得是哪個兔崽子幹的，都什麼年頭了還在惡作劇。」

男子在我和有如小動物一般亦步亦趨跟著的朝比奈學姊之間來回看了看，突然微微一笑。

「那個美眉，是你女朋友？」

我一下答不上話來，差不多過了兩秒才說：

「嗯，算是。」

雖然是說謊，就先這樣說吧。

「是嗎。」

男子很輕易就接受了，又回到疼痛不堪的表情。

走到路口後，我們立刻攔到一部正好經過的空計程車，協助在這麼冷的天氣裡依然滿頭大汗的男子坐進後座。

「真是謝謝你們了，不好意思。」

快別這麼說，說來說去都是我的錯。附帶一提，這位朝比奈學姊是無辜的，假如你哪天知道了真相，拜託請去找幾年後的她討回公道……當我在心中不停致歉時，計程車已經駛離，留下來的我詢問朝比奈學姊：

「這樣算是功德圓滿了吧？」

「嗯——……」

朝比奈學姊不甚確定的吁了一口氣，環抱著身體。

時間已是下午六點半。

我們受制於一則重大的制約。

那就是，不能讓另一位朝比奈學姊和春日看到我和我這邊的朝比奈學姊在一起。被春日撞見還不至於死無對證，被朝比奈學姊（現在這個時間點的她）撞見另一個自己，實在很難想像她的頭腦會簡單到以為對方只是單純和自己長得像。萬一遇見了集體放學回家的ＳＯＳ團團員，那更可說是再糟糕不過的狀況。

只是照朝比奈學姊（八天後那個）所說，她在這段期間並未見到自己的分身，所以我們才敢明目張膽走在大街上。我們不曉得是哪個環節出了問題，假設現在的努力成果都會反映在未來，那我在這段時間所費的心力，應該就不會落空……是這樣沒錯吧？

真搞不懂。幹嘛一定要兜這麼大一圈？最起碼回溯過去的不是（八天後的）朝比奈學姊而是（大人版）朝比奈小姐的話，事情會進行得更為順利不是嗎？

我細細打量起身旁的嬌小學姊。

強忍著寒意、瑟縮著身體的北高水手服，在二月冬夜的強風吹襲之下，連件罩衫都沒披，站著不動一定很冷。穿著同一間學校制服的我也快要凍成冰棒了。

「要走了嗎？」

我朝淑女腳踏車停車處指了指，如此說道。朝比奈學姊點了點頭。

「……可是，要去哪裡？去阿虛家嗎？」

我是很想這麼做，可惜我家裡人多嘴雜，尤其是我妹那張大嘴巴，比孫子當前的阿嬤的錢包開口還要鬆，身為她的哥哥，沒人比我更了解這一點。

「去除了長門之外肯收留妳的人那裡。那個人很可能二話不說就留妳住下來喔。」

我催促表情顯得很不可思議的朝比奈學姊，跨上鐵馬，載著側坐在後座的輕盈高二生朝目的地出發。

我停下腳踏車的地點，是一處只要是SOS的團員都認得的大房子。

當然，朝比奈學姊也有印象。

「這裡是……啊，不會吧！」

從後座下來的朝比奈學姊，杏眼圓睜仰望著那幢屋子的大門。

我將腳踏車的腳架立起，順便上鎖。

「這個人肯定會幫妳。假如連她都幫不了朝比奈學姊，實在說不過去。」

「可、可是，我們又不能全盤托出——」

「這個我會想辦法敷衍過去。」

在古色古香的巨大宅門旁邊，設有一個酷似前衛藝術的近代化設備對講機。按下這個之前，最底限的事項得先串通好才行。

「朝比奈學姊，附耳過來。」

「是。」

她直接偏過頭來，攏起髮絲露出形狀姣好的耳朵。不禁讓我想起春日啃著學姊耳朵不放的畫面，我也很想那麼做，但我起碼還有分辨場合的理智。

「是、是的。我也覺得這麼做比較好……」

聽了我交頭接耳的話語，朝比奈學姊美目眨了眨說：

「咦?可是，我不知道我演不演得來耶。」

聲音開始泫然欲泣。

「那個太難了，真的……」

我想也是。要妳認真演是很難。

不過，我可以再三跟妳保證沒這個必要。朝比奈學姊只要做平常的朝比奈學姊就好了。反正一定不會有人在意那麼多。

「總之就先這麼做。我想一定會很順利的。」

我對學姊露出樂觀的一笑，壓下對講機的按鈕。

「……」「……」

我和朝比奈學姊默默等待有人回應。由於我們想找的那個人親自應門的機率很低，所以我一直在腦中擬定要應門人代為轉達的話。我在嘴裡默默演練了三次，差不多過了一分鐘，都沒有人應門，活像這棟屋子沒人在家似的，就在氣氛變得浮燥不安時——

「來了來了，等一下！」

朝氣蓬勃的聲音直接從門的內側傳來，接著聽到叩咚一聲。再接著是嘎吱作響的摩擦音，木造的大門開啟了。

「哈囉！這麼晚了你們來做什麼？實玖瑠和阿虛。嗯？只有你們兩個來嗎？哎呀呀，不尋常喔！真羨慕你們！」

鶴屋學姊滿面笑容，對我們說道。

鶴屋學姊的服裝和平常在學校看到的風格截然不同。

她的家居服是和服，外面再罩了件厚厚的半纏（註：半纏是一種無翻領的日式短褂。日人多作為禦寒的外套或是工作服）長髮隨性在脖子後面挽了個髮髻。全身裝扮和古老的日式大宅庭園可說是相得益彰。

鶴屋學姊請我們進到鶴屋家後，把手上的那根木條般的門栓給栓緊，靠在門板內側說道：

「可是，很稀奇耶。阿虛你和實玖瑠參加了冬天散步大賽嗎？怎麼沒邀春日喵共襄盛舉？」

「這件事說來一言難盡……不過鶴屋學姊，妳怎麼知道是我們來了？」

對講機自始至終都沉默沒出聲。

「哦，那是因為大門上方有裝監視器。來客是誰一看就知道！所以啦，我看到是你們兩位，就想說還是我出去迎接的好。不好嗎？」

鶴屋學姊走在通往主屋玄關，漫長得有如神社境內的走道上，腳下的木屐踩得喀喀響，臉上笑臉迎人。

「嗯？實玖瑠？妳怎麼了？好像沒什麼精神。」

「學姊，事情是這樣的——」

我清了清喉嚨，決定托出準備好的說詞：

「我想請學姊幫個忙。能不能讓這位朝比奈學姊在府上叨擾幾天？」

「呃？可以是可以……」

從鼻子噴出兩聲呵呵，鶴屋學姊偷偷打量起朝比奈學姊的臉。

「嗯，妳是實玖瑠……沒錯吧？」

朝比奈學姊驚跳了一下。鶴屋學姊閃耀著光輝的眼眸突地瞇細。她察覺到了嗎？

「算了，無所謂。反正你們一定有什麼隱情吧？所以實玖瑠才不能回自個家去。」

學姊真是一朵解語花呀。

「那要在我家住幾天？」

「最多八天左右。」我說。

從今天起過八天就能恢復原狀，到時兩位朝比奈學姊就會合為而一。

「可以嗎？」

「嗯，可以呀！啊，對了。反正別館空著也是空著，就給妳住吧。類似上次那棟別墅的小屋這裡也有喔。現在都沒人住，是我～偶爾想要冥想時才會使用的靜舍。算是個靜謐的好住處。」

我環視茂密到可說是森林的茂林所圍繞的鶴屋大宅。遼闊到什麼都有也不奇怪。對了，聽說鶴屋家還有什麼古老的倉庫。

在我歷經佩服、驚訝、羨慕的感覺三溫暖時，鶴屋學姊的嘴唇形成漂亮的半圓形，注視著朝比奈學姊。

「不過話又說回來，實玖瑠，妳到底怎麼了？妳今天怪怪的。這兒沒什麼好怕的呀。嗯。」

鶴屋學姊用手指戳了戳粉臉低垂的朝比奈學姊的下巴說道：

「一點也不像實玖瑠。」

在呆若木雞的朝比奈學姊回話前，我搶先插話。

「這位是朝比奈學姊的雙胞胎妹妹，朝比奈實千瑠。」「雙胞胎？妹妹？實千瑠？」

「是……是的。她們姊妹出生後就被迫分開……」

「嗄？」

「這、這說起來又是話頭長。朝比奈學姊……也就是實玖瑠學姊並不知道自己有個妹妹。所以有點小複雜。」

「哦——那為什麼，這位實千瑠會穿著北高的制服？」

「啊……」

糟了！我沒想到這個。

「該怎麼說才好呢……啊，對了！這位實千瑠學姊，為了想見親姊姊一面而策劃潛進北高。所以從某處調來制服，可是結果卻無功而返，碰巧在路上遇到我，又碰巧我聽她說了來龍去脈……呃——然後，然後，然後就……」

我的肩膀被拍了拍。

「不用再說了。」

鶴屋學姊笑得樂不可支：

「你說的人不嫌煩，我聽的人倒煩了。既然這小孩是實玖瑠的妹妹，我當然會將她與實玖瑠一視同仁。只需要收留她八天就行了嗎？」

「此外，希望學姊別跟朝比奈學姊透露任何有關她妹妹的訊息。」

「這還用說嗎！我知道啦！」

「請問……」

朝比奈學姊的語氣惶恐得像是怕跟不上大家的談話。

「真、真的可以嗎？鶴、鶴屋同學？」

「可以。可以到不行！來吧，實千瑠，往這邊走，我帶妳去別館。」

鶴屋學姊拉起朝比奈學姊的小手，拖著她跑向日式庭園，就在此時，鶴屋學姊冷不防的回頭，拋給我一記差點射中我心房的媚眼。

別館的構造和上次招待我們的雪山別墅的小屋差不多。根據鶴屋學姊的說明，別墅的小屋正是仿造這座別館建造的，換句話說這棟小屋才是鶴字第一號別館，真正的本家。是一棟住起來也相當舒適的日式平房。

在榻榻米上端坐如儀的朝比奈學姊，就像是靜置在樸拙茅舍內的法國洋娃娃。

多虧鶴屋學姊開了暖氣，整個屋內暖烘烘的，舒服得讓人連動都不想動。

鶴屋學姊為我們說明壁龕上展示的掛軸，告知放棉被的壁櫥位置，最後說了句：「我去端熱茶給你們喝。」身影就消失在主屋。

「來找鶴屋學姊真是找對了。」我說。

「嗯，得救了。改天真得好好謝謝鶴屋同學。」

在此身分是朝比奈實千瑠的朝比奈學姊溫順的頷首說道：

「實千瑠嗎……這也是個好名字。」

她終於又露出了笑容。

我在榻榻米上伸長了腿，仰望古色古香的電燈。思索朝比奈學姊名字的意義。

直到鶴屋學姊抱著一籠裝有茶杯、熱水瓶和衣物的籃子回來。

鶴屋學姊邀我留下來一起吃晚餐，但是連續兩天吃外食難保老媽的心情不會變差，所以我還是決定告辭。朝比奈學姊的落腳處確定後，我的心情輕鬆不少。要是再待下去，搞不好我今晚會豁出去，不只外食還外宿。

留朝比奈學姊在別館，我走出外面，說要送我一程的鶴屋學姊追了上來，說道：

「那個她，有點像實玖瑠又不太像實玖瑠。或者該說是，不是實玖瑠的實玖瑠？對了，今天我在學校見到的實玖瑠就很正常啊！」

我跟妳解釋過她們是雙胞胎了，學姊。

「啊哈哈！對喔，就當作是這樣吧！」

比我早跨出一步半的距離，鶴屋學姊邁向大門。

我看著那挽著髮髻的背影，突然覺得想問個問題。

「鶴屋學姊。」

「什麼事？」

「妳究竟知道多少了？妳曾經說過，朝比奈學姊和長門——SOS團的團員和普通人不太一樣吧。」

「嗯，我是說過。」

蹦蹦跳跳的長髮學姊突然轉過身來，燦爛的笑臉在只有星星的夜空下也很閃亮。

「阿虛。詳情我並不清楚，我只隱約覺得有些不對勁。起碼他們不像我和你，都是普通得不能再普通的人類。」

能認知到這一點就很不普通了。但是，鶴屋學姊從來不多問，也沒進一步調查朝比奈學姊的來歷。

「為什麼?」

鶴屋學姊將手收進半纏的袖口，哈哈大笑。

「我這個人吶，只要看到別人很快樂，自己就很快樂了。就像是我喜歡看到自己煮的飯菜，別人一口接一口吃得很開心，也喜歡觀察渾然不知自己過得很幸福的人幸福的模樣。嗯，所以我只要看到春日喵就覺得好幸福。至於為什麼，我也說不上來，總之就覺得快樂得不得了！」

那妳不會想加入我們嗎?光在旁邊看不是很寂寞?

「嗯——這就好比看電影吧。看電影雖然有趣，但我可不想去拍電影，當觀眾遠比當導演幸福。不管是世界盃或超級盃，在旁觀戰都會讓我非常HIGH，但我全然不會有恨不得下場去參戰，拼個你死我活的想法。只要看到場上的球員全力以赴的模樣，對我而言就足夠了。再說我也不適合跟人爭強鬥狠!我只要做我自己做得來的事情就好!」

單就意義上而言，鶴屋學姊的想法和春日是對立的——春日對有興趣的事物絕對是事必躬親，從不例外，她就是那種即使是渾水，也要親自淌一次看看的人。

鶴屋學姊轉了轉滴溜的大眼繼續說道：

「同樣的，我只要看著實玖瑠、春日喵、有希、古泉學弟與阿虛你，就覺得很有趣了!我喜歡在一旁觀察大家在做什麼!我也喜歡在一旁看著大家的自己!」

學姊的笑容和聲音毫無任何炫耀的意思，她說的話字字句句都是真心的。只要有學姊在身旁，整個氣氛就會快樂得連我也感染得到。

「所以，我非常滿意自己的定位。我想春日喵一定能體會，所以她才沒有強迫我加入ＳＯＳ團。ＳＯＳ團五人眾，人數不多不少剛剛好！」

鶴屋學姊再度蹦蹦跳跳走向大門。如雲長髮甩來甩去。

「世間萬物不是思考就有解答。我自己的事就忙不完了，哪有空想那麼多？所以啦——」

她轉過頭來，朝我送了個秋波。

「阿虛，你要好好加油～喵。人類的未來就全靠你一肩扛起了！」

話一說完，鶴屋學姊的嘴角就不斷抽動，定睛看著我的臉好一會，最後終於忍不住放聲大笑。毫無惡意的孩童般笑聲，不禁讓我覺得這位開心學姊剛才的話其實都是玩笑話。

笑得快岔氣的鶴屋學姊壓著肚子，擦拭眼角說道：

「算了，你只要好好跟著實玖瑠就行。可是，不准戲弄她喔！這我是絕對禁止的！要戲弄人的話找春日喵去！嗯，雖然只是我的直覺，但我就是覺得她會原諒你！」

只有後面這段話才是她的真心話吧。為什麼我說不上來，但我就是那麼覺得。雖然學姊這番話不見得有什麼含意。

跟鶴屋學姊道晚安後，我就跨上腳踏車離去，可是才開始踩踏沒多久，就發生了讓我緊急煞車的事態。

「你好。」

某人從暗處衝出，擋住了我的去路。

「真是辛苦你了。不過，我個人並不太贊成將鶴屋學姊也牽扯進來。雖說就安全上的考量，再沒有比這裡更安全的藏身之處。」

睽違兩天的人畜無害笑容，正是古泉一樹爽朗的帥氣微笑。

「喲，真是奇遇啊。」

「可以這麼說。回想起來，你我初次接觸時，奇遇可說早已開始。不，真要說起來還更早，打從你和涼宮同學接觸的那一刻，就已經是奇遇的起點。」

古泉舉起手跟我打招呼，朝我走來。臭小子，這麼晚了還埋伏在路邊等我？就算有人誤認你是變態通報警察來抓你，你也不能有半句怨言。

古泉呵呵輕笑地說道：

「你好像又有好玩的事情做了，我同樣又被排除在外？」

我選擇嘆氣，任由氣息變白。

「這是我和朝比奈學姊的問題，沒你出場的份。你乖乖去搜捕《神人》不就得了？」

「那個好一陣子沒出現了。所以我才會想出來散散步。」

在寒冷的冬夜連隻狗都沒牽就出來散步的人，大概只有遇到瓶頸的創作者之流了。話又說回來，你會出現在這裡，應該不是碰巧吧。

「如果這是碰巧，未免也巧得太故意了。」

「找我幹嘛？」

話才說出口，我就決定變更質問內容。

「算了，你不說我也知道。你知道多少了？」

「我只知道有兩位朝比奈學姊。」

古泉輕描淡寫的一語道破。

「然後呢，你跟鶴屋學姊怎麼說？想必是用雙胞胎作藉口吧？總不會是實話實說。」

「不管怎麼說都沒差。」

「我想也是，畢竟對方可是那位鶴屋學姊。」

不要說得一副料事如神的樣子。鶴屋學姊到底是什麼人？那位對所有事情似乎都了然於胸，和我們又保持微妙距離的開朗學姊究竟是何方神聖？

「上級是有交代，不准對鶴屋學姊出手。」

古泉的嘴角略微修整成認真的唇形。

「她勉強可以算是毫無關係的外人。原本和我們應該完全沒有交會，卻因為某種小差錯而搭上了線。真不愧是涼宮同學──這種說法，你能接受嗎？」

是哪裡出差錯？是朝比奈學姊和鶴屋學姊分在同一班嗎？還是草地棒球賽請她來湊人數？

「我們和她井水不犯河水。相對的，她對我們也沒有舉足輕重的關聯性。那正是『機關』和鶴屋家心照不宣的準則。」

拜託你別把毫無道理的秘辛爆得如此爽快。

古泉從喉嚨深處發出「咯咯」低笑聲接著說：

「說得更明白一點，鶴屋家算是『機關』的間接贊助者之一。只是她對我們比較不在意，對我們的所作所為也始終不太關心。這樣子對我們反倒好。好歹鶴屋學姊也是鶴屋家族的下一代大當家。」

鶴屋學姊，原來妳……我現在才知道我們之前對妳有多沒大沒小。我真的好想知道，她究竟是什麼人？

「她只是普通的女高中生。和我們上同一所縣立學校，住在豪宅裡的高二學生。可能暗地裡還和惡勢力戰鬥，四處解決疑難雜症也說不定。但是那和我們都無關。」

鶴屋學姊方才說的話仍言猶在耳，她說因為和我們沒有深交才能享受愉悅的氣氛。想必我們也是。往後對待鶴屋學姊還是照以前的模式比較好。她是何等人物，將來要做哪番大事業，都無關緊要。就像春日是春日，鶴屋學姊是鶴屋學姊一樣。她只是無時無刻都活力充沛、笑臉迎人、擁有敏銳洞察力的朝比奈學姊的朋友、SOS團的名譽顧問。這樣的定位才是最能相安無事的吧。

不過，她與朝比奈學姊的結識又有多少偶然的成分？難道有未來人無從得知的過去嗎？就像春日是他們百思不得其解的人物那樣……

說到這，我想起來了。

「古泉，你之前說過，不管接下來怎麼發展，對朝比奈學姊等未來人都沒差吧。那是怎麼一回事？」

「因為未來是可以改變的。」

好像早就料到我會問似的。

「你可能認為未來人可以自由地干涉過去，並深信未來對過去有其優位性，其實未來是很朦朧又模糊的。」

得知過去的歷史再進行時間回溯，不就可以應自己的方便改變歷史了嗎？事實上我就那麼做過。我回到過去是為了將奇怪的世界和長門恢復正常。

古泉微微一笑說道：

「其實從過去改變未來也是可行的。假如未來可以事先預知，一定就能在那個時間點改變未來吧。」

「未來要怎樣預知？用膝蓋想也知道不可能！」

「你當真這麼想嗎？」

古泉的笑容看起來有點使壞。是故意的吧。這小子有時就愛耍些無意義的小花招。

「我的定位是超能力者。能力只限定在某些地域才能使用。可是，你能斷言我就沒別的能耐了嗎？你又何以斷定，沒有其他不是像我這樣專門對付《神人》，而是擁有更廣為大眾接受的超能力的人？你敢斷言擁有預知能力的超能力者不存在，以及我們『機關』沒有吸收到那樣的人才嗎？」

他臉上又回到輕鬆愜意的笑容道：

「我可不記得自己說過，我沒有那樣的能力喔。」

臭小子。

「當然，我也沒說過我有那樣的能力。」

到底是有沒有啦！可別跟我說有沒有都好。

「坦白說，我也不知道。我說過了，我只是勢力的末端，不可能知道全部的事情。相信朝比奈學姊也是如此。」

你這麼說我就明白了。說到處境堪憐，再也沒有比朝比奈學姊更稱職的代言人了。

「她沒有被知會是情有可原。怎麼說呢，假如知道未來人都是有明確的意圖才會採取行動，往後只要分析未來人的行動就行了。因為她當然不會採取危害自己未來的行動。朝比奈學姊身為未來人卻那麼迷糊，就是因為她一無所知。也能大膽假設她是沒有被告知。那是未來人為了讓身為過去人的我們無法分析所祭出的對抗措施。她的存在在現今這個時空雖然是必要的，但要是能從她的存在推測出未來可就麻煩了。單就這個意義而言，她可以說是完美的時間派駐員。現階段我並沒有感覺到她有什麼威脅，要是有什麼萬一，也可以作為我們手上的棋子。」

古泉聳聳肩，秀出擅長的動作。

「恐怕那就是未來人的目的。為的就是讓過去的人這麼想。因此『機關』也不會輕易出手。萬一出手的結果正中未來人的下懷，那就令人火大了。我可不想成為未來人的傀儡。」

這麼說，你們和朝比奈學姊他們是對立的嘍？

「稱不上是敵對。一言以蔽之，是持平狀態。」

我的身體冷掉了。是物理上的。

「打個比方好了。假設在此有A國與B國兩個國家，彼此都互看不順眼，但從未兵戎相見。此時與A國敵對的C勢力，和與B國敵對的D勢力登場了。對A來說，C是絕對無法共存的對象，是頭號大敵。對B來說D也是相同的存在。而C和D卻締結同盟，成為相互合作的關係。一個敵人倒還好，兩個敵人就不是自軍的勢力招架得了。古有名訓『敵人的敵人便是自己人』

此時便被搬了出來，A和B勉強結成猶如砂砌樓閣的共鬥勢力——這樣說你了解了嗎？」

古泉說完後，一臉狐疑地凝視我的表情。

「你有在聽嗎？」

「啊，抱歉。」

我跨上腳踏車座墊。

「你說到D那邊我就沒在聽了。我只記得住三個，太多記不住。」

「你應該有聽到。有在聽沒在聽是屬於大腦選擇、處理的工作範疇。」

別回得那麼認真。我就不能裝傻嗎？拜託你偶爾也和人搭檔說說相聲好不好。男人不培養一點喜感，長再帥也不會討女人喜歡。

古泉邪邪的笑了。你這人到底有幾種笑容啊。

「我也是會看時間和狀況，因應不同的對象變化台詞和表情的。只不過，為什麼遇到你總是會演變成這一類的對話呢？」

因為我們不對盤吧。

「我也是這麼想。暫時就維持這樣吧。」

不知為何，古泉的眼神變得很迷離。

「希望不久的將來，我能和你成為完全對等的朋友，彼此笑談往昔的那一天能早日到來。這和任務與角色定位完全無關，純粹是以我個人的身分發出的肺腑之言。」

他大概是說夠了。

「那麼，社團教室見。」

古泉舉手敬禮示意後，就轉身背對我，繼續以散步的步調慢慢消失在黑暗中。

一回到家，我就火速解決掉晚餐，然後躲進自己房裡。

第一件事就是打電話聯絡長門。我得告知她朝比奈學姊搬到鶴屋學姊家了。長門早就知道了也說不定。畢竟連古泉都發現了。

鈴響了三聲，長門接起電話。她知道是誰打來的證據，就是連一句「喂？」都沒說。

『……………』

「長門，是我。我長話短說。是關於朝比奈學姊……」

我將朝比奈學姊說的話簡單扼要地說給長門聽。長門只是『……………』聽我的說明。

『我明白了。』

她毫不留戀的淡淡說道，接著又補上一句：

『我也覺得那樣較好。』

「是嗎？那我就放心了。」

『為什麼？』

還問我為什麼。我當然是怕妳會不會覺得自己招待不周啊。是我單方面來拜託妳收留，又單方面把人給接走，簡直就是把妳家當我家廚房在走。

『杞人憂天。』

長門以沉穩的聲音說道：

『她的意見可以理解。』

她中間頓了頓又說：

『我沒有想過要變成像她那樣。可是，她會那麼想的心情是很合理的。』

怎麼個合理法？

『換作是我站在她的立場，我想我也會朝同樣的方向思考。』

呃，也就是說，今天若換作妳是朝比奈學姊，朝比奈學姊對妳的掛心，妳完全可以體會就對了？

她沉默持續了好一陣子。最後說道：

『我想我會。』

耳邊響起這麼一句細微的聲音。就像是錄音功能還好有啟動，那種令人心安的聲響。

後來，我又跟長門聊了幾句，才放下電話。看來我的擔心根本是多餘的，外星人和未來人彼此之間似乎相當體諒。說不定那兩人比我所想的還要惺惺相惜。

不知為何，我嘴角帶著笑意看向一旁。三味線正躺在我床上睡覺。那副睡相簡直跟人類無異，頭枕著我的枕頭，嘶呼嘶呼地酣眠。就在我思索是否要將牠身上的毛東剃一塊西剃一塊以防春日突擊檢查時，又想起另一件事。

「三味線的療養藉口可以用到何時？」

我忘了問。那位朝比奈學姊應該知道我何時沒去社團，何時又開始出席。只要知道那件事，我本週的行事曆就等於抓到了大方向。可是從一週後過來的她兩手空空，連手機也沒帶。要聯絡她得打電話到鶴屋學姊家，偏偏聽了古泉說的那些話，害我現在不太敢打給鶴屋學姊。我不確定古泉的話裡有幾分真假。那小子搞不好只是將隨口胡謅的事說得煞有其事，想看看我的反應罷了。算了，沒把握的事就別做。

我拿遙控器對準空調，同時靠在床上。

等明天打開鞋櫃後，再來決定當天的行動即可。

我看著閉著眼睛、嘴巴不知嘟噥些什麼的花貓，不知不覺也進入了夢鄉，後來是洗完澡的妹妹進來把我叫醒。

第三章

翌日。

『請上山去。那裡有塊顯眼的石頭。將石頭往西方移動約三公尺。至於地點，那位朝比奈實玖瑠知道。晚上太暗了會很危險，趁天色未黑行動比較好。』

在廁所拆封的第一張信紙上就是這麼寫的。第二張和昨天一樣，上面用拙劣的筆觸畫了看似葫蘆的圖，還特意加了箭頭，註明是「石頭」。

決定了，今天也要參加回家社。

「要我出這個任務是沒問題……」

問題是，這麼籠統的指令是要幹嘛？到山上搬石頭？哪座山的哪顆石頭？朝比奈學姊知道的山是……

叩咚！腦中有顆小石子掉落。

「對了，學姊說過，我們要去尋寶。」

根據朝比奈（實千瑠）學姊提供的情報，下一個國定假日我們會去尋寶。也就是後天。我們要去鶴屋家的家山。這麼說來，鶴屋學姊又得出場了？她對雙胞胎朝比奈的事應該會隻字不提，在春日和我面前也只會一味笑個不停。但是再這樣搞下去我的情緒會很不安定。古泉也會覺得很困擾吧……慢著。

「這麼說來，要死不活的春日就快要活過來了嗎？」

我朝教室走去，如此預測著。藏寶圖是鶴屋學姊給的，真正執行日是在後天，那麼春日不是在今天就是在明天會拿到地圖。八成是明天。昨晚鶴屋學姊的言談中完全沒透露半點跡象。研判應該是還沒在倉庫等地發現那張地圖。等她一發現就會塞給我轉交給春日吧。

「嗨，春日。」

不出所料。先進教室的春日，像是吃了長門的口水，進入低調模式，扮演著一個凡事都提不起勁的女高中生。

「三味線呢？」

她小姐連看都沒看我，直對著窗戶呵氣。

「啊，牠的情況好多了。」

「是嗎。那就好。」

然後在呼氣變白的玻璃窗上畫起七字人臉。（註：用七個平假名畫人臉的文字遊戲。譬如

「へへののもへじ」，へへ當眉毛，のの是眼睛，も是鼻子，へ當嘴巴，じ畫大一點將臉部五官囊括在內，就是一張人臉了）

太神奇了。我和春日之間居然會有如此正常的對話，這比長門人在社團教室卻沒在看書還要來得稀奇。我開始擔心……不，是不安起來了。該不會《神人》已在某處暴動了吧？

「怎麼了？這陣子看妳都沒什麼精神。」

春日從鼻子哼了一聲。

「哪有？我跟平常一樣啊。我只是在想事情，明……」

話說到一半，春日不自然的將話吞了下去，斜眼看我。

「倒是你，今天會來社團教室嗎？」

擺出一副我來不來都無所謂的神情。對我來說真是天助我也。

「三味線還是會怕寂寞。又不能交由我妹照顧，今天又是看病日。」

「嗯，那樣也好。」

奇怪的是，春日的表情看來也像是鬆了一口氣。

「生病時都會比較黏人，你就好好陪牠到康復為止吧！我也想快點和活潑的三味線玩耍。」

春日似乎也視三味線為團員之一了。只不過照顧工作都推給我，興致來的時候才來找貓玩，想想也是很符合這女人的行事風格。其實貓咪借她蹂躪一星期也無所謂。

「我考慮考慮。」

心不在焉點點頭的春日，又朝著窗戶呵氣。

我以前從不覺得時間過得如此漫長，漫長到上課時都在默禱快快下課。可是焦躁歸焦躁，我還是繼續無言的祈禱別被老師叫起來解題。我漫不經心的抄寫黑板的授課內容，一個字也沒吸收進腦子裡，就這樣放任時間過去。仔細想想我也不是今天才這樣，儘管這讓我重新認知到就是因為如此，自己的成績才始終都沒有起色，我還是寧可全歸咎於我的課外活動太過多采多姿。一定是這樣。至於參加回家社的谷口為何和我的成績不相上下，就請大家暫且別深究。

我將形同廢物的教科書全塞到書桌裡，提著輕輕如也的書包正要走出教室時，輪值打掃的谷口將掃帚扛在肩上，出聲叫我：

「阿虛！」

他的眼神不知為何看來有些空洞，但我可沒有那個美國時間陪他。朝比奈學姊還在等我。就像癡癡苦等梅洛斯回來的薛利倫提烏斯那樣。我恨不得現在就飛奔到學姊身邊。（註：太宰治改編自古希臘傳說的小品名作《跑吧！梅洛斯》，是歌頌友情與信賴之美的作品。大意是死囚

梅洛斯希望死前能返回家鄉一趟，朋友薛利倫提烏斯挺身代他坐牢，最後梅洛斯拚命在期限內趕回，國王深受感動而釋放兩人）

可是，谷口用掃帚擋住了我的去路。

「臭小子，你倒好了！」

聲音中的怨懟透露出想找碴的訊息。敢問你是說我哪一點好？我值得你羨慕的事，隨便算都有一打。

「有那麼多嗎？頂多就三項。」谷口沒好氣的回答，接著又唉聲嘆氣。

春日的憂鬱也傳染給谷口了嗎？我真的要懷疑那是以空氣感染為途徑的傳染病了。

「我跟你說，谷口他呢……」

國木田突然冒出來，搖晃著手上的畚箕為我解惑。

「最近跟女友分手了，所以他才會那麼沮喪。不能怪他啦！」

「哎呀呀，那倒是。」

我半掩著笑意拍拍谷口的肩膀。谷口的女友不就是他聖誕節前才把到的女校學生嗎？聽到我聖誕前夕預定要吃春日特製鍋，你不是還為我哀悼不已嗎？谷口。

「哈哈，敢情是你被甩嘍？這樣啊，這樣啊。」

「囉唆！」

值得同情的朋友手裡拿著掃帚，有氣無力的掃著。

「快滾啦！別妨礙我掃地。」

國木田露出苦笑道：

「谷口，這麼說對你是不太好意思，但我早就知道你們遲早會分手。雖然我沒見過你的女友，但聽你的敘述就知道對方不是真心的。」

「你懂個屁啊！我的事不用你懂，我也不稀罕你懂！」

「說到底，你們當初會交往就很奇怪了。因為……」

「啊——啊——！別再說了。說真的，我想忘了這段感情。」

真想再多欣賞一會由我兩位朋友領銜主演的高中生青春肥皂劇，偏偏我有急事得先走。

「別鑽牛角尖了。像你這樣的好男人，總有一天會遇到你的真命天女。對了，差不多千支輪一回後，你的仙女就會下凡來了。」

我一說完，還未聽取反擊的回話就衝到走廊，頭也不回的拔腿狂奔。身為朋友總得給他留點顏面。我還不至於糟糕到會拿谷口的失戀當笑柄。說真格的，我是有點認為他活該。但是不管怎麼說，一度出線的友人再度回到曠男陣線聯盟，實在是可喜可賀。往後再一起努力吧。

「嗯？不過，那痞子到底是羨慕我什麼來著？」

打開鞋櫃我才想到這個問題，接著又冒出奇怪的聯想。假設谷口的消極是失戀者必經的歷程，那春日的沉靜現象的誘因該不會也是戀愛關係吧？這個恐怖至極的想法，讓我渾身戰慄不已，接著又笑了起來。

「不可能。」

春日會為情神傷、為愛煩惱，本質上就堪稱是NG畫面，比我參加明年的選秀被指名為大聯盟第一名還要難以想像。就算成了選秀狀元，我也不會高興到哪去，但我就是很想知道春日到底有什麼心事。雖說很難想像她在沒有空調的教室裡，握著暖暖包鬱鬱寡歡的模樣……

「算了算了。」

那不是我現在該注意的事。況且春日就快要恢復青春活力了。因為我知道後天我們就要出去尋寶了，既然心裡有譜，我就不會再多心。這敲邊鼓的人要是一步踏錯，連帶也會害SOS團全員步步錯，類似這樣的事態最好是能避則避。縱使人類是科學的使徒，最好還是別讓無害的細菌照射到放射線，衍生出致死性病原體的事態發生為妙。分寸沒拿捏好，可是會死人的。

「那麼，我就先為小小的未來努力吧！」

對人類的未來再感到不安也無法起步。對我而言，現在另一位朝比奈學姊才是最大的懸案項目。

一度回到家裡的我，很快又跳上腳踏車，一路直奔鶴屋邸。

中間我還打了電話到鶴屋學姊家找朝比奈學姊，可是鶴屋學姊還沒回家。本來以為請人轉告在鶴屋學姊家作客的朝比奈（實千瑠）學姊會費上好一番唇舌，想不到鶴屋學姊早就跟接電話的傭人交代過，只待我報上自己的名號，不用再囉哩叭唆自我介紹一堆，對方就自動幫我轉接朝比奈學姊。連這種地方都設想周到，套句便利商店廣告詞：「有鶴屋學姊，真好！」忘記先跟她照會一聲，她卻預測到我的行徑，讓我無後顧之憂。學姊將來如果去當秘書，絕對會是凡事都幫老闆打點妥當，不可多得的特助人才。

我對那位與鶴屋學姊同樣得人疼的朝比奈學姊說：「我這就過去接妳，請在那裡等我。」然後就掛了電話。在電話裡說到她懂，倒不如讓她早點見到實物。我在口袋裡放入那張指令書，和以防萬一的手電筒。

我已去過鶴屋學姊家好幾次，踩腳踏車的雙腳動作滑順得不得了。二月冬的寒冷尚不至於挺不住，總比下雪來得好。我頂著將耳朵和鼻子都快凍僵的逆風騎著腳踏車到了鶴屋學姊家。

按下門鈴，等了好一會。

朝比奈學姊從便門探頭出來。

「阿虛！」

看到我後，她露出鬆了一口氣的微笑，跳出門外。水手服模樣已不復見，學姊穿的是褲裝，上面罩了件毛茸茸的大衣。

「我跟鶴屋同學借了衣服。」

朝比奈學姊似乎很在意我的目光，她整了整大衣的衣領繼續說道：

「因為我不能從自己的住處拿衣服出來。」

「是因為妳沒有印象自己的衣服不見了嗎？」

我踢起腳踏車的腳架問道。朝比奈學姊顯得很難為情。

「其實……坦白說……我不太記得了……平常穿的衣服是還在。可是，就算不見了，恐怕我也不會發現……啊，我的衣服並沒有多到自己都記不得喔。只是，只是……」

沒關係沒關係，學姊不用放在心上。像我就算衣櫃裡少了一條褲子，也永遠不會去報失竊。就算發現有東西不見，肯定也會以為是自己亂放放到別處去了，完全不以為意。

我溫柔的凝視朝比奈學姊。不管衣服是借來的或偷來的，穿在學姊身上就是百分百的適合到不行。

「才沒有呢！」

朝比奈學姊嬌羞得搖手否認。

「衣襬和袖子對我來說都太長了，而且……」

手本來要壓著胸口的朝比奈學姊臉頰有些泛紅，停止了動作。

「沒有，沒事。」

我的心情越來越平靜。她借穿的是手長腳長、身材又苗條的鶴屋學姊的衣服。穿在朝比奈學姊身上，某部分勢必會比較緊。朝比奈學姊有些不自在，想必原因就出在那邊。可惜大衣蓋住了上半身。不過那個不是重點。

我將投進鞋櫃的未來信函拿給學姊看。

「今天我們好像一定得去辦這件事，妳知道地點在哪嗎？」

到山上去搬動石頭——聽起來就像是RPG的使喚指令。而且這個指令還沒載明理由，達成任務後也不知道有沒有什麼寶物可拿，假如說這是遊戲，還真稱不上是一款好遊戲。

「呃……會是那座山嗎？我知道的場所，就只有那座了。奇形怪狀的石頭啊……啊，會不會是那個……？」

朝比奈學姊仔細閱讀被風吹得啪啦作響的信，喃喃自語。最後像是找不到自己的巢穴的花栗鼠歪著脖子道：

「我想我知道。這應該就是我們去尋寶的地方。不，應該說是我知道的地點，就只有那裡了。嗯嗯！可是，為什麼要這麼做？」

我當然也是不明白。但是我大概猜得到為什麼。

「朝比奈學姊，我們的尋寶之行確實什麼財寶都沒挖到吧？」

「是、是的。」

不知道是不是手指頭凍僵的緣故，朝比奈學姊折信的動作不是很靈活。我總覺得她的動作有些不太自然。

「妳不覺得奇怪嗎？這個指令怎麼想都是和尋寶有關。」

「那、那個……」

朝比奈學姊粉臉低垂。

「是怎麼回事呢？嗯唔……」

表情好像在沉思，又像是話哽在喉頭，很煩惱要不要說似的，朝我使了個眼色。那個眼神害我差點腿軟，最後朝比奈學姊搖了搖頭。

「我想不明白。對、對了，去到那裡也許可以想起什麼……」

「說得也是。」

總之就先去看看吧。春日，不好意思啊，我們先去尋寶地點進行外景勘察作業。不過到後天呢，我會假裝完全沒有去過，妳就原諒我吧。

我跨上鐵馬，催促朝比奈學姊坐上後座。採淑女坐姿側坐的朝比奈學姊和她那雙放在我腰間不停抖動的小手，差點又讓我摔車，幸好昨夜的記憶讓我恢復了冷靜。

「怎麼了嗎？」

朝比奈看到騎車出發前頻頻確認左右的我，納悶的問道。

「不，沒事。」

簡短的回答後，我用力踩下踏板。

我只是有點以為古泉，或是疑似古泉的身影就躲在附近。至於他是在監視鶴屋學姊家，還是在跟蹤我們就不得而知了。

鶴屋家的私有山就位於我們北高往東方水平移動之處。說是山，倒不如說是大型的丘陵，它並沒有到山的高度。以扭曲的觀點猛然一看，倒也挺像是被遺忘的古墳，抬頭仰看布滿天然林的山丘表面，一定會有種我們不是在爬圓墳就是在爬休火山那樣的錯覺。順道一提，沒有登山步道那種東西。只有連熊這些動物爬上爬下也會嫌累的陡坡獸道。

「走這邊。嗯，我就是從這裡爬上去的。」

在朝比奈導航系統的引領下，我努力將腳踏車牽上坡，踏破原野小徑時，太陽已變成了斜陽。放眼望去，山麓不是乾涸的水田就是種菜的旱田，連一個人影也沒有。

「擅闖人家的私有山地，有沒有關係啊？」

我疲累的仰望山頭，朝比奈學姊噗嗤一聲嬌笑出來。

「鶴屋同學說過沒有關係。啊，我是在幾天前問她的……不對，就時間上來說是明天……對，阿虛也是說明天。」

或許是已經適應這個狀況了，不然朝比奈學姊怎麼還有餘裕回顧過去。那對我可是未來的事，既然要講就多講一點。

「可以跟你說的，嗯……好像還真的不太多耶。我們這幾天做過的有尋寶和市內搜奇……差不多就這些了。」

春日主辦的抽籤大會呢？

「啊，對，還有那個！」

朝比奈學姊神色慌張。其他還忘了什麼事嗎？

「呃、呃唔——」

學姊如此心神不定，是否有什麼難言之隱？也就是所謂的禁止項目？

「是、是的。那是禁止項目。嗯，應該是禁止項目。」

仔細觀察朝比奈學姊的神情，並不是很凝重。不是我要對未來人的秘密主義吐嘈，只是這位朝比奈學姊似乎也對我有所隱瞞。完全不知情的就只有現在這個時間點的朝比奈學姊嗎？這種情況還真麻煩。若是用不等號來表示知情度，大致上就是朝比奈小姐（大）＞……中間省略……＞朝比奈（實千瑠）學姊＞朝比奈學姊（小）吧。

大概是我露出了很想嘆氣的表情，朝比奈學姊更加不安。

「阿、阿虛……」

此時我要是背對著學姊，想必那雙美目會盈滿淚水。我可不是個忍心讓她這樣看著的虐待狂，突發性的博愛主義支配了我的精神，我的顏面肌肉頓時像三味線腹部的肉軟化了下來。

「沒關係，真的不要緊。我應該馬上就能領悟出那是什麼。」

根據這位朝比奈學姊的敘述，指示她時間跳躍到八天前的人就是八天後的我。那個我知道所有來龍去脈才會叫朝比奈學姊跳回過去。那個我說穿了就是未來的我，只要問那個我就能解開全部的機關了。也就是說我不用問別人，再過不久我就會知道。否則就太奇怪了。

「先在太陽下山前，達成這個指令再說。」

我伸手攬住朝比奈學姊的背，如此說道。學姊以幼犬般的眼神望著我，點了點頭。

「啊，好的。我來帶路。不用爬到山頂，很快就到了。」

我們進入蒼翠的蓊鬱山林。照理說應該由我做先導，用山刀剷除危險的枝幹或樹根的，可是現值寒冬，蛇和蟲子都冬眠去了。我研判應該沒那麼危險，於是就自願擔任防止朝比奈學姊在登山途中滑落的墊背。

「啊、呼～嗚！」

結果，朝比奈學姊的登山行真是險象環生。加上我們走的又都是不像路的路。一般登山道路都是採蛇行方式蜿蜒前進，放眼望去並沒有那麼方便的步道。我們只得腳踩綠林，攀附著不停有石頭滾落的岩表攀岩上去。

「呀！」

支撐著好幾次差點滑落的朝比奈學姊的好康讓我不由得發笑。我們幾乎可算是一直線朝著小山的半山腰前進。仔細觀察後可以發現，我們走過的路徑確實有人出入過，處處可見踩踏的痕跡。儘管如此，它仍稱不上是一條路，頂多只能算是較高級的獸道。如果照大自然的原樣，朝比奈學姊想要像這樣走在我前面，絕對是不可能。

爬了十幾分鐘後，我面前出現了一片平坦之地。

「這裡、呼！就是這裡！我們挖了很多地方，但是有石頭的就只有這裡。」

朝比奈學姊手按著膝蓋，大口大口喘氣。

我走到她旁邊，停下腳步。

「咦？」

雖然不像險峻的斜面綿延的山裡面有那麼大的空間，但這座山的確有部分是平地。叢生的樹木只有那裡沒有，形成一個突兀的半圓場地。寬幅大約不到十公尺。對了，就像是削掉山的一部分造成的，作為登山客的休憩空間再適合不過。至於是人為或渾然天成就不知道了。很可能是古代山崖崩裂所造成的。從雜草的茂密度來看，實在不像是近期才生成的。當作是自然形成的會比較恰當。

呼吸終於平穩的朝比奈學姊玉手一指。

「信上提到的石頭，應該就是指那一塊。和畫上的也一模一樣……」

葫蘆形的石頭……石頭？

「就石頭而言未免太大了些。」

朝比奈學姊的話也誇張了一點。這實在不能說是和畫上的一模一樣。要是沒有朝比奈（實千瑠）當嚮導，我恐怕會在山裡頭摸索到天亮。

「聽你這麼一說，確實是不太像葫蘆……」

石頭是倒在平地的前端。在我看來與其說是葫蘆，倒不如說是從水面衝出來的海龍背部。加上有一部分嵌進地面，就算那塊石頭是偏白色，混雜在周圍的落葉和雜草中要一眼就發現也很困難。

我再把信件拿出來確認內容。

「將石頭往西方移動約三公尺……嗎？」

天色越來越暗了。此地絕對不宜久留。下山時一個不留神，我們兩人很可能會一起滾落。就算這是規定事項，我也敬謝不敏。

我將手電筒交給朝比奈學姊，請她幫忙照射我的手邊。我則一把抱住石頭。

「重死了，你這頑石～」

真正動手後才發現，這塊石頭有三分之一是埋在地底下。那就不能算是石頭了。這拿來當醃醬菜用重石都嫌太大，用岩石來描述會比較恰當。

好不容易將石頭拉出來一看，原來如此，外形的確是很像葫蘆。將橫臥的石頭抬起來直立著看，是有幾分葫蘆的味道。

我抱起石頭，努力朝我認為是西方的方向，吃力的走出去。三公尺是嗎？以平常的步伐來算差不多是四步左右吧？

「印象中還要再過去一點。」

朝比奈學姊對我下指示。對了，這位朝比奈學姊知道移動後的石頭狀態嘛。

「對，就是那裡。就是那附近。」

我將石頭放在地面。咚地一聲響，石頭嵌入土中。當我進一步要將它照原樣放倒時——

「我記得那塊石頭是豎起來的。」

朝比奈學姊制止了我，美目像是受到驚嚇似的睜得老大。

「而且……看起來很像是路標……」

我看著剛放下去的石頭。

路標。

如此看來，這顆石頭的確顯眼得不太自然。石頭是什麼種類尚待考究，但是偏白的顏色在黑暗中異常醒目，形狀也很奇特。假如將它命名為白葫蘆石，而且介紹說是遺跡文物的話，信以為真的相信大有人在。

「朝比奈學姊，莫非春日叫我們挖過這石頭的下方？」

「是的。不過挖的人是阿虛你和古泉同學。」

記得妳說什麼都沒挖到。是真的嗎？

「是真的。」

朝比奈學姊美目低垂。

「沒有找到寶物……」

我大大呼出一口氣，拍了拍髒兮兮的雙手。

現在，我在做的事情到底算什麼——大概問了也是白問。昨天的惡作劇陷阱，還有掉入陷阱裡的男子，要我們做那些行為的意義究竟何在，就算問這位朝比奈學姊也問不出所以然。真正知情的是大人版朝比奈小姐。那就去問她看看。像這樣藉著書信的單向溝通方式，這次說什麼我都不會認同。

我定睛細看自己剛才動過手腳的石頭，發現了一個更不自然的地方。長年累月橫臥的石頭，想當然會有一半以上被泥土沾污。在我挖起來之前的葫蘆石的內側，現在成了背後的一部分。一看就知道是有人從別處搬來的。

「那邊的地面也是。」

石頭原本的所在地，挖起來後的地底，就只有那裡的土是黑色的，而且還凹陷了一大塊。

「學姊來的時候，這裡的情況是怎麼樣？」

朝比奈學姊露出回想的表情。

「嗯——大家都沒有說什麼耶，我也沒有注意到。涼宮同學也是滿腦子都只有挖寶……」

那樣的話，放著不管或許也無所謂。不過，該做的事還是做一做的好。

我和朝比奈學姊分頭收集枯葉和常春藤，撒落在露出的地底踩一踩。順便將葫蘆石上沾附的泥土也刮落。不敢說是做到很完美。畢竟讓人感受到萬物皆有終的石頭風化的部分，和長眠在地底之處實在是大不相同。

很想再多方努力，天色卻越來越暗，作業不得不告一段落。我總算明白了不知為誰辛苦為誰忙的辛苦有多辛酸。

「我們回去吧，朝比奈學姊。」

這次由我走在前頭。幸虧有帶手電筒來。無街燈照明的山之闇讓太古時代的人畏懼不已，視為神聖的表徵，某種程度的巍峨自不在話下。而且相較於上山，下山的身體反應更加激烈。

我接住好幾次因絆倒而撲到我背上的朝比奈學姊，到達山麓時，黃昏已轉成夜空。幾乎在同時——

「啊。」

朝比奈學姊抬起下巴，仰望天空。

「下雨了。」

不到五分鐘，滴滴答答的水滴就變成淅瀝淅瀝的小雨。

我載著朝比奈學姊，使命猛踩腳踏車照來時路騎回去。回程幾乎都是下坡，我踩得很輕鬆。花不到去程的一半時間，體力的損耗也不到三分之一。

當我們頂著濛濛細雨抵達鶴屋宅邸時，某人出來迎接我們。

「嗨！你們回來啦。」

和昨天一樣，穿著和服的鶴屋學姊一隻手撐著傘，笑呵呵的為我們開門。

「你們去哪裡了？啊不，不用回答。我知道一定是有隱情。小女子乃不多嘴也不過問的解語鶴是也！不過我會看就是了。咦？奇怪了，那個實玖——不對，實千瑠！妳怎麼髒兮兮的？要不要先去洗澡？」

像機關槍講個不停的鶴屋學姊接著道：

「外面很冷吧?來來，快去洗熱水澡!我們一起去洗!阿虛要不要也一起來?我可以幫你擦背。我們家的浴池是檜木浴池喔!」

學姊這番盛情邀請真是教我感激涕零，可是一看到她的表情，我就知道她是在說笑。春日總是用玩笑的口氣說真心話，鶴屋學姊則是用認真的口吻說玩笑話。

「我回家後再洗。那麼朝比奈——實千瑠學姊就麻煩妳照顧了。」

我的腳後跟正準備轉向，鶴屋學姊制止了我。

「且慢!」

打傘遮住我的頭，從半纏懷裡摸出一卷用線綁住的紙。

「這是春日喵拜託我的東西。你幫我拿給她好嗎?」

我死命盯著那紙卷看。古老的厚和紙、蟲蛀痕跡到處可見，乍看就像是古文書或是記載了黃金埋藏地點的地圖。

「這是什麼?」

「嗯，算是藏寶圖吧。」

鶴屋學姊直率的回答，咧嘴而笑。

「前陣子我在倉庫找東西時，從以前的衣箱中發現的。想說機會難得就給春日好了，結果忘得一乾二淨。」

那種東西送人沒關係嗎？這是藏寶圖耶，埋藏寶物的地圖耶。

「沒關係啦。反正我也懶得去挖。要是真的挖到了記得分我一成！埋寶藏的人不知是我曾曾曾幾代的曾祖父了！根據我家代代相傳的傳記上的描述，他是位很愛惡作劇的老爺爺，我想這地圖一定是他用來作弄孫子的誘餌。就算去挖也挖不到任何東西，不然就是用不著的東西！」

結果好像是前者。

我畢恭畢敬的接過地圖。但鶴屋學姊卻粗率的將沒有包裝的紙卷直接交給我，害我內心的感動頓時少一大半。

「一定要交給春日喵喔！聽到沒有！」

鶴屋學姊對我眨眨眼，笑得很開心，朝比奈學姊的表情則顯得有點僵硬，來回看著我和那張藏寶圖。直到發現我也在看她後才連忙低下頭。怎麼回事？難道尋寶行動中有什麼不可告人的禁止項目？我知道朝比奈學姊一度因為不明究理的時光回溯而變得憂鬱，但看來尋寶似乎才是這位朝比奈學姊最怕被人觸碰的罩門。

「來，阿虛，傘借你。回去時路上小心。拜拜，明天見！」

大力揮手跟我拜拜的鶴屋學姊，與輕輕招手的朝比奈學姊的身影，消失在關上的門後。

我撐著傘，拿著捲成圓筒形的和紙，在雨中佇立。

真想硬衝進去，厚著臉皮讓她們邀我同浴。莫名的落寞籠罩我全身。想必這也是鶴屋學姊效應吧？就像是離開喧囂的人群，獨自一人時才發現慶典已落幕……鶴屋學姊真可說是單人嘉年華。

「好冷，快凍死了。」

我將學姊借我的雨傘搭在肩上，開始推著腳踏車走。

春日也好，朝比奈學姊也好，還有長門雖然是往好的方面……全都讓我亂了套。

「啊，肚子好餓。」

回程時，古泉並沒有現身。枉費人家現在有心情聽他發表高見。

隔日，也就是另一位朝比奈學姊從清潔工具置物櫃中冒出來的第四天早上，昨日的雨雲快速往東移動，今日是氣溫驟降下放射冷卻後的萬里晴空。

拜猶如登山步道的通學山路所賜，抵達校門口時身體也暖和起來了，但是在沒有暖氣的教室上第一堂課上到一半，先前的發汗會感覺更冷，反而傷身。

通過校門進入玄關，在打開鞋櫃前，我做了一次深呼吸。我不認為之前那次會是最後一次指派給我的未來指令，我早有預感今早也會有信，可是這次又要我去做什麼了？我內心多少有些躊躇，只是躊躇也於事無補，因為不打開鞋櫃，我就無法換上室內鞋。

果然，今天鞋櫃裡也放了信。

而且有三封。

「真的假的？朝比奈小姐……」

此外上頭還有編號。三封信信封上都各自寫上小小的#3、#4、#6等手寫文字。三號、四號……六號？

「前二封該不會是#1和#2吧？這麼說，第一封是#0囉？」

可是，為什麼會從四號直接跳到六號呢？五號到哪去了？是寫錯還是怎樣？

將信件全塞進口袋，直奔洗手間，可說已成為我的日課。

我從數字小的開始拆封。

預備鈴就快響了，我迅速將三封信都瀏覽了一下，從廁所出來照到鏡子時，瞧見了鏡子裡表情古怪的自己。

朝比奈（大）的用意究竟是什麼？不，我不是要問前幾天才害一位陌生男子送醫，昨天又叫我們去搬運石頭的行為是在幹嘛，我只是想知道，做了那些事會有什麼影響。

我半信半疑的進到教室，就看到一位坐不住的人在等我。

「阿虛！」

大聲喊著我的怪綽號，衝過來的是直到昨天都還很憂鬱的春日。

「我聽說了，快拿出來！」

我還在思考笑盈盈的春日伸出來的掌心該放上什麼東西時——

「可別跟我說你忘了帶！鶴屋學姊有東西寄在你那邊吧？快點給我，那可是會讓人心情暢快的好東西！」

妳小姐變臉像翻書也要有個限度。昨天以前還病懨懨的妳死到哪去了？該不會是有人冒充妳吧？

「你在胡扯什麼啊？我一直都是這樣子，除了我以外的我一概不存在！」

春日露出她最得意的眉毛挑高式笑容說道：

「先不說這個！快點交出來！你要是說你忘了帶，現在就給我衝回家去拿！」

是嗎？不管是不是，妳看，妳又讓我成為班上注目的焦點了。我的人生目標從來就不是引人注目過一生耶。

「那麼無聊的人生目標，大可放在紙飛機上從屋頂丟出去了。不管引不引人注目，那都和目標扯不上關係。要細說人生的話請在你壽終正寢前三秒再開始回顧。」

三秒鐘就講得完的人生我才不要，沒辦法……也不是沒辦法，總之我還是打開書包，拿出鶴屋學姊交給我的粗製和紙圓筒——瞬間就從我手中消失了。只見那名搶匪解開綁紙卷的線，壓低音量問我：

「你看過這個了？」

「不，還沒有。」

「真的？」

「真的，因為並不覺得特別想看。」

「這可是藏寶圖耶？你聽了不會覺得很興奮嗎？」

不管會不會興奮，畢竟我老早就知道沒有寶藏了，「賠了夫人又折兵」的慣用句用在這個狀況再適切不過，在這種情況下要如何興奮得起來，連我自己也很想知道。所以，我接過鶴屋學姊的晦氣見面禮，看都沒看，就直往書包裡塞。何況當時我還有其他更重要的事要思考，現在也有。就在我思考是否要乾脆豁出去，在春日提議前就勸她中止尋寶活動時，她已將捲起來的和紙粗魯地攤開。

「真是的，鶴屋學姊這人也真傷腦筋。直接交給我不就得了？幹嘛還寄在阿虛你那邊。一早就能拿到是不錯，可是本想在放學後給你一個驚喜……」

不太高興的嘮叨完，春日又高興的轉身背對我回到自個的座位上。用筆盒和課本代替文鎮，壓著紙的一端，直盯著地圖專心研究起來。

於是我也死了心回座去，好不容易才又想到一個新的問題。

「喂，春日。」

「幹嘛？」

春日眼皮抬也不抬地敷衍我。

「妳是什麼時候知道鶴屋學姊把東西交給我的？」

「昨晚。鶴屋學姊打電話告訴我的。」

依舊看也不看我的春日說：

「你昨晚不是帶三味線出去散步？經過鶴屋學姊家門口時剛好被她看見，就把東西交給你了

——電話裡她是這麼說的。看樣子三味線的病大概快好了。恭喜啊。」

鶴屋學姊撒的漫天大謊實在叫人咋舌。這麼冷的冬夜，而且天空飄雨，還會有人帶貓咪出門散步就奇了。更奇的是春日居然不疑有它。春日，妳到底是怎麼了？

渾然不覺我用沉默包裝起來的驚愕，春日閃動著比節分那時還要燦爛的雙眼。

「阿虛你看！這的的確確是藏寶圖沒錯！上面就是這麼寫的！」

我將視線落在春日的桌上。

古老得該立刻進博物館的一張和紙，上面繪有類似一筆畫的圖和幾行文字，再來就是署名。圖一看就知道。是那座山。就是我昨天爬過、明天又要再爬一遍的鶴屋山。雖然只有用毛筆簡單畫幾筆，山的稜線卻抓得有模有樣。可是文字部分我就看不懂了。我只看得出那些歪七扭八的字是平假名，連古文課本有時都會解讀成外星人語言的我，是不可能看得懂這類重要文

化財產的文件的。

還好春日翻譯成白話文給我聽：

「這座山裡頭埋藏了稀奇之物。我的子孫若有興趣就可去挖。」

她的手指撫觸著末尾的署名。

「元祿十五年，鶴屋房右衛門。」（註：元祿十五年是西元1702年）

真是，我不曉得你是鶴屋學姊曾曾幾代的祖先，但你幹嘛留這種多餘的東西？你埋東西的理由究竟是什麼？難道就像鶴屋學姊說的，是為了創造出超越世代的遠大惡作劇嗎？就算不是好了，從元祿時代到現在有好幾百年，你們鶴屋家的後代子孫也早就挖出來了吧。

「埋在那座山的哪裡？」

我以不感興趣的聲音問道，春日碰了碰那幅像是水墨畫的山圖。

「上面沒有寫，也沒有標示，只知道在這座山的某處。沒關係，這樣也好。」

炯炯有神的視線變成壓力朝我的臉部襲來。

「每一處都隨便挖幾下，等到沒地方可挖了，就能鎖定最後的區域。這就叫壓路機作戰！無一倖免的壓路機作戰！」

問題是那個工作要由誰來做？妳要登高一呼，叫鄉親們組成志工隊嗎？

「不用啦，你真笨！」

春日將地圖捲起來，用線綁好，收在書桌裡。

「當然是我們幾個去挖就好！你也不希望寶藏分得少吧？」

我當然不希望分得的量減少，但是沒有的東西要如何減少？當我在內心如此嘆息時，上課鐘響了，導師岡部進入教室。

「放學後在社團教室開會。」

春日用自動鉛筆筆尖在我背上戳了戳，對著我的頸項如是說：

「在那之前先瞞著大家。我想給他們一個驚喜。你順便也驚喜一下。拜託你也露出才聽到的表情好不好？這鶴屋學姊，真的不是我在說……」

這之後春日的自言自語，就在導師的大嗓門和班上同學共同起立的雜音下給淹沒了。

現在，就傳授各位一個將上課內容確實留在腦細胞裡的獨門訣竅。其實根本不需要特別聚精會神。發呆也無所謂，只要一味盯著黑板或是課本，就能將老師的話聽進去了。有做筆記的話當然更好，但不是每個人每堂課都有力氣認真做筆記，所以這也是需要一點訣竅。

講白一點，只要做到「無須特別全神貫注在課堂上。但是對課業之外的事一概不能想。」就夠了。也就是採取不去想其它雜事，閒閒沒事做的大腦就算沒拜託它，也會自動將眼睛和耳朵吸收到的情報記憶起來的作戰計劃。

姑且一試也無妨。只不過傳授我這獨門秘訣的人是春日，還請各位切莫忘記這正是涼宮流學習術。重點就是不讀書無所謂，但是不可以將頭腦用在讀書以外的事情。可是，那樣的生活又有何樂趣可言？我也想像不出春日腦袋空空的模樣。越想越可疑，總之一句話就是完全信不得，但是她的成績總是名列前茅又是不爭的事實。

說歸說，現在的我也辦不到。雖然春日最近的鬱鬱寡歡讓我頗為分神，不過這次承蒙一張古老和紙，讓她的MP一口氣全回復了，真是可喜可賀。託它的福，我心裡的疙瘩少了一塊。

相對的，朝比奈（大）的未來指令卻一口氣增加成三個。我和自八天後過來的朝比奈學姊不去執行的話可不會自動減少。縱使我想要速戰速決，偏偏日期和時間都是既定的，就算我現在衝出教室也無法縮短作業。但是，那並不表示我可以悠哉悠哉……

算了，再思考下去就無法將上課內容完全吸收了。我先聲明，這可不是我要用來敷衍某些人的藉口喔。

放學後就被春日趕鴨子上架趕到社團教室去的我，心境就好比被鸕鷀（註：鸕鷀又稱魚鷹，為善於潛水捕食魚類的冬候鳥）追逐得無路可退的小魚。拜鶴屋學姊的漫天大謊之賜，我牽拖三味線需要養病以利早退的好理由頓時無法使用，剛好今天真的也沒有什麼預定。

沒錯，放在鞋櫃裡的未來指令寫得很清楚，今明兩天我可以自由行動。必須任其擺布的是後天，大後天以及大大後天。至於三封信為何全在今天一次送達？理由很簡單，過了今天，學校就放連假了。國定假日加上星期六日、因應國中生考試補放的假，共有四天假。

話又說回來，這未來人還真喜歡用鞋櫃代替信箱。其實朝比奈小姐大可親自送過來，我一點也不會見怪。何況我現在想請教大人版朝比奈小姐的問題可多著呢。

今天上課時我都不斷在思考這些事，就連現在，被春日拉扯的途中也還在思考，不知不覺被拉到了文藝教室門前。

「各位！讓你們久等了！」

伴隨著HIGH得不得了的高分貝招呼聲打開門的春日拉扯下，我也衝進了社團教室。莫名的，有種恍如隔世的感覺，是因為我已經有三天沒待在全員到齊的現場之故嗎？才短短三天就讓我感受到濃濃的鄉愁，可見我對這間社團教室多有歸屬感了。

雖然受到了點衝擊，我還是記得將春日打開的門關上，重新凝視團員們的臉。

最先映入我眼簾的，是坐在角落閱讀看似有立方體那麼厚的文庫本的短髮水手服。長門以一絲不苟的無表情看了我和春日一眼，旋即又將視線投入字海中。廢話一概不多說的嬌小有機人工智慧機器人，完全不做多餘的動作，宛如一尊地藏菩薩，靜默地占據社團教室一隅。

「嗨，好久不見了。」

正在分解拼圖的古泉露出意有所指的微笑，佯裝不知地跟我打招呼、頷首致意地問道：

「三味線一號的病況如何了？如不嫌棄，我可以幫你介紹不錯的動物醫院。是我朋友的親戚開的，風評相當不錯。」

你的朋友都是從事那一行的嗎？

「別小看我，我的人面廣得很。各行各業都有認識的人。」

古泉以指尖將拼圖彈開繼續說：

「所以我若需要什麼服務，問問朋友大致都能幫我安排。這世上若有不存在於我的朋友和朋友之間的人種……」

古泉優雅地雙手一攤，做作的抬高自己的身價。

「可以說是從事地球上尚未出現的行業的人。」

連外星人和未來人你都認識了，要是交友圈再繼續擴大下去還得了？我可壓根不想見到異世界人喔。我敢掛保證，世界不會更有趣，只會更複雜。

古泉突然咧嘴一笑，結束和我的對談，目光移向春日。

「聽說今天要開會？」

「對對，沒錯！是緊急特別會議。」

春日將書包丟到團長桌上，一屁股就坐下來。

「實玖瑠，泡茶。」

「是！」

可愛的回應之後，小跑步跑向水壺的女侍服，怎麼看都像是朝比奈學姊。

那是一定的。朝比奈學姊人出現在這裡哪有什麼問題。可是……

「唔嗯……」我的聲音在舌中化成了呻吟。

我混亂的頭腦需要活性化一下。這個人，並不是目前在鶴屋學姊家已然座敷童子化的朝比奈（實千瑠）學姊，而是我至今最熟悉的朝比奈學姊。不是從稍後的未來過來的朝比奈（實千瑠）喔，是另外一位朝比奈學姊。（註：座敷童子是在日本東北的民間神話。身穿和服、娃娃頭、孩童模樣的座敷童子，雖然調皮又淘氣，卻是會給家裡帶來好運的福神。座敷是鋪著榻榻米的日式廳堂）

咕嘟咕嘟的在陶壺裡注入熱開水的朝比奈學姊，突然抬頭看我——

「那個，阿虛……」

面露憂心的模樣，就和三天前登場的朝比奈學姊（八天後）如出一轍，這也是一定的。正打算回應幾句時——

「府上的貓咪還是沒有好一點嗎？會不會是寒假期間到太冷的地方受涼了？」

「不是……」

我又一時語塞。這位朝比奈學姊當真是完全不知情。對自己從今天……不對，是五天後的傍晚，從那時移動到今天算起來是三天前一事毫不知情……所以我才說嘛，事情不會更有趣，只會更複雜。

「三味線昨天就康復了。現在八成在我房間活潑的滾來滾去。」

「是嗎?那真是太好了。」

朝比奈學姊綻開花般的笑靨，這時我才開始內疚起來。三味線的病是我撒的謊，這件事朝比奈（實千瑠）學姊早就知情。雖然那位朝比奈學姊什麼都沒說，但是我讓面前這位朝比奈學姊擔心又放心的原因居然都是謊話，對學姊真是太過意不去了，教我在她面前怎麼抬得起頭來。

「有空我再去找牠玩。府上的貓咪真的好可愛。」

比妳還可愛的生物就算我在銀河系徘徊五百光年也邂逅不到一隻。假如學姊是以貓咪為藉口要來我家玩，不管要準備幾隻我都會去抓來備用。順便將三味線外出時經常有一腿的後巷黑貓一併帶過來好了。

「呵呵，那樣也不錯……啊!」

朝比奈學姊突然跳起來驚呼：

「熱開水溢出來了!」

陶壺的開水溢出來了。好像和我談貓的話題讓她分了心。這說不定也是春日設定的迷糊俏女侍化計畫的一環。看到慌張用抹布擦拭桌面的朝比奈學姊的動作，春日雙手抱胸，滿意的在一旁觀望。

我拉開古泉旁邊的鋼管椅坐下來，春日拿出那個東西，得意非凡的準備發言。

「讓各位久等了！」

朝比奈學姊將兩只茶杯放在托盤上，分別遞給春日和我。本以為春日又會一口吞下肚，然而那女人的屁股不知為何黏椅子黏得緊緊的，沒有要起來的跡象。只見她幾乎將熱茶一飲而盡，帶著若有所思的微笑，向後靠在團長桌上，一會忙著接上電腦的電源，一會又拿起擱置的雜誌翻閱。偶爾和我目光交接，有那麼一瞬間會換上認真的表情，接著又自顧自的奸笑起來，猶如怪人百面相。這是什麼的前兆？

古泉佯裝不知，氣定神閒的拼他的拼圖，長門一開始就無動於衷，朝比奈學姊忙著幫大家續杯，完全是再日常不過的光景，可是今天我就是覺得古怪。急驚風春日何時變成慢郎中了？

答案很快就揭曉。

宣告沉靜的和平時刻結束的，不是春日的大嗓門也不是強制學生回家的廣播，而是富有節奏感的敲門聲。

「呀呵！我來了。可以進來嗎——？」

印象中聽過的女聲提高分貝說道，同時間春日整個人也彈跳似的站了起來。

「就是在等學姊。請進請進，快請進！」

難得會讓我家團長親自去開門迎賓——

「哈囉！除了實玖瑠以外的各位學弟妹，好久不見！啊，阿虛昨天才見過嘛？三味真好命，你要再帶牠來玩喔！」

這位貴客就是聲如洪鐘的鶴屋學姊，她正和春日勾肩搭背跳起整齊劃一的舞步。笑容可掬的再度登場。

「嗯，沒錯。這是藏寶圖。差不多是三百年前的寶藏。裡頭埋的肯定不是元祿小判。是的話就好了！」（註：小判是日本古代的金幣，呈橢圓形的純金薄片）

鶴屋學姊拿起當茶點的蝦煎餅大快朵貽，在鋼管椅上盤腿坐下來。

「雖然這張紙是放在我家的倉庫，不過那間倉庫，該怎麼說呢，算是年代久遠的儲藏室了，用不著的東西都往那裡塞。差不多五年沒整理了吧？前陣子我整理時才在壓在破銅爛鐵下的衣箱中看到！」

將客用茶杯的煎茶一飲而盡，鶴屋學姊就豎起食指尖，指著白板。

白板上頭有著用磁鐵固定住四角的古地圖。旁邊站著用指揮棒敲著肩膀的春日，表情喜孜孜的。

「雖然有人勸我們將那座山捐給政府，或是乾脆讓渡出去，但我們並沒有輕言放棄老祖宗的遺言。啊！我明白了，一定是埋有寶物的關係。是醬吧？鶴屋家的列祖列宗。」

阿彌陀佛~鶴屋學姊雙手合十膜拜夕陽，春日則用指揮棒敲打著白板。

「就是這樣。」

什麼是怎樣？人家鶴屋學姊也只有說明祖先遺物的來歷而已。

「所以說，我們要去找那位鶴屋家祖先埋藏的寶物。不然還會有什麼？」

春日的嘴巴張得老大，露出白牙說道：

「行動就定在明天。不快去的話搞不好會被搶先。明天早上九點，在老地方集合，一起上山去！工具我會準備，不用擔心。」

不消說，我一點也不驚訝。昨夜，從鶴屋學姊手中拿到地圖的就是本人我，尋寶宣言早在三天前也從朝比奈學姊口中聽說了，今天早上春日又告訴了我一次。就算她命令我要裝作很驚訝，我也沒自信能演好她的要求。只好將幾乎喝到一滴不剩的茶杯托到嘴邊假裝在喝茶，不過也許我根本就無需這麼做。

在座人士顯得很驚訝的，就只有一位。

「呃？什麼？要去尋寶是嗎？明天就要去了？要爬山嗎？啊，這麼一來就得做便當了。」

也就是朝比奈學姊。

長門的文庫本仍然攤開著，她的目光追尋春日手中棒子的前端，依舊保持沉默。

「這真是再好不過了。說不定我們會找到考古學或是人類文化學上值得參考的資料喔。真教人期待。」

照樣愛拍春日馬屁的是笑面古泉。

假如春日原本很期待全員都驚愕莫名，恐怕她會大失所望。不過那位春日似乎對大家辜負她的期待毫不在意。

「就是這樣。如果找到了什麼，我們也可以分一杯羹吧？當然，提供地圖的鶴屋學姊也要算上一份。」

「可以呀。」

鶴屋學姊用洪亮過度的音量說：

「挖到的如果是江戶時代的金幣，我就分春日喵妳們九成。我的曾曾曾曾……曾不知道幾代的祖父我忘了，假如那位房右衛門爺爺留下的是博孫子一笑的私物，那就沒辦法了。只好由我領回家。最後，不管怎樣！我都無法和各位學弟妹共襄盛舉！因為我明天有點事情。」

鶴屋學姊對我使了個奇怪的眼色，朝我眨了眨眼，又轉向朝比奈學姊笑了一下。想必那是表示她會按照約定，不對這邊這位朝比奈學姊洩露隻字片語的身體語言吧。

關於這點我從未有過疑慮，鶴屋學姊。不過呢——

鶴屋學姊自己說不想跟我們牽扯太多，古泉也告訴過我沒有學姊的加入會更好的檯面下理由。即便是如此——就算是好了，我們也很難掌握她的行動。雖說是我們主動邀請她參與草地棒球賽，也接受了她提供冬季合宿避寒勝地的盛情，可是她將藏寶圖這麼棒的餌食丟給春日，擺明就是想與我們積極接觸嘛。搞不好，學姊只是覺得將春日期盼的東西丟給她會很有趣？

對我的疑慮滿不在乎，鶴屋學姊大口咬下蝦煎餅，自顧自的吃得很開心。

然而，不可思議的是，古泉也露出了類似的表情。想想鶴屋學姊出入社團教室多次，我也不曾見過古泉別有含意的看著她。不准對鶴屋學姊出手，乃是他「機關」的頂頭上司下達的命令，要是和學姊越走越近，對他來說也是一種麻煩吧。

還是說……

我看著古泉人畜無害的笑臉開始思考。這小子那天夜裡說的話究竟有幾分真假，我不知道。「機關」和鶴屋家之間有不成文規定——這個應該是真的。可是那畢竟是「機關」和鶴屋家之間，又不是古泉和鶴屋學姊之間的準則。那兩人彼此都知道有那種準則在的可能性也是有的。但我相信他們應該彼此沒有照會過。

鶴屋學姊對於古泉和長門以及朝比奈學姊的來歷知道得並不是很清楚，只是察覺到這三人

——以及春日——有點與眾不同，卻不企圖追究，那正是鶴屋學姊的風格。我對前天晚上要回家前鶴屋學姊說的話是全盤信任，附帶性的對古泉後來的宣言也有點相信。就是那時候他所說的，假如發生了得將「機關」和長門放在天秤上的事態，他會選擇站在我們這邊一次，我相信他是真心的。

「……阿虛，阿～虛！你有沒有在聽吶！」

銳利的聲音喚醒了我的耳朵，指揮棒的前端直指著我，其延長線上是春日肅穆的表情。

「聽好了！明天穿容易活動的服裝來！最好是弄髒也沒關係的衣服。你和古泉空手來就好。總之要帶的東西有……」

春日催促朝比奈學姊，命她拿起水性筆。

當下成了女侍書記此種怪異角色的朝比奈學姊，將春日的口諭一字不漏地在白板上寫下幼稚得讓人會心一笑的字體。

「首先是鐵鍬兩把。這個我來準備。還有便當。實玖瑠，麻煩妳了。涼蓆也是必要的。還有遇難時會用到的指南針、露營燈、地圖也得預先準備。我說的地圖不是藏寶圖喔，是真正的地圖。零食最好也準備多一點以備不時之需。發煙筒要不要帶呢？」

妳當我們要去爬哪座山啊？那不過是比這間高中的海拔高度低一點的圓丘好不好。只要不發生光怪陸離的現象就不會有遇難的危險，再說，就算真的發生了，指南針和發煙筒也是派不上用場，這點我在歲末年終早已有深刻的體驗。

看到長門冷靜的黑眸直視著朝比奈學姊稚嫩的字跡，我暗暗鬆了一口氣。

根據約莫從一週前過來的那位朝比奈學姊所提供的情報，我們尋寶的過程相當順利，也平安返家了。雖說是入寶山空手而歸。假如到時候真的遇見了重大事故，縱使忘性奇佳如朝比奈學姊，也會事先提醒我才是。

爬上山，吃完便當就下山。就跟普通的野餐沒兩樣。除了我和古泉註定當苦力一事……

事到如今，我已經完全可以認同長門封印同期化的理由。確實在自己會做什麼和春日的命令都未卜先知的狀態下做起來，坦白說一點也不好玩。要是我不問妳就好了，朝比奈學姊。

不過，事情可說是已步上正軌了。SOS團這個週末的預定行程業已明朗化。可是，大人版朝比奈小姐指派我和朝比奈（實千瑠）學姊採取的行動意義何在，我一點頭緒都沒有，計算損益之後差額是零──可以這樣說嗎？

總覺得還是虧大了──我壓抑的情感如此低語著。

完全沉浸在登山氣氛裡的春日陸陸續續又增加了好幾樣要帶的東西，可書寫的空間逐漸從白板上消失，女侍版朝比奈終於蹲下來，字也越寫越小，就在她於白板最下角寫上藏胞嚮導和帳蓬時──

「春日喵，妳們又不是要去天山山脈徒步縱走。那座山很小一座，手機訊號也收得到。要是遇難了，打通電話給我就行了！我馬上派搜索隊過去！」

鶴屋學姊咯咯笑個不停，接著又補上一句：

「安啦，我小時候常在那座山當野ㄚ頭，連隻熊的影子都沒有！」

春日也笑盈盈的回應。

「謝謝學姊。那我們遇難時就萬事拜託了。」

看來她也只是說說而已。只見春日轉了轉指揮棒。

「你們給我聽好！為了義氣相挺的鶴屋學姊，我們絕對要拿到寶藏！大家燃起鬥志、拚命挖出寶藏吧！」

莫名的，我為安心不少的自己感到驚慌。見到春日又回復以往的活力，看到她那閃閃發亮的星眸，就足以吹跑我內心所有不安，至於這樣為何會讓我感到安心……

算了，不管是誰，抑鬱一掃而空總是好事。管它理由是什麼。

剃頭擔子一頭熱的春日提出尋寶計劃後，就攤開從學校圖書室借來的江戶時代圖鑑、資料和歷史小說，開始推理起鶴屋學姊的祖先（好像是村長還是批發商）埋藏了什麼寶物。不過那真不像是在推理，說是猜謎大會還差不多。在短短一小時後，今天的特別緊急會議宣告落幕。

附帶一提，春日還說了：

「如果是小判就太無聊了。希望找到的是更有趣的寶物。」

強求一些有的沒的東西，但是一看到長門闔上文庫本，她也像受到暗示般將看到一半的火繩鎗圖鑑闔上。閉校時刻已悄然逼近。

之後，大家就集體放學回家。下坡途中，我一直設法找機會和鶴屋學姊單獨談話，偏偏機會始終都不來找我。帶隊當開路先鋒的是春日和鶴屋學姊，接著是朝比奈學姊、默默跟著的長門，吊車尾的是我和古泉。雖然我只是想問問朝比奈（實千瑠）學姊在鶴屋學姊家過得好不好，但那可不能讓春日聽到。

算了。待會再打電話也是可以。反正我也得和那位朝比奈學姊商討今後的預定。今早收到的三封信，其中一封密令需要事先準備。有樣物品必須事前就拿到。我越來越覺得自己像是在扮演不支薪的職場小弟。

儘管如此，我還是對鶴屋學姊佩服不已。看到春日和朝比奈學姊來來回回一說一寫，表情依然泰然自若，完全看不出她家裡還藏了另一個酷似朝比奈學姊或是雙胞胎妹妹的分身，表現得就跟平日的鶴屋學姊沒兩樣。真是不可多得的可靠學姊。

「明天見！遲到的人要罰錢。」

走到看見長門的豪華公寓時，我們就三三兩兩地分道揚鑣。我朝春日的發聲方向揮揮手，接下來只要假裝要回自己家就成了。

這會我又扮演起一個步履蹣跚踏上歸途的高中生，估算看不見大家的身影後才拿出手機。為了以防萬一，我還躲進建築物的防火巷打電話到鶴屋學姊家。

我向一個傭人（好像是）報上名號，沒多久電話就轉接到朝比奈學姊手上。

『喂？阿虛嗎？是我。』

我腦中浮現出在別館小屋正襟危坐的朝比奈學姊的倩影。

「我今天又收到了，類似上次的密函。」

『嗯嗯——這次又要我們做什麼了……』

語尾聽起來很像是在喟嘆。

「我打給妳就是要商量這件事。今明兩天好像都是自由時間，重頭戲是從後天開始……差不多就是這樣。」

『啊，好的。我大概知道流程……』

我又沒問學姊。為什麼要跟我說？

『我跟你說過，星期六日是去市內搜奇嘛。我後來又很努力的回想，就想到了，那時候的你，似乎有些怪怪的……』

早知道就不聽。老是被逼做怪怪的事，久了我也會彈性疲乏的。何況光是明天的行程就夠我累了。

「那個待會再說。我現在就去找妳。鶴屋學姊還沒回到家吧？我現在過去的話，應該鶴屋學姊到家後沒多久，我就會到了。」

現在是季風乾冷得直叫人想踏步取暖的季節。我掛斷電話，小跑步跑出去。

今天出來應門的，又是鶴屋學姊。她抵達家門的時間好像和我差沒多少，身上的衣服還來不及換下，依然是穿著水手服。

「我就知道是你！」

鶴屋學姊開了門，興奮的說道，招手叫我進去。

「怎樣？這次又要幹嘛了？那位實千瑠，要在我們家當座敷童子當多久？」

這一點我也不清楚。不過，應該再當幾天就行了。

「我是很想將她永遠留下來啦。不是我在說，她實在是超口愛的！和她同處一個屋簷下之後，我才知道以前都沒發現學校的實玖瑠……不對，總之我又重新發現了那小孩的十二點可愛之處！好想抱著她睡覺喔！」

學姊不會真的這麼做吧？那可是全天下的男人都想做的事耶！

「沒有啦。我頂多跟她一起洗澡而已。實千瑠每次開口說話前，都會露出煩惱的神情，像是在思索：這個可以說嗎？那個表情真是可愛到極點！可是我又覺得她有點可憐。根本不用在意那麼多嘛。」

在鶴屋學姊的引導下，我來到了別館小屋。跟我想像中一樣，朝比奈學姊在鋪有榻榻米的房間端坐如儀，無所事事的等我們到來。絲綢和服與半纏的搭配倒是挺新鮮。

「啊，阿虛……」

她一看到我來，旋即露出安心的表情，這一點也很可愛。而且她還做出近乎三指跪拜的畫面。（註：以單手的拇指、食指、中指三指著地行禮，表示恭敬）

就在我奮勇地想將拉門關上時，撞見了跟在我後頭的鶴屋學姊貓般的笑容。學姊對我投以疑問的眼神，但我們之間的確是有事要談。

「鶴屋學姊，不好意思，能不能讓我和朝比奈——實千瑠學姊獨處一下下？馬上就好了。」

「哦～嗯呵呵呵？」

鶴屋學姊越過我的肩頭窺伺朝比奈學姊——

「讓你們獨處？孤男寡女同處一室？可以是可以啦。」

饒富興味地看著臉頰泛紅的朝比奈學姊，鶴屋學姊拍了拍我的肩膀。

「那麼，我先去換衣服。呼呵呵呵？你們慢慢聊啊。」

鶴屋學姊以踩正步般的步伐走向主屋。看到她進屋後，我才上去小屋。態度拘謹的朝比奈學姊始終粉臉低垂，活像是在數榻榻米的網目。不用這樣啦，學姊真的不用太拘謹。妳這樣我反而不自在。

將多餘的雜念用腦內噴霧器一併驅散，全神貫注在上學的書包吧。

「這就是我在電話裡頭說過的密函。今天剛收到的新鮮貨。」

我交給朝比奈學姊兩封信。只有#3和#4。#6我不打算給她看。因為六號信好像只有我能看。而且搞不好，#6就是最後一封信。最好是最後一封。除非再跑出來一封#5就另當別論。不囉唆，先揭曉那兩封信的內容吧。

首先#3寫著——

『後天，也就是星期六那一天。往南走，在傍晚前抵達＊＊町＊＊丁目的天橋。天橋前方有一盆三色菫盆栽。撿起掉在那裡的東西，以匿名方式郵寄到下列地址。掉落的東西，是一種小型的儲存媒體。』

第二張紙上寫著一個離此相當遙遠的住址，並附有像是儲存媒體的物品的畫像。那張畫像讓我聯想到隨身碟，但我沒有十足的把握。畢竟畫者的功力不怎麼高明。

下一封#4則寫著——

『河川沿岸的櫻花步道上，有張你和朝比奈實玖瑠再熟悉不過的長椅。星期日，上午十點四十五分之前要到達那裡，並在上午十點五十分以前將烏龜丟入河裡。烏龜的種類任君選擇。小隻一點的比較好。』

這封信也是有第二張。上面畫了隻長相可愛的烏龜，加上一個圓形對話框，向我打招呼：

「請多指教！」是帶有漫畫風格的插圖。

#3和#4的共通點，就是都有『P.S.務必要帶朝比奈實玖瑠同行。而且只能兩人進行。』這一則附註，並且以只有朝比奈學姊才看得懂的一行記號文作結。

朝比奈學姊以極其嚴肅的表情看信，看完#4的第二張時嘆了一口氣。

「我還是不明白。小烏龜啊……」

在這冷氣團籠罩的隆冬時期，將烏龜丟入河裡的行為意義何在？我知道才有鬼。我知道在說什麼的，了不起只有上面寫的那長椅，應該就是去年春天朝比奈學姊告知我她是未來人時坐的那一張。

「可是，不照做又不行。」

朝比奈學姊撫觸著命令碼，毅然決然的抬起臉來。

「雖然現在的我們想不明白，但這一定是有意義的行為。否則的話……」

朝比奈學姊的眼底突然昇起一抹悲傷。

否則的話——下面要接什麼語句，很容易就聯想得出來。沒錯，否則的話朝比奈學姊的存在就沒意義了。同一時間點有兩個朝比奈更是沒意義。

我不由得想靠近她，將她擁在懷裡，終究我還是沒有那麼做。原因之一是怕鶴屋學姊把我釘在牆上。就我的心情上，我也捨不得戲弄學姊。

「對了，學姊我問妳——」

我試圖將軌道修正回來。

「六日是進行市內搜查行動沒錯吧？這麼一來，和那個指令的時間不就重疊了？」

星期六密令指定在傍晚前，時間相當籠統；星期日密令卻是上午十點四十五分，規定得清清楚楚。到時不管我跟ＳＯＳ團的誰在一起，情況都很奇怪。我又不能突然跑去躲起來。

「我當天是不是有編派什麼理由不克出席？」

「沒有。你當天有來。」

朝比奈學姊慎重的將信放進信封收好。

「可是，抽籤之後分成了兩組。就和往常一樣。我剛剛也想起來了……星期六上午是我和涼宮同學與長門同學一組，阿虛和古泉同學一組，下午則是我和涼宮同學和古泉同學一組，阿虛和長門同學一組……」

像是確認記憶無誤似的，朝比奈學姊輕輕點了點頭。

「沒有錯。星期日上午我也是和涼宮同學與古泉同學一組，阿虛和長門同學一組。然後，星期日只活動到中午就解散了……咦？奇怪？」

說著說著，學姊好像注意到了什麼。我大概猜想得到那會是什麼。

縱使是偶然，也是機率極低的低空掠過。

只要是我和這位朝比奈學姊要遵照未來指令行動的時間帶，我一定是和長門一組。要讓五人中特定的兩人湊在一塊，而且三次中出現兩次的機率有多小，大家可以算一下。我嫌麻煩懶得算，不過我想結果一定是微乎其微。

再來，長門知道事情的來龍去脈。操作抽籤結果這種小事，對長門是易如反掌。拜託她的話，她應該會幫忙。這就是拜託她的結果嗎？

「我也不確定……」

朝比奈學姊看起來是真的一點把握也沒有。

「可是，如果事實和我記憶的不一樣就麻煩了吧？果真是長門同學從旁協助我們嗎？」

又是一個不知道要向誰討答案的問題。朝比奈學姊記憶中的排列組合稱得上是規定事項。畢竟那是從才短短一星期後過來的未來人提供的情報，不那樣的話才奇怪。我和長門一組究竟是上天註定，還是人為的操控……？

不過，我並沒有煩惱太久。

「就拜託長門吧。」我說，「雖然作弊不太好，但萬一出差錯就頭大了。那傢伙會諒解的。」

「我也是這麼想。」

朝比奈學姊斬釘截鐵的表示同意。

「記得我說過，進行市內搜尋時，你似乎有點怪怪的嗎？我想可能是那個的緣故。因為你拜託了長門同學操控抽籤的排列組合。」

學姊可以表演一下我究竟有多怪嗎？有點怪怪的是怎麼個怪法？

「那個……呃，反正就是怪。」

朝比奈學姊又開始含糊其詞了。只要能具體讓我了解是怎麼個怪法就好。

「對不起。我實在不太會說明。」

妳實在不用道歉。這又不是什麼特別重要的事。

「可是……啊，對了。星期日，我和涼宮同學與古泉同學在百貨公司逛書店時——」

好像想到什麼事，朝比奈學姊戳了戳額頭。

「涼宮同學接到一通惡作劇電話。」

誰打來的？

「就是阿虛你。」

我？我又不是今天才認識春日，我哪敢打春日的手機去騷擾她？

「嗯，涼宮同學是那麼說的。我想想，她是說阿虛打了一通怪電話，還說了一個一點也不好笑的笑話，所以她很快就掛斷了。時間……差不多是剛過十一點。」

這麼一來，我不又多了一項無法理解的預定行程了？雖然不知道我講了什麼，反正我將烏龜丟進河裡之後，還得打電話給春日，講無聊的冷笑話是嗎？

「春日有沒有說，我說了什麼？」

「咦？沒有耶。她沒有跟我說。不過，後來中午集合時，你有跟涼宮同學道歉。」

不只無法理解，還不合常理。憑什麼我要跟那女人道歉？

「記得你是說：抱歉，我不該開那麼無聊的玩笑。」

整件事已艱澀難解到超脫常理的程度。我哪會那麼乾脆就向春日低頭……算了，也不是沒有前例可循。

我很想再問清楚一點，無奈朝比奈學姊說她也只知道這麼多了。我和春日的對話兩三句就結束，然後話題就被岔開了的樣子。

知道越多，就越覺得未來的我好像淨做一些匪夷所思的事情，如果有人推理得出來麻煩請自便。我棄權。

「對了，關於烏龜……」

我拿起編號#4的那封信思考地說：

「這個時期，不管是哪一種品種的烏龜，都不可能在那邊的步道上逛大街。看樣子這烏龜我們得自個準備。」

將冬眠中的野生龜挖起來也叫人於心不忍。何況明天的尋寶行動就夠我挖的了。難不成沒挖到寶物，卻挖到了一隻烏龜？以如此濫龜充數的方式收尾嗎？

「不，我們既沒有挖到寶藏，也沒有挖到烏龜。」

想來也是。我們的尋寶活動最終會以單純的登山落幕。不管挖到什麼，想必都不是大吉大利的好東西。

「沒辦法，只好用買的。」

我想起在我家附近的大賣場設有寵物專區。我常去那裡光顧，將三味線要吃的罐頭等東西一次買齊。印象中好像有看過小烏龜在裡面爬呀爬的水槽。就買那種烏龜吧。等一下回程時順道去買。啊，可是星期日我又不能帶著烏龜去SOS團集合地點，那就得事先交給這位朝比奈學姊了——等等。

唉唉唉，預定要做的事多得要命。想要悠哉悠哉度過這個週末是不可能的了。

接下來，我和朝比奈學姊協商星期六日碰面的地點和時間，決定得差不多後，我站起身。

朝比奈學姊送我送到小屋門口，一拉開門就看到換上家居服的鶴屋學姊在寒風中打哆嗦。

「哈……囉。叫你們慢慢聊，你們還聊得真慢！我說阿虛啊，你是不是做了什麼好事？」

笑瞇瞇的表情反而顯得怪異。這個人該不會從門縫中偷看我們在做什麼吧？幸好，我沒有戲弄朝比奈學姊。我可不想被這麼一位好學姊揍得半死。

我隨便打哈哈過去，將雙頰染成朱紅的朝比奈學姊的表情烙印在視網膜裡，接著便從鶴屋家退場。

第四章

隔天一早，妹妹跑來按停我枕邊吵個不停的鬧鐘，順便叫醒了我。

「吼——很吵耶！對不對？三味？」

我妹抱起在我床尾縮成一團的三味線，用牠的肉球壓住我的鼻子。

「早餐時間到——你吃是不吃——？」

這個音癡自編自唱自爽的歌聲遠比鬧鐘還刺激腦神經。

「吃。」

我撥開妹妹操控的貓手，坐起身來，再從妹妹手中提起三味線放到地板。三味線顯得不堪其擾，鼻子噴了噴氣，又跳回我的床上。

我換衣服時，老妹著魔似的不停把玩著三味線的頰毛，接著又抓牠不斷拍動表示抗議的尾巴，最後追著「嗚喵～」一聲跑開的三味線離開了我房間。拜託別一大早就來我的房間亂，雖說我也是託妳的福才爬得起來。

離開房間走向盥洗台途中，我遇見了口中唸著「貓圍巾」，想將三味線繞在脖子上的我妹，和用爪子猛抓老妹的V領厚毛衣奮勇抵抗的三味線這對小孩貓咪雙拍檔，但我決定視而不見。

我從盥洗台鏡中望著刷牙的自己不甚清醒的面容，腦中思索著今日究竟是什麼國定假日（註：日本二月份的國定假日是在二月十一日的紀元節，也就是以神武天皇的即位日下去推算出來的陽曆日子，定為日本建國紀念日）。我一邊詛咒戶外持續傳來的冷颼颼風聲，巴不得春天快點到來。如果能夠，真想再多當一下高一新鮮人——當然是在不留級的狀況下——但我實在受夠這冷到縮缸的鬼天氣了。要尋寶或做市內遊魂，好歹也等到暖和一點的季節再來嘛！現在才二月，二月耶！

可是春日才不會管現在是幾月份呢，只要她一聲令下，大家就得排除萬難實行到底。轉念一想，她不是要我們去打撈沉在海底的古船就值得額手稱慶了。嗯，我越來越懂得人要向前看的道理了。

吃完早飯後，我儘量挑選會讓人聯想到登山的衣服穿上後，就徒步向車站走去。沒騎腳踏車是因為要從車站前去到鶴屋山唯有坐公車一途。直接去到當地再集合不是更乾脆？問題是以車站前的御用集合地點來起頭，早已成為沒有理由的理由，更是沒得吐嘈的既成約定。

我頂著就像是北風跟太陽賭輸，惱羞成怒從側面吹來的風，將臉埋在圍巾裡行走。我的腳步沒有特別加快並不是因為時間還很充裕，而是即使我準時到達也會是最後一個到的人。說穿了，這就像是另一個既定事項。換作是我在那裡等人，就只有那時候。

所以，雖然我在離九點還有五分鐘時就抵達車站前了，但SOS團已經全員到齊，各用各的表情看著我。

表情宛如上天授與她的官階比冬將軍還高一等的春日說：

「為什麼只有你老是遲到？我來的時候大家就到齊了耶。你怎麼好意思讓團長等你？你的良心都不會過意不去嗎？」

我的良心是會過意不去，但對象絕對不是妳。除了我以外的三人都比妳早到，意味著得請全體團員到咖啡廳打牙祭的苦情角色不是妳，說來妳還要感謝我才是。甚至為我心疼一下也不為過。

「你在胡說什麼！遲到的人是你耶！」

春日露出邪惡的笑容說道：

「怎麼啦，阿虛。瞧你愁眉苦臉的，是不是有什麼心事？」

沒有沒有。在這難得的假日，又是這麼冷的天，一早就得去挖不可能挖得到的寶藏的我，只是在悲嘆自己的不幸而已。

「那你就打起精神來。還是說三味線的病又復發了？」

「沒——有。」

我縮著脖子左右搖晃。

「我只是單純怕冷。」

春日不以為然的哼了一聲，兩手一攤，一副很受不了我的樣子。

「這種時候就要隨機應變切換身心模式。就拿今天來說吧，沒錯，只要切換成寒帶登山模式就行了。很簡單吧？」

又不是模型改裝，哪那麼簡單就能變身？再說人類身上可沒有裝設選擇模式的開關。不過有如一年四季全天候對應型的春日是不會了解的。

在我和春日一大清早妳來我往之際，其它三名團員都切換成了觀眾模式站著旁觀。

古泉、朝比奈學姊、長門依序穿著休閒、基本、自然的裝扮。長門的自然裝扮指的是制服外搭上一件連帽粗呢外套，不用我說，大家也知道那樣的裝扮一點都不適合去登山。我腦中頓時冒出一個無聊至極的想法：要是將長門帶到鶴屋家丟著不管，鶴屋學姊一定會興緻勃勃拿自己的舊衣服好好幫長門打扮一番。假如真有機會，我會試一試。

古泉穿著冬季夾克的俊俏模樣，讓我不禁想問他究竟是從哪張傳單跳出來的。就算他直接殺到百貨公司的服裝專櫃，混在人體模特兒中也不會有人發覺。只要他放下肩上扛著的那二支工地才有的鐵鍬。

朝比奈學姊則是平淡無奇的褲裝搭上平淡無奇的羽絨夾克。我現在才想到，我好像沒見過朝比奈學姊同樣的便服穿過兩次喔？

「我做了便當來。」

完全沉浸在郊遊氣氛裡似的，微笑甜度百分百的朝比奈學姊手上只提了個大籃子。我可以當作今天是專門來吃這個的嗎？

儘管如此，我還是很難相信我會用半命令的方式命令這位朝比奈學姊回溯過去。那位朝比奈學姊到底有沒有說錯啊？

「怎麼了？」

朝比奈學姊以驚懼的表情望著我。

「沒事沒事。」我若無其事的掩飾過去，「我只是在想，今天的便當時間真值得期待。」

「請不要太期待。這次做得好不好吃，我其實沒什麼自信……」

害羞的模樣實在是可愛極了，就在我千瘡百孔的心快要療癒完畢時，破壞這美好時刻的總是這女人。

「便當好吃是好吃──」

程咬金春日闖進了我的視界。

「阿虛，你到底了不了解今天的活動主旨？我們不是來玩的。我們是來尋寶、來挖寶的！沒有付出值得吃便當的勞力，就休想享有午餐休息時間！」

話一說完，春日就露出像是和北風賭贏的太陽那般燦爛，也像是要出遊前一刻的孩童那般熱切的笑容，我真想把那張笑臉儲存下來以便可以隨時叫出來看一看──雖然想這麼說，但我還是忍住了。

因為仔細一想，那才是春日平常的笑臉。差點就被她進入二月後陷入的突發性短暫低潮給騙了。至於為何會有受騙的感覺，我自己也不明白。

例外的，今天並沒有罰我請客；但也不是倖免於難，只是獲判緩刑。下次集合即便我是頭一個到，上咖啡廳吃吃喝喝的花費也是我出。如此交待完畢，春日就走向站前圓環的巴士站。

她是怕不早點出發去尋寶，會因為毫釐之差被別人搶先挖走嗎？總之，她就是想爬山想得不得了。我扛著分配到的鐵鍬搭上往山上去的公車，拉著吊環和古泉並排站著。我們倆都拿著鐵鍬，引人側目也是沒辦法的事。所幸要去山上的乘客並不多，是唯一值得安慰的事。

搖晃了三十分鐘左右，在春日的催促下，我們在站前的喧囂簡直像唬人一般的大自然中下了車。那實在不像是同一個市內的景觀，多虧了小學時代叫作遠足的山上踏青，我對這一帶的山並不陌生，一點也不感到意外。從這往北走，才是真正的登山遠足。幸好鶴屋學姊的家山海拔比那些山低一點，令我意外的是這裡居然也是鶴屋家的私有土地。難怪遠足時我們一次也沒爬上去。

「從這邊開始爬比較輕鬆。」

春日拿著地圖走在前頭。我仰望鶴屋山——基本上那是我自己取的，我並不知道它的真名，這麼叫應該沒關係吧？——的山頂，吐出了白霧。

眼前的鶴屋山和我昨天與朝比奈學姊一起爬的不一樣，剛好是山的另一邊。問我哪邊是後山的話，我覺得上次爬的那一邊比較像。春日直指的山腳下，有呈Z字形蜿蜒的小徑綿延到山頂。原來如此，從這邊上去就很容易攻頂了。嗯……？

「阿虛！你還有時間望著天空發呆啊！還不給我上緊發條快快走！」

春日吼得震天價響，我停下來的雙腳只得開始動。拜春日的大嗓門之賜，乍現的靈光轉眼又煙消霧散。

「知道啦！」

我再度扛起鐵鍬，朝正要踏進山路的一團追上去。像野放的小白兔活蹦亂跳的春日就不必說了，連朝比奈學姊也興奮得像是去遠足的小學生，長門依舊和平日沒兩樣，古泉一直面帶苦笑；這群人中有幾個是滿懷鬥志來挖寶的，坦白說我很懷疑。起碼我自個清楚得很我可沒有，因此也沒啥氣力。畢竟朝比奈（實千瑠）口述而成的我的未來日曆裡頭，早已記入挖不到東西的預定規定事項。要不然，憑春日的金口隨便一開，挖寶夢夢想成真的可能性是很高的。只是朝比奈學姊不可能為那種無聊的小事撒謊，可見鶴屋家祖先代代相傳的秘寶到處都挖不到是真有其事。

「怎麼了?」

古泉走在我旁邊，露出過度爽朗的微笑說道：

「瞧你一副篤定我們接下來做的事都是白做工似的表情。」

我以無言作為回應。這件事我從沒跟這小子提過。

古泉，你自己還不是一副認命的表情?雖然很可能什麼都挖不到，但這就是我的工作，我認了——你臉上不就這麼寫的?

既然你曉得在這個時間帶還有另一位朝比奈學姊，那你就說出來呀。難不成你是在等我找你商量搬救兵?那恐怕你要失望了。我有了鶴屋學姊這麼阿莎力的真心好幫手，自然不用借助你的力量。當然也不會提供你任何情報。人可不是耐心等候，凡事就會朝好的方向發展。說話太拐彎抹角，只會惹來白眼。

我的無回應，不知古泉是如何看待的，只見他輕巧的舉起手中的鐵鍬，繼續向前邁進。臉上依舊掛著笑容，不知是器量大還是看開了。算了，反正他還是平日的那個古泉嘛。想到這就安心不少的我實在是有點那個。不管了，專心登山去!

春日將草叢分開，直指山頂說：

「我們先爬到山頂去。換作是我要埋寶物，一定會在最明顯的地方挖洞埋起來。鶴屋學姊的祖先和我是同一種人，一定會埋藏在顯而易見之處。」

要是以容易被發現為優先考量，當初又何必埋起來？話又說回來，春日的目標定得還真高。莫怪乎這女人是ＳＯＳ團團長、我們的攻頂領航員，連外星人和未來人和超能力者都莫可奈何的以她馬首是瞻。

朝比奈學姊爬得氣喘吁吁，我實在很想對她伸出援手，起碼幫忙推她的背也好；但是春日死拉著她的小手不放，完全沒有我英雄救美的份，不知不覺三十分鐘過去，我們抵達了山頂。雖然感覺意外的花時間，不過登山步道似乎是為減少攻頂者的負擔而設，以致於我們並未意識到坡度的陡峭，就征服了一座小山。

也幸好這只是比丘陵高一點點的山，爬上來才沒那麼累。再加上每天早晨都得爬坡去上學，腳力自然增強不少。真正的難題是接下來的工作，那才真叫累人。

一言以蔽之就是要尋寶，接下來就看春日發揮本領了。

「會不會是那邊？」

總之，春日手指到哪裡，我們就挖哪裡。這樣就想挖到金銀財寶未免太異想天開，雖說我老早就知道挖不到任何東西；可是足足挖了二公尺深，鐵鍬的前端始終沒敲到堅硬的泥土和石塊以外的東西也實在有點扯。

而且，負責挖掘的僅限男團員——在這種歧視性別到極點的差別待遇下，就我和古泉兩個男丁在挖。三名女團員根本就是來野餐的，只有真心為我聲援的朝比奈學姊是我的精神寄託。

春日只會「接下來，挖那邊。」頤指氣使個沒完，長門則像尊石佛般靜默，而且還是信徒拜一拜就會指點迷津的那種神佛。萬一有拜有保祐，一挖就挖到了又太不自然。做事向來知分寸如我，只得強行克制自己朝長門合掌膜拜的衝動。

要是真的找到寶藏，情況就更複雜了。就算是向來不顧現實只顧自我感覺的春日，對不費吹灰之力就挖到秘寶一事，多少也會存疑吧。但辛苦是只有我和古泉在辛苦，問題是古泉似乎對這項土木作業相當樂在其中，歸根究柢覺得辛苦的就只有我一個。

我原本想徵召比貓手還有用的谷口與國木田來幫忙，可是春日反對。（註：這裡關係到日文一句慣用語「連貓手都想借了」，意指忙得不可開交之意）

「聽好了！我們的目標是寶藏，寶藏！所有權歸屬挖到的人！我是公平的團長，一定會平分給大家。要是讓他們加入，就得分成七等份了，我可沒大方到那種程度！」

假如會挖到元祿時代的小判，我也會那麼做。可是，這藏寶圖是從鶴屋家的倉庫深處翻找出來的地圖吧。雖說鶴屋家是從太平盛世倖存到現代，依然家大業大的豪門世家；但是時代的變遷難保不會有緊急時刻，祖先若埋藏了什麼金銀財寶，應該也早就挖出來應急了。這份藏寶圖到底是昔日的鶴屋家大當家留下的信筆塗鴉，抑或是要戲弄子孫的大規模笑話？辛苦從地底拉出來的寶箱，裡面只放了一張寫著「銘謝惠顧」的紙的機率，我敢斷言相當高。再怎麼說對方也是那位鶴屋學姊的老祖宗，應該有做那種無聊事的閒情逸致。鶴屋學姊也是這麼說的。所以她才會那麼輕易就將藏寶圖讓渡給春日吧。換作鶴屋學姊是那位大當家，相信她也會做相同的事。說不定還會一邊想像未來的某人挖得苦不堪言，一邊呵呵地偷笑。想必她是想拋磚引玉，用一點點興奮感作為獻禮，誘出會讓人笑到無力的笑料吧。

……真想把學姊抓來訓誡一番，但我還是強自壓抑住內心的渴求，默默將鐵鍬鏟入土中。

嚴格來說，這座小山的山頂空間並不寬闊，加上到處開挖的緣故，更是坑坑疤疤。雖說我和古泉都是在春日一聲令下拚命從事肉體勞動；但我和笑咪咪盡責扮演鼴鼠的古泉畢竟不同，只覺得自己飽受凌虐。挖開來的洞穴放著不管會有危險，所以還得進行將挖出來的土回填的作業，更是倍增煎熬。我頓時有種進了不人道的收容所或是監獄的錯覺。

「別嘮叨些有的沒的，快點挖到寶物最要緊！」

春日盤腿坐在鋪好的涼蓆上，宛如合戰後方指揮若定的大將，臉上浮現大無畏的笑容，一味地下指示。坐在她右側的，是採正座姿勢閱讀文庫本的侍童長門；坐在左鄰的，是挨著春日貼得緊緊像是在取暖的朝比奈。

「阿虛你倒好了，你有在活動、有在流汗，身子可能很暖和，光坐在旁邊看的我們可是冷得要命。再不快點挖到寶藏，我們就要凍死了。會不會是你挖得不得法？」

我都是按照妳的指示去挖的。想活動活動筋骨的話，妳也可以找個喜歡的地方自己挖呀。

被春日攬在懷裡的朝比奈學姊，小心翼翼的提問：

「請問……我可以去幫忙嗎？」

「可以呀。」

春日擅自搶走了我的回答權。

「阿虛，其實我也是為你好。你就想成這是在為將來土木業的兼差鋪路。不趁現在累積點經驗，日後可有苦頭吃了。」

聽我同年紀的傢伙剖析人生大道理，我一點也不覺得感激。

「將來有一天，也許是不久的未來，你就會感激幸好當初有實習過。因果是會循環的。人生在世，任何事都要多多嚐試。」

那妳來試啊！

「我說春日——」

我停下鐵鍬，擦擦額頭的汗。

「隨便挖一挖，寶藏是不會冒出來的。妳該不會打算將這座山全夷為平地吧。基本上，我對是否埋有寶物就感到懷疑。」

「懷疑？那你怎麼知道這裡沒埋寶物？我們只是還沒有挖到，並不表示就沒有。」

「沒有挖到，不就等於沒有嗎？不然等妳證明寶物確實存在後，再叫我們挖也不遲。」

春日的鴨嘴嘟得老高，眼底卻有著盈盈的笑意。

「這不就是證據？」

她手裡握著的正是鶴屋家家傳的藏寶圖。

「上面寫得清清楚楚，寶物就埋在這座山的某處，所以肯定有埋在這裡！我對鶴屋學姊的祖先有著無比的信心。我敢說一定有寶物，絕對有！」

歪理照樣講得振振有詞的春日臉上充滿著異樣的自信。簡直就像是她親眼直擊鶴屋房右衛門老爺埋藏寶物的現場似的那般信心滿滿。

「不過，想想也對啦。」

春日若有所思的以手指頂著下巴。

「一開始就將埋藏地點定位在山頂是稍嫌輕率了點。畢竟要將寶物一一搬上山頂很麻煩，有可能是埋在更低一點的位置。嗯，希望是埋在很有意思的地點。」

春日放開朝比奈學姊，站起身穿好鞋子。

「我去找找可能的埋藏地點。在我回來前，阿虛！你再把那一帶挖一挖。」

指示好新的挖洞候補地點之後，她便朝草叢走去，走進似乎連路都沒有的地帶，朝我們登山的反方向下去。

我默默目送春日的背影。如果我的方向感無誤，從那邊直直下去，就會看到約莫位於半山腰的一片平地。而且會有一塊葫蘆形狀的石頭擺在那裡。顯眼得有如路標，暗示著：「來挖我啊！來挖我啊！」的一塊大石頭。

我照著春日的指示開挖新地點，但是一股厭倦感急湧而上，使我扔出了鐵鍬，將回填工作全推給古泉一人。當我在涼蓆坐下來時——

「來，喝杯熱茶吧。」

朝比奈學姊將裝著熱茶的紙杯端給了我。這真是世上最棒的營養補給。雖然太甜了，卻很符合朝比奈學姊的甜姐兒形象。

很寶貝似的抱著銀色保溫瓶的朝比奈學姊，巧笑倩兮的看著我徐徐啜飲琥珀色液體說道：

「呵呵，今天天氣真好。而且景色怡人……」

她杏眼朝南眺望，而且是從山頂往下看。

我們居住的小鎮成了遙遠彼方的朦朧景致，再過去就是大海。

一陣山風呼嘯襲來，朝比奈學姊不由得打了個冷顫。

「如果是春天來的話一定很好。二月太冷了。」

朝比奈學姊語帶落寞的說著，環顧冷清的山頂風景，又笑著說：

「若是花開了，這裡也會是一個世外桃源。」

那我們下次再來吧。來賞花。再過兩個月，寒氣團就不知跑到哪去了，高氣壓會一波接一波跑來駐守。

「啊，這主意不錯。我早就想去賞花了。」

朝比奈學姊抱著膝蓋，重新坐好。

「四月嗎……到時候，我就是三年級了。」（註：日本的學校有兩學期制與三學期制，高等教育多採取兩學期制，四月到九月是上學期，十月到來年三月是下學期）

那倒是。就像我到時可能會升上二年級，朝比奈學姊也升級的話就是三年級生了。應該不會雙雙留級才對。

「是啊，好像沒有問題。」

話一說完，朝比奈學姊又幽幽的說：

「不過，我又有點想再當一次高二生。這樣我就能和阿虛你們當同學年的學生了。不然像現在，就我一個人是學姊，卻完全沒有為人學姊的樣子……」

那種事情，朝比奈學姊完全不用放在心上。以需要吉祥物般的角色為由，將嬌小誘人的童顏美少女硬拐過來的是春日，把別人的話當屁話的也是春日。假如那女人也想和朝比奈學姊成為同級生，我保證她絕對不會過問本人的意願，直接就讓妳留級。到時學姊還願意扮演SOS團專用女侍的話，我就心滿意足了。

「呵呵，謝謝阿虛。」

或許是顧慮到在一旁看書的長門吧，朝比奈學姊儘量壓低音量，跟我竊竊私語。

「但願下學年能多參與較為正面的活動就好了……」

就在我突發性的，差點要跟另一位朝比奈學姊洩露天機時，春日撥開沙沙作響的乾枯草叢回來了。

「什麼！你在休息了？」

竟對一個辛勤工作近兩個鐘頭的苦力說這種話，也未免太過分了吧。

「嗯嗯，沒關係。正好也肚子餓了。」

春日似乎相當開心，踩著滑步的步伐走過來。

「實玖瑠，發便當吧。」

「啊，好的、好的。」

敏捷地打開籃子的朝比奈學姊顯得神采奕奕。接連取出她親手做的三明治、三角飯糰和幾樣家常菜，對如今的我來說，這才是至高無上的寶物。說我今天來此的真正目的是為了這個也不為過。

「…………」

長門也悄悄闔上閱讀的文庫本，盯著朝比奈學姊忙碌的動作。將鐵鍬刺入回填後變得鬆軟的地面後，古泉也走了過來說道：

「光看就覺得很好吃。」

他發表溫和的事前感想。

「一定好吃的！運動過後什麼東西都嘛好吃。」

春日又擅自下了結論，在自己的紙杯內咕嘟咕嘟倒入保溫瓶的熱茶，朝著天空高高舉起。

「現在，大家一起來舉杯，祈求尋寶成功！」

光看這樣，我們這一團真的超像是來野餐的。只要對我和古泉身上沾染的泥土視而不見。

我將昆布加味飯糰塞入嘴裡，兩頰漲得鼓鼓的，斜睨著春日。那女人似乎早已將自己定下的今日主要行程——尋寶——忘得一乾二淨，對著朝比奈便當發動猛攻。按春日的習性，見我和古泉什麼都沒挖到，急得搶過鐵鍬自己到處亂挖也不奇怪。今天的春日卻打從一開始就很開心。簡直就像把爬山健行以及和大家一起在晴空下野餐當成她主要目的似的那般開心。

這陣子春日的行動，就跟大人版朝比奈的未來通訊內容一樣匪夷所思。才奇怪她怎麼突然變憂鬱了，馬上又高調的撒起豆子來；想說她變安分了，轉眼又為一張藏寶圖勞師動眾……

算了，這樣也好。和動不動被拉進有《神人》存在的愚蠢空間、明明是秋天，櫻花卻盛開的蠢事相比，這就像是要我從月球或是仙女座星雲，中任選一處去逛一下又打道回府的話，那月球會得到壓倒性票數。人類的腳碰觸過的天體和不搭乘銀河鐵路就去不了的前人未至的遠方可是天差地遠。不過，這也許和我早就體驗過閉鎖空間和秋天的異常現象有關。

五人全員到齊的野外便當派對，也是別具風味。長門一口接一口的旺盛食慾更是我安心感的泉源。長門仍是長門，而且是翻新後的長門，春日元氣十足，古泉也和往常一樣。朝比奈學姊的話……要說都一樣也是可以，但是一想到另一位借住在鶴屋中途之家的迷途貓，我又開始坐立難安。

「喂，阿虛。假如你拿到了寶藏，你會怎麼做？」

春日一口吞下豬排三明治，丟了個問題給我。這類的妄想我常在做，不假思索就能回答。

「立刻拿去換成錢，買新的遊戲主機和剩下還沒玩過的電玩軟體，還有將不知道幾年前慘遭老媽賤賣到舊書店的漫畫全部買回，錢還有剩的話就存起來。」

「什麼呀，好小家子氣的花錢方式。拜託你要作夢也作大一點行不行！」

將豬排三明治囫圇吞下肚裡的春日，看著我的眼神和臉上的笑容盡是憐憫。不然妳會怎麼做？說來聽聽呀。

「我不會特別想要錢。假如找到的是值錢的寶藏，我才不會把它賣掉呢。畢竟那是好不容易才得手的寶物，我會好好保管，過一段時間再找個地方埋起來。畫一張藏寶圖留給自己的子孫，不是遠比換成錢拿去買東西還有樂趣的多嗎？」

假如是給小孩玩的尋寶遊戲，或許值得期待；但我可不是得到小小的零用錢就滿足的人。要玩就玩大一點，用不著的東西就是該丟的垃圾，何必埋起來。

「你這人真是無趣。」

春日瞠目結舌的扭曲著嘴唇，擠出一絲笑意。

「對了。既然阿虛這麼不會花錢，寶物最好是無法換成錢的！實玖瑠，妳說對不對呀？」

「呃？」

話鋒一轉，又掃向朝比奈學姊。害學姊正要入口的俵飯糰（註：一種捏成圓桶形狀的日式飯糰）差點就掉下去，只見她高雅地以手掩住蠕動的嘴角，大眼眨呀眨的。

「對……對呀。啊不，不是……呃唔，如果那麼一來涼宮同學會比較開心的話……」

不知為何突然頓住，朝比奈學姊朝我和春日偷瞄了兩眼，又慌慌張張搖搖手。

「真、真有那樣的東西就好了。我是說寶物。」

「不，一定會出現。絕對會有寶物。我就是知道。」

春日毫無憑據的斷言，同時將沙拉三明治一口吃下，腮幫子漲得鼓鼓的。

坐在涼蓆一角的長門以不輸春日的旺盛食慾持續進食，旁邊的古泉擺出少年偶像寫真常見的瀟灑姿勢，單膝跪地。一察覺到我的視線，古泉也只是將紙杯微傾，笑而不語。朝比奈學姊則是出神的看著將她做的便當一掃而空的春日和長門。

雖然只有一下下，未來人的密函和寄居在鶴屋家的朝比奈學姊暫時都從我的腦海消失了。畢竟像現在這樣，全體團員打開便當，和樂融融的用餐真的很開心。不合時宜的登山和無意義的尋寶，在看到好心情的春日、沒有走樣的長門與普通版古泉和朝比奈學姊之後，我頓時覺得好像又有一陣子太平日子可過了。

不……應該說是，日子不太平可不行。

直到此刻，我才完全意會過來。原來我明天和後天的未來行動全是為了這個目的。

熱鬧的午餐時間結束，在我和春日之間幫助消化的茶餘飯後閒磕牙、可寫可不寫的愚蠢對話告一段落之際，春日拍拍雙手站了起來。該來的終於來了，我拉緊了心頭的腰帶。

「好，午後尋寶開始！」

春日斜眼看著正在收拾便當盒和保溫瓶的朝比奈學姊邊說道：

「剛才，我從那邊下去探查了一下，這座山的樹木茂密，沒什麼地方可挖。相反的，沒有樹木的地方就是埋了東西。因為有樹擋著就無法挖洞。」

她將鐵鍬塞給我。

「可是，我發現了一片理想的開闊空間。我們去那邊吧。剛好從那邊直接下去就到了，要回家也很快。快到不用特地去搭公車。」

定睛一看，古泉已扛著鐵鍬準備下山去了。長門將涼蓆捲收起來拿在手上，朝比奈學姊則是很寶貝似的雙手提著籃子，對春日的發言乖巧的點點頭。

在淨是岩石和樹木的陡坡上，春日像隻羚羊輕盈的跳下去。沒人催趕，卻飛快緊追在後的是長門。

「哇！呀！」

對好幾次差點摔倒的朝比奈學姊即時伸出援手的也是長門。我跟古泉扛著笨重的鐵鍬，心有餘而力不足。其實我很想丟下鐵鍬，改揹朝比奈學姊下山，不過現下還是拜託長門吧。我說學姊啊，每當長門出手相救，妳就鞠躬個不停，實在是太多禮了。

拜幾乎算是直線的下山路線所賜，在從後山的路徑爬上來完全無法比擬的短時間內，我們就抵達了目的地。

「就是這裡。你們看，這地方是不是平坦得很不自然？」

春日停下腳步，指給我們看的，沒錯，正是前天傍晚我和朝比奈（實千瑠）學姊來過的那個場所。因為四周被高大的樹木圍住，即使是日正當中，光線也是略顯陰暗，但我對這個積滿落葉的半月狀空間有印象得不得了。

葫蘆石依然健在。從倒臥狀態被挖起來，朝西方移動了三公尺的那塊石頭，就聳立在我讓它豎立起來的同一位置。看起來沒有兩天前那麼白，應該是下過雨的緣故。吸飽水分的石頭，顏色會變得比較深。再加上似乎又沖刷掉多餘的泥土，不仔細看的話，表裡兩面的色差並不會很明顯。

可是當春日走近葫蘆石時，我還是不禁寒毛直豎。那女人的直覺可是異常敏銳，我暗暗心想，但願她不會察覺到有什麼不對勁。春日一腳踩在葫蘆石上，一下子就將石頭踩倒。然後就沒再對石頭付出多餘的關心，逕自坐了下來。

「阿虛、古泉。二部曲開始了。你們就先把這邊挖一挖。」

朝著我們嫣然一笑的表情就像是個淘氣姑娘。狗腿古泉立刻應道：「了解了。」對春日的聖旨極其配合，但我始終對某件事耿耿於懷。

葫蘆石原本的所在地，雖然經過我和朝比奈（實千瑠）學姊一番偽裝，但是仔細觀察的話還是看得出有某個地方不太自然。正當我看向那個地方時——

「…………」

就這麼嘟嘟好，長門在那一處鋪起了涼蓆。彎下身子的長門，自髮梢的空隙對我投射出無表情的一瞥。雖然長門並未打出類似暗號的暗號，但她在涼蓆上就座、默默打開書本的神態，在我眼裡就儼如佛祖那般慈悲。

喜歡角落的外星人留下了大半的空間，朝比奈學姊也客氣的在涼蓆空著的位置端坐下來。類型不同的女神坐在一起的畫面說有多珍貴就有多珍貴。因為每次都有一個像是主佛的女人在中間叫囂。

「喂！阿虛！你又在發呆了！快去幫忙古泉！」

那尊主佛活像個目擊到承包商偷懶的現場監工大吼大叫。她就是那麼一個熱愛頤指氣使的女人。以後哪個上司要是有春日這樣的部下，鐵定會壓力過大，視進公司為畏途。不過我這輩子永遠也不可能有那麼一天，只好認命的搖搖鐵鍬代替回答，趕去支援已開始挖掘潮濕地面的古泉。

我就直接說結果吧。

雖說結果是不出所料而且理所當然。不管我們怎麼挖，別說寶物了，連陶器的碎片都沒發現。正如朝比奈（實千瑠）學姊預言的一樣，一點也不值得驚訝。我一方面深怕出了什麼差錯，真的挖到了奇怪的東西怎麼辦？一方面內心又有點期待落空，感覺好複雜。雖說這樣也有這樣的好，但又未免太過平淡了。

「嗯——還是沒找到埋藏的金銀財寶。」

春日歪著脖子喃喃自語。像是故意吃給我看似的，把帶來的巧克力餅乾一片接一片吃個不停，在葫蘆石上坐了下來。

我擱下填埋作業，審視附近的狀態。原本很自然的地面被挖得面目全非。到處都有挖過再回填的痕跡，乍看很像是莊稼門外漢耕種的旱田。人工美果然比不上自然美。

「那就沒辦法了。」

相當稀奇的，春日豁達的聳了聳肩。

「無處可挖了，挖完這裡就收工吧。」

春日伸出的食指最後指著的地方，就是她的腳下，也就是她自己坐著的葫蘆石的正前方。

奉命繼續展開挖掘的是我和古泉。挖開來後，照樣是空空如也的窟窿。而將挖出來的土再度填回洞裡的，也是我和古泉。

這麼一挖一填，堅硬的地面終於也成了蚯蚓樂於棲身的鬆軟土質層。

我本以為沒找到寶物就收工，春日會大發雷霆。

「好吧，回家！太陽快下山了，再繼續待在山裡會凍成冰棒的。從這邊下去比較快。剛好接北高的上學路段。」

大家七手八腳收好東西，我和古泉喝完朝比奈熱茶，休息時間就宣告結束，團長發出下山令。瞧她踮著腳尖走獸道下山的輕盈身影，看似對這座山或山中的寶物毫不留戀。那她今天是來幹嘛的？和大家一起在寒風中野餐、令兩名苦命男丁拚命挖洞過過癮就夠了嗎？

我感到悵然所失，古泉拍拍我的肩頭。

「這樣不是也很好嗎？」

拜託你別用那種訓人的口氣安慰我。那會讓我想起發飆時的老媽。

「抱歉。不過連我都有點累了。與其繼續留在這等涼宮同學發現下一個挖掘地點，不如早早撤退為上策。」

這一點我同意。眼看提著朝比奈學姊和捲收好的涼蓆兩件行囊的長門也準備撤退了，我只需思索出自己做的事有何意義。

「意義是嗎？」

古泉追在先行出發的我後面，聲音中透出笑意。

「當作是涼宮同學一時興起不好嗎？每次不都是這樣？」

對寶物的雄心壯志已然熄滅的春日迅速向山下邁進。跟在朝比奈學姊、長門身後僅幾步之遙的我和古泉亦踏上了下山的歸途。

行經獸道途中，古泉又壓低音量跟我說：

「話又說回來，找不到寶物實在是很古怪。」

就知道你會這麼說。問題是不知為什麼，你現在說的每句話我都很認同。

「你想想，如果涼宮同學真的以為那裡埋了寶物，不管鶴屋學姊的遠祖房右衛門老爺有沒有埋藏，那個地方實際上也應該會冒出什麼東西來才對。因為涼宮同學具有那樣的力量。」

也對，你的分析很有道理。

「可是，我們卻什麼也沒有找到。這實在太不可思議了。你認為是為什麼？」

其實春日也不相信有寶藏吧。那麼不牢靠的藏寶圖哪靠得住。肯定只是房右衛門老爺信手拈來的惡作劇。

古泉稱許的點了點頭。

「不錯不錯，你相當進入狀況嘛。沒錯，涼宮同學打從心底期待的並不是元祿時代的寶物。也只能這麼想了。依我看來，她只是想要和大夥一起去野餐而已。」

那她直接提案不就得了，幹嘛還大費周章牽拖到尋寶去？我又不是那種凡事都跟她唱反調的人。

「這就是微妙的少女心在作祟了。寒假以來，涼宮同學的精神一直很安定，或許是太過安定，讓她心生厭倦了也說不定。」

那不正好？你的工作就清閒許多了。不管有沒有挺身去打倒那個藍色巨人，古泉照樣都領得到打工費吧……

「不對，等等。」

我舉起一隻手請求發言。

「你說春日的精神一直很安定？進入二月之後也是嗎？」

「是的。雖然有微妙的動搖，至少沒有朝負面發展。真要說起來，甚至有點太ＨＩＧＨ。」

那前陣子，我從涼宮身上感受到的憂鬱氣息是怎麼回事？難道是我多心？

「你感受到的是那樣嗎？」

古泉顯得有些吃驚——

「我倒是覺得涼宮同學和平常沒兩樣。」

你不是春日的精神專家嗎？連我都感受到了，沒道理你都沒發現吧。還是你不再以心理醫生自居了？

「那倒也不錯。」

笑容輕易又回到臉上的古泉，以讓賢的目光看著我。

「既然你比我更能讀取涼宮同學的心理狀態，我也很樂意將我的角色定位奉送給你。也包含制伏閉鎖空間的《神人》要務喔。說到這個，那邊的世界真的好久沒出現了。」

我不要。打死我也不想去。總而言之、言而總之，我就是喜歡這邊的世界。

「那真是太遺憾了。不過說歸說，我自己也很久沒去閉鎖空間了。」

無法活用難得的天賦，教你忿恨難平是吧。那你何不規劃一個探訪灰色空間套裝行程，組個旅行團一同去觀光？搞不好可以號召到一群好奇寶寶與你作伴。

「我先考慮看看。畢竟要向上司建議這個提案需要相當大的勇氣。」

和古泉進行言語的投接球之際，已來到前天經過的田間小路。早一步下山的春日、長門和朝比奈學姊並排著等我們。只見三人站在荒蕪農田旁，被夕陽餘暉染成金黃色，若是將這幅景象介紹給印象派畫家，一定會不由分說開始打起草稿吧。雖是人與景物如此速配的美景，可惜才欣賞不了多久——

「不必回到車站前集合了，今天我們就在此解散吧。」

春日將我的鐵鍬一把回收，露出心滿意足的笑容。

「今天過得很開心。偶爾和大自然接觸也不錯。雖然沒找到寶物，但大家也不要沮喪。我相信不久的將來一定會找到。深深覺得『有今天的經驗真好！』的一天一定會到來。我也會跟鶴屋學姊說一聲。說不定下次她會發現室町時代的地圖喔。」

什麼時代的寶物都好，就是不要地圖。我也得跟鶴屋學姊叮嚀一下。不管發現什麼，拜託都不要拿給春日。

可是當我凝望扛著兩支鐵鍬朝大馬路走去的春日活蹦亂跳的背影，實在吐不出怨懟的隻字片語。我不確定那女人在教室裡要死不活的樣子是不是我的錯覺，但她恢復了元氣總是件好事。儘管我一度很害怕她出奇的乖巧是蓄勢待發前的沉潛。嗯？以上這段獨白莫非是在解釋給我自己聽的？

來到通往北高的路口後，我們排成一隊繼續走。一直走到了以往分道揚鑣的岔路，春日似乎想到了什麼，回過頭來說道：

「啊，對了。明天也要在車站前面集合喔。時間跟今天一樣。可以嗎？」

說不可以的話，妳會取消計畫嗎？

春日看著我別具深意的笑了。妳在笑什麼？

「我們要去搜尋市內的不可思議現象。好一陣子沒進行了。」

完全是答非所問，春日一一審視全團團員。

「大家都聽清楚了吧？明天統統不准遲到！遲到的人——」

宛如做深呼吸一般，大口吸進冰冷的空氣後，春日照例喊出了那句：

「要罰錢！」

一回到自己的房間，我做的頭一件事就是打開空調、拿出手機。

打到哪裡？當然是稱得上是定時聯絡的鶴屋家。我也早已習慣了與接電話的傭人之類的女性一番客氣的應對之後，再轉給朝比奈學姊聽的模式。熱線指數已遠超過我打給古泉的次數。

「是我。」

『啊，嗯，我知道。我是實千……不對，實玖瑠。』

「鶴屋學姊在家嗎？」

『不在……她今天出去了。她說要和家人參加法會。』

我有種預感，鶴屋學姊人在何方、做什麼事，最好別深入追究的好。

「朝比奈學姊，今天有去喔。」

『你是說去尋寶嗎？』

「不過，什麼都沒找到。」

我聽到朝比奈學姊吁了一口氣。

『太好了。就跟我知道的一樣……萬一不一樣的話，那可真不知如何是好。』

將手機貼在耳朵的我，突然意識到什麼似的，皺起了眉頭。

「有可能會不一樣嗎？過去就是過去，不管怎樣都不會改變吧？」

『啊……嗯。這麼說也是啦……』

拿著聽筒困惑不已的朝比奈學姊彷彿就在我眼前。

『不過微乎其微的會出現不同……唔，其實我也不太清楚啦，可是呢……』

聽到學姊小心翼翼的語氣，我也想起來了。我去了好幾次的十二月十八日。還有古泉在白板上發表的雙曲線說。

仔細一想，如今我也是不知道規定事項的範圍為何。長門逐漸在轉變的這一年間，那個要如何收場？要是照古泉所預想的，十二月十八日有二個，甚至是分裂成好幾個就頭大了，如果經過再度修正後復原的現在這個時間是正統時間的話，那倒還接得上……

還有那件事呢？那件事又怎麼說？上個月，我救了一個小學生免於成為車下冤魂。讓那個眼鏡弟弟活下去應該是規定事項。可是那輛車呢？會不會是某人企圖將那名少年撞死好擾亂既定事項？

這麼一來，想要破壞規定事項的幕後黑手，和想要守護規定事項的朝比奈學姊這一方的未來人兩邊就是對立的了。而且，要是前者也是未來人的話，會怎麼樣呢？可以與之對抗的——也只有未來人了吧。

我好像有點懂了，朝比奈（大）妳為何要我做那些事的原因。

『對不起，阿虛。』

朝比奈學姊的聲音聽來相當洩氣。

『因為牽涉到禁止項目，就算我想說也不能說，偏偏幫得上忙的情報我又一概不知……阿虛，我……』

泫然欲泣的氛圍透過話機傳導過來，我連忙岔開話題。

「對了，關於明天的行程——」

就跟朝比奈學姊預告的預定行程一樣，春日宣稱要進行市內搜奇。明天就是星期六了，非實行#3的指令不可。所以一定得決定碰面的場所。而且還得是春日和朝比奈（小）不會撞見的場所才行。

「朝比奈學姊，可以的話，希望妳能喬裝一下再來。」

『喬裝？』

帶有鼻音的聲音似乎驚顫了一下。這也是歷歷在目的一景。

「戴太陽眼鏡的話……顯得太不自然了。在這個季節還是戴口罩比較不會啟人疑竇。可以嗎，學姊？」

『啊，可以。我會請鶴屋同學幫我張羅看看。』

「再來就是時間。學姊，我們明天差不多是在什麼時候解散？」

『我想想——』

想沒多久，朝比奈學姊就憶起了時間點。

『正好是五點整。三點左右集合，然後一起去咖啡廳……』

我從書桌抽屜裡取出編號#3的信封，打開密函。上面指示的住址從御用集合地點出發的話差不多要步行個十分鐘吧。算十五分鐘好了，來回就要耗上三十分鐘。

還是請學姊中午以前待在鶴屋學姊家，等下午的市內搜奇行動開始後不久，我們再碰面比較好吧。

問出詳細的時間表後，由我指定會合地點和時間。

「那麼，明天就麻煩學姊了。請儘量打扮得低調點。啊，還有——」

壓在我胸口的某片烏雲促使我這麼說：

「如果可以，能不能請鶴屋學姊跟妳一道前來？就說是我拜託的。呃——沒有，我沒有要把她牽扯進來的意思。這點請學姊不用擔心。我不過是想請她接送學姊……」

從鶴屋家到約定地點，這位朝比奈學姊勢必得隻身往返。雖然可能是我杞人憂天，但心頭就是有股危機意識告訴我要小心，最好別讓學姊單獨走在路上。

『好的，我會跟她說說看。』

那位解語鶴學姊一定可以馬上看穿我的心思，不負我所望。我就拭目以待吧。

我一掛斷電話，緊接著就打給長門。唉，我這人還真是無事不登長門殿。

可是。

「嗯呃？」

驚愕的是，她家的電話通話中。

長門會是跟誰在講電話？除了打游擊的電話行銷以外，我實在想不出還會有誰。我一方面對分配到打給長門的電話行銷員深表同情，一方面決定擱下手機，先換衣服。我將泥濘的褲子丟進洗衣機、回房，重新再打一次。

這次她接了。

「是我。」

『…………』

是我熟悉的長門式沉默。

「是這樣的，明天我有件事想請妳幫忙。市內搜奇的分組不是一向都是抽籤決定嗎？明天和後天的組員分配，我想請妳作點手腳。」

『是嗎。』

答腔的是沁涼的、高透明度的聲音。

「是的。明天下午那一次，還有後天的第一次，能不能都讓我和妳同一組？」

『……………』

稍嫌過長的一陣沉默之後。

『是嗎。』

我知道這是長門式允諾「好」的意思，不過還是再確認一下比較好。

「妳可以幫我這個忙嗎？」

『可。』

「謝謝妳，長門。」

『不會。』

「順便再問一下，剛才我打給妳，妳的電話是通話中。妳是在跟誰講電話？」

彷彿時間靜止了似的沉默再度延續下去。我開始擔心起她是不是跟我不認識的人密謀進行什麼機要行動時——

『涼宮春日。』

假如對方是我完全不認識的陌生人，說不定還好一點。

「她主動打給妳的嗎？」

『是的。』

「她幹嘛又打電話給妳？」

『…………』

第三度沉默襲來。我豎起耳朵，想感受聽筒那一端的氛圍時，長門突然打破沉默回答我：

『不能告訴你。』

這幾天，長門總是做出驚人之舉。想不到會從她口中聽到這種話。

我宛如插頭被拔掉的收音機靜默了下來。

『你不要知道比較好。』

拜託妳別說得那麼恐怖好不好。那絕對堪稱這世上最不能安慰人的一句話。

『…………毋須擔心。』

長門的聲音聽來有些猶豫。在我的感覺，她好像是不知道該不該說，但確定我不用擔心的樣子。啊啊，我想到了！

「是春日叫妳別說出去嗎？」

『對。』

也就是說，春日又有鬼點子了，而且打算拉長門下水，又得對我保密到家。雖然我不曉得那是什麼，但是從長門的語氣來猜應該沒啥大不了，八九不離十是尋寶第二彈那類的活動。

我對悄無聲息的長門，再次拜託明天的要事後，就掛了電話。

唉唉唉。如此忙碌的一星期，即使是數學、物理和世界史都排在同一天考試的那次期中考，也沒這麼忙過。

「春日那婆娘，這次又想叫我們幹嘛了？」

春日、長門與朝比奈學姊陸陸續續做出超乎我意料的事。啊，還有鶴屋學姊。再這樣下去，我的夥伴圈會縮小到只剩古泉。看樣子生命體在本質上，男性已逐漸不敵女性。可怕的X染色體。拜託告訴我那項本質是什麼。

暗自祈禱下週能過得平和一點，在床上躺得平平的我用力地伸展四肢。

第五章

翌日，星期六早上。

做不慣的土木業兼差（不支薪）害我上半身到處痠痛得要命。算了，昨晚沒做噩夢，一覺熟睡到天明就該偷笑了。

我將＃3信封收進大衣內袋深處，走出玄關，牽出輪胎有些消氣的淑女腳踏車，騎上乾燥冷風吹襲而來的街道。嗯，今天果然也很冷。

違規停車萬一又被業者拖吊就太划不來了，我甘願到車站前新蓋的付費機踏車停車場寄放腳踏車，再朝車站前的會合場所走去，果不其然，我又是最後到的。

朝比奈學姊的打扮像是看了就覺得溫暖的新品種賞玩動物，迎接我的到來；古泉臉上掛著擦身而過的女高中生，五人中會有一人回頭的英俊笑容；長門今天也依舊是制服搭連帽粗呢外套的無口砂人模樣。

穿著雙排釦軍裝外套、圍圍巾的春日比著指鎗瞄準我。

「總算等到你了，阿虛。你害我等了三十秒！」

哎呀，那真可惜。要是將腳踏車往路邊隨便一擺，從第一屆市內不可思議搜尋行動開始算起的話，搞不好我會得到生平頭一座倒數第二名獎耶。一次也好，真想讓春日請大家一次客。

「我會請客的。在我得到最後一名的那天。我先聲明喔，我這個人最討厭吊車尾、退避三舍、落後一大圈、預賽落選等字眼。為了怕睡過頭遲到，寧可從前天就在這裡過夜的幹勁我可是有的。」

果敢的笑容中帶有徹底的挑釁。不論怎樣巨大的敵人似乎也敵不過現在的春日。真是，既然有這種精力，在憂鬱時期撥一點出來用不是很好嗎？回顧過往，幸好沒做與早知道就去做的後悔情緒，究竟哪一樣才真叫人悔不當初？

就在我思考這些根本使不上力的事情時，人已被春日拖著走向常去的那家咖啡廳。

「雖然昨天什麼都沒找到……」熱呼呼的綜合咖啡照灌不誤的春日說：「可是轉念一想，SOS團的探勘目標從來就不是過去的遺產，而是不可思議事件。那個怎麼說來著？就是很科幻、充滿了謎團的現象。這座都市最最最起碼也會有一件吧。何況這地方又這麼大。」

無關乎面積吧。重要的是繁榮的程度或是人口密度——

「……唉唉唉。」

這次的吐嘈我棄權。這和都市的繁榮度以及人口數目也沒啥關係。真正的關鍵在於春日。一旦她感應到任何不可思議的風吹草動，那都是在神不知鬼不覺間就存在於她周遭的現象。就因為是神不知鬼不覺，才能在無人察覺的情況下進行一切布署吧。

雖然我每次都不是先知先覺，而是後知後覺，只要不是不知不覺我就很高興了。那都要歸咎於坐在我身後的某人……不，是歸功、歸功。

當我浸淫在旁白似的獨白時，春日已拿起原子筆在牙籤上做記號，準備讓大家抽籤。

「來抽籤決定分組吧。有記號的有兩支，沒有的有三支。」

我反射性看了長門一眼。嬌小的制服女默不作聲的微傾裝有水果茶的茶杯，沉靜的眼眸盯著菜單瞧。喔哦，我差點弄巧成拙。今天的第一次分組沒必要和長門一組，況且朝比奈學姊也說過了……說什麼來著？對了，我和古泉一組。

「怎麼了，快抽啊！」

春日握著五支牙籤的拳頭朝我伸過來。

「你這麼在意跟誰一組嗎？哦——這麼說你想跟誰在一起囉？真像小孩子。」

拜託妳別露出像是鄰家姊姊看著惡童的笑容行不行？不過我再考慮下去，只會更沒完沒了。朝比奈學姊的未來預報是說我和古泉兩人會在同一組。不管我抽到哪根牙籤，都理所當然會得到同樣的結果。抽到有記號的牙籤機率是五分之二，就一般情形而言我抽到沒記號的機率比較高，那麼，萬一我真的抽中了沒記號的牙籤，那可怎麼辦才好？朝比奈學姊的記憶到底牢不牢靠啊——

想這麼多實在是很不好意思。春日很乾脆的放棄陷入沉思的我，讓其他三人先抽，輪到我抽時，牙籤只剩兩支。

我連忙確認古泉手上那支籤。他優雅地拿在手上的那支牙籤，上面是有做記號的。

還沒抽的人只剩我和春日，春日習慣將好酒沉甕底的最後一支殘福籤留給自己，所以接下來就看我個人的造化了。（註：日人有句俗諺：「残り物には福がある」意即：食剩飯增壽，越剩越有=好酒沉甕底）

我閉上眼睛、深呼吸，盯著春日的拳頭足足十秒之久以集中精神。

「你幹嘛啊?太誇張了。」

聽春日的口氣似乎很受不了我，但這對我來說可是相當重要的儀式。要是我在此抽出了前後無法呼應的結果，想必後面會冒出更多麻煩。

「管他的！」

說完後，我就高速移動右手。我完全沒去想左邊還右邊，只是手隨意動一下，碰到哪支就抽哪支，問題是過程不太順利。我的手動得太隨意了，不慎將春日手上兩支牙籤都彈出去，正當我心想：「完了完了！」時，其中一支掉在桌上，另一支正好被春日空手在空中接殺，然而掉落的那支籤頭前端有著污點般的印記。

「搞什麼——」春日的鴨嘴噘得三分高，「根本只是將男生和女生分開嘛!真是無聊至極的分組方式。」

這就叫白費功夫。上午的分組在時間移動上一點也不重要，再說如果我抽中的是沒記號的牙籤，就會獨享坐擁長門和朝比奈學姊兩朵花的齊人之福，心靈肯定比國定假日和古泉單獨行動時來得滋潤許多。一想到這，就覺得自己不該遷就於小小的過去。搞不好什麼都不想去抽，結果反倒更好。

大夥討論了一會兒就離席。當然，買單的人又是我。習慣真是種恐怖的東西，我好恨根本沒被人強迫，卻自然而然拿起帳單的自己。

「阿虛，不好意思，每次都讓你破費。謝謝你喔。」

誠心致歉的朝比奈學姊真是我的心靈良藥。雖說古泉也說了大同小異的話，但是在這種場合下，爽快的笑容就是讓我高興不起來。

「你要是需款孔急，我可以介紹個不錯的打工機會給你。」

和我並肩走出咖啡廳時，古泉悄聲跟我建言。

「工作內容非常簡單。流程也很單純，習慣了就好。而且日薪包君滿意。」

「不需要。」

甜言蜜語時常潛藏著惡魔的思維。要是一時不慎簽下可疑的文件，被抬到了奇妙的研究所的手術台上，豈是一個慘字了得？還有被改造成兼職的超能力者之虞。我可不想在無人的灰色空間跟春日的壓力戰個沒完沒了。

「武戲我會負責。你只需要製作娛神的文戲，讓我們不必跟那股壓力作戰即可。」

你不是一直想偃武修文嗎？你來做不就得了？

「那只有你才辦得到。至少……目前只有你可以。」

我應該未具有超脫常軌的特殊技能。

「那倒是。」

古泉的嘴角提起了二公分，笑了起來。

「只要你有興趣，歡迎隨時和我聯絡。我會告知你工作的內容。雖說該告訴你的，我好像都說過了。」

這番話沒有古泉慣有的曖昧模糊，但我沒有再深究下去。因為我有預感他會說出我不想聽的話。沒想清楚就開口吐槽，萬一落得無力招架也只能怪自己。人不自重自取辱。基本上想請君入甕的一方一開始都是採取守勢的。

在店家門外等我付帳的春日說道：

「集合時間是十二點正喔。」

她右擁長門、左攬朝比奈學姊的柳腰，綻放出南國花朵般的笑靨接著說：

「在那之前，去找不可思議的現象來！像是昨天才冒出來的人孔蓋，或是不知何時增加了的斑馬線橫線，諸如此類的什麼都可以！只要把眼睛張得有如盤子大，至少能找到一兩件吧？等等，要以找得到的心態去找。否則原先找得到的東西也會找不到。」

目前貼在妳身上猶如等身大人型懷爐的外星人和未來人至高無上的組合，不就是夫復何求的不可思議現象了嗎？難道這不算嗎。還有，假如在運動會上的借物競走，叫我去借「不可思議的東西」，我一定二話不說拉了春日就往終點直衝，不過這也不算吧。雖說背景如此奇特的一團居然會有我的存在，才真是最大的不可思議現象，但現在可不是翻底牌的時候。若說追求不可思議現象是春日的本能，維持目前的日常現象就是我的想望。這已是千真萬確、不容出錯的事實真相。

「我們去鐵路的另一端！」話一說完，春日就拉著長門和朝比奈橫越平交道。我目送著她們離開，重新將圍巾圍好。

「有想去哪裡嗎？」

我詢問時效限定兩小時的旅伴。儘管身處快將人凍僵的寒氣中，古泉的聲音依然清亮：

「就算有，你我的雙腳想必也不會有共識。我看不如就純散步吧。」

出人意表地，邁步向前時古泉沒有再對我囉唆什麼。接下來，我們就當起了在大水溝裡發現了悠游的鯉魚身影，對其盎然的生命力佩服不已；進便利商店站著看免錢雜誌，怎麼看都像是另有隱情才在外閒逛的高中生兩人組。

話題也不外乎期末考、對昨天看的日劇的評論之類的。哎喲喂呀，跟這小子的對話如此正常，反倒會讓我疑心生暗鬼。

「我的角色設定是喬裝成普通高中生的超能力者，像這樣的表面功夫可是相當重要的。」

古泉宛如在數著斑馬線的橫線過馬路，同時說道：

「我不認為自己會永遠當一名超能力者。假如可以交棒給他人，我隨時可以將自身擁有的超能力和任務，用包裝紙包成精美的禮品呈獻上去——我腦中偶爾也會冒出這樣的想法。」

大概是要讓我放心，古泉對我微微一笑。

「那想法真的是偶爾才有。如果要我選擇，我寧可要現今的立場。可以和地球外生命體的終端機與未來人進行自覺性的對話，實在很難想得出比這更為可貴的體驗。雖然比起你來還差了一大截。」

說到我的體驗，確實是比你的珍貴，因為除了你列舉的那兩人之外還加上有你共襄盛舉。

「我不知道自己何時才能卸下超能力者的頭銜，但是從我的屬性中剔除掉高中生三個字的日子一定會來臨。只要涼宮同學不留級的話。既然如此，不好好把握當下，為稍縱即逝的高中生身分歌頌一番怎麼行。」

我回想起本學年度熱熱鬧鬧過去的那些日子。

「在我來看，你已經歌頌得夠多了。尤其是夏季與冬季的合宿，你都相當活躍。」

「那也是因為我是『機關』的一員。也差不多快滿四年了，當時若沒有奇妙的超能力降臨在我身上，我就不會轉學進入北高，也會過著和世界的命運毫無瓜葛的平靜生活。」

「那樣不是很好嗎？」

我抬頭看閃爍的行人專用號誌燈，邊走邊說：

「不管那是超能力還是什麼碗糕，你不就是託它的福才能像現在這樣在這裡嗎？可別說都是它害你的喔。難不成你後悔加入SOS團這個白癡團體了？人生在世凡事都要嘗試，你就寫張退團申請表嘛。我可以代你交給春日。」

古泉努力朝我擠出嘴角微斜的人工笑容。過了一會──

「不用了。」

又以饒富興味的語氣說道。

「就如同現在的你心境已有了大轉變，我對涼宮同學和你等諸位團員，也是有著初見面時根本預想不到的好感。加上我又貴為副團長……不，頭銜從不是我甘心付出的理由。還記得在雪山洋房時，我對你說過的話嗎？」

當然記得。就算你忘了，我也不會忘。你要是膽敢背信，我就和春日聯手，送你一個上好的特製懲罰遊戲。

「這你大可放心。就算我喪失記憶也不要緊。我想你們一定會讓我想起來。」

微微一笑後，古泉徐徐的吐出白煙。

「若是發生長門同學落入窘境這般了不得的大事……雖然我不認為這會經常發生，但只要是我幫得上忙的，一定會盡力而為。」

但願你也能對長門以外的夥伴如此輸誠。

「不用說我當然是那麼想。朝比奈學姊依然是那位我見猶憐的纖纖弱女子。任何人見到她，無形中就會湧出保護慾。我幾乎要認為那是學姊的一種超能力了。」

過了斑馬線的古泉，突然停下腳步，視線落在手錶上。受他影響，我也舉起左手來看。我們逛得還真久。集合時間快到了。

當我折返回站前廣場時，在我後面三步之遙的古泉聲音變小了。

「現在的朝比奈學姊不只是我，也是『機關』守護的對象。可是，還是要請你多留意。有別於你那位朝比奈學姊……打扮上也有所不同的朝比奈小姐就不見得了。」

朝比奈大人版的翦影在我的視網膜上再生。我頭也不回地繼續走著，古泉的聲音聽起來更遠了。

「『她』為我們——SOS團帶來的是福是禍，沒人敢保證。」

或許吧。不過這也是你在說的。

「若真是如此——」

我說：

「只要改變那個未來就好了。從現在這個時間點。」

我和古泉回到站前時，早一步回來的三人已經在那裡等了。

「有找到嗎？」

春日劈頭就如此問。問題是沒去找的東西當然不會找到。

「沒有。」

我也只有老實回答。

「那妳們哩？有發現什麼好玩的東西嗎？沒有的話就扯平。」

「嗯，是沒有什麼稱得上不可思議的東西啦——」

春日臉上沒有氣餒也沒有憤慨，只有令人發毛的笑容。

「好玩的倒是有。我們三人在百貨公司的食品賣場狂試吃。妳說，是不是很好玩？」

春日別有含意的笑容所針對的人，是朝比奈學姊。

「是、是的，很好玩。」

朝比奈學姊敏捷地點了好幾次頭，附和春日的說法。飄然的栗色秀髮讓我想起悠然飛舞的蝴蝶羽翅。

「我們逛了好多地方，非常有趣。我也買了新的茶葉。」

臉上洋溢著幸福笑容的朝比奈學姊，宛如今天的主要目的是出來血拼似的。仔細一瞧，長門手上拿著的不正是書店的袋子嗎？這三人究竟想在百貨公司的食品賣場和賣書專區發現什麼樣的不可思議現象？除非是要找不可思議的故事，書店裡頭的確是有一整排。

「算了，這樣也不錯。」

春日滿不在乎的說道：

「急就章胡亂地找，大多會後悔。古有明訓：欲速則不達。開車也是這樣。為了趕時間一味高速猛衝，萬一發生意外，來不來得及的問題早就被拋到九霄雲外了。況且，越覺得不可能發生的事，越有可能發生。」

妳的這番理論說得很清楚，我聽得很模糊。

「道理很簡單啊！聽好了，阿虛。」春日得意的說道：「就像玩一二三木頭人一樣。趁鬼沒在看時趕緊前進，鬼回頭的那一瞬間再突然停住。不可思議的現象也是一樣。我們只要不回頭去看，它就會通過身旁，就可以趁它通過的那一瞬間逮住它。重要的是時機，時機！」

我越聽越糊塗了。這理論在春日的腦海中或許有整合性，但幸運女神的瀏海畢竟是比喻，她卻視為實物想要逮之而後快，只是讓聽的人更傷腦筋而已。論這世間誰能捕捉到無實體的東西？只有接收得到未知電波的人類才有此能耐吧。

「對了，中餐要在哪吃？」

對於我的疑問，妳就顧左右而言吃喔？

「銀行對面有家新開幕的義大利餐廳。看它的商業午餐菜單好像挺好吃的，我預約了五人份，可以吧？」

看樣子春日已經完全擺脫了低潮。瞧她這超ＨＩＧＨ又唯我獨尊的模樣，念經給馬兒聽的小和尚的工作還比我的有價值。起碼念經還可以積功德。

「我是無所謂，古泉你呢？」

我沉浸在古泉脫口而出「不，其實我不能吃番茄醬」之類不會看場合的話，不知春日反應爐會如何大爆發的幻想裡，暗自在心中擲杯筊卜吉凶。然而古泉不可能會發表破壞春日計劃的高見，只簡短回了一句「很好啊。」一味地微笑。

「那就這麼決定了。」

早已決定好的事又鄭重昭告一次，在春日一聲令下，我們無意義的被趕往午餐時間人山人海的義大利餐廳，拜此所賜，待服務人員帶我們到訂好的桌位時，我的肌肉痛又發作起來。

想想這跟養貓很像。雖說養到太調皮的貓很頭疼，但當牠無精打采時又會擔心起來，覺得牠還是像以前那樣精力過剩比較好。不過我腦子的一部分還是企盼著春日旺盛的活力減一分太少、增一分太多剛剛好的日子早日到來。

看到春日將侍者端來的冷飲三秒鐘喝光光，然後要求續杯的模樣，嗯，對了。差不多得等上朝比奈（小）成長為朝比奈（大）那麼長的時間吧。

解決掉經濟實惠、日日變換口味的焗烤午餐後，春日又拿出牙籤洗牌。

今日的高潮就是從這裡開始。雖然有朝比奈學姊此等迷惑人心的美色當前，但是現在最讓我掛心的是朝比奈（實千瑠）學姊。希望她會在約定地點好好等我出現。

我偷偷往旁邊瞄過去，最早吃完午餐、默默看著菜單的長門，漠不關心似的盯著春日握在手上的五支牙籤看。我不認為長門會忘記我的請託把事情搞砸，就安心率先抽出一支籤。

是有做記號的。

下一個伸手去抽籤的是長門。她漂亮的抽中了有記號的牙籤，靜靜的放在桌上。

「哎呀，那接下來就不用抽了嘛。」

縱使中間過程有作弊，長門也不會作得彆腳到讓人發現。春日將三支牙籤丟到菸灰缸，拿起帳單站起身。不過她小姐並不是要請客。這次可是連零頭都算得一清二楚的各自分攤。

結完帳後，我們再度回到冷風吹拂的街上，準備當一群漫無目的的日間迴游魚群。不過，那個扮裝任務就交由春日、朝比奈學姊和古泉了。我和長門走的是別條路線。正確說來，我要和自三天後過來的朝比奈（實千瑠）一起去出任務。

和長門單獨走在一起，不由得讓我憶起第一個春天的某日。當時她還戴著眼鏡，頂著有如製冰場的撲克臉……啊、對了，中河就是在那時候看到我們的。

長門離我兩步遠，無聲無息地跟著我。因為太過無聲無息了，我甚至好幾次回頭去確認那個與我保持等間隔的身影是否還在。當然，長門始終都在，也始終以雪融天然水般的無表情直視著我的圍巾前端。

我的感受會如此深刻，一半是因為我們正要前往的目的地——市立圖書館。長門好像不時會來這裡。這畢竟是我第一次帶她來的地方，也是那位被改變了的眼鏡長門的回憶之地，同時也是現在的我和長門有共通回憶的場所。

今天也是和春日三人分手後，我邀她去圖書館。不同的是長門已經有借書磁卡了，再來就是沒戴眼鏡的不同。

我和長門彼此並沒有交談，靜靜步上通往圖書館的路。像這樣兩人在一起沉默到死也不會覺得尷尬的對象何其貴重呵。這對象要是換成春日或古泉就不同了，只會讓人懷疑他們是不是又在盤算什麼。在這一點上，長門倒是沉默得令人安心。

在舒服的沉默氛圍環繞下進入圖書館的我，連游移視線的搜尋程序都免了，坐在沙發上的嬌小人影已經小跑步向我跑來。

這個嬌小的身影穿著鶴屋學姊喜愛的長大衣還裹著披肩，她所戴上的針織帽和白色口罩大概是隱人耳目的喬裝吧？

朝比奈（實千瑠）學姊眨了眨遮也遮不住的大眼睛說道：

「阿虛……啊。還、還有長門同學……」

圖書館是安靜肅穆之地。我也用手遮口模仿起朝比奈學姊小聲地說：

「鶴屋學姊不在嗎？」

「是啊。」

朝比奈學姊驚懼不安的窺伺我的背後。不用那麼提心吊膽吧。

「鶴屋同學說她今天有推不掉的要事，無法帶我來。啊，不過——」

小手搖了搖。

「她有請司機開車送我過來。回程請我自己坐計程車回去，還借了我車錢……」

鶴屋學姊會有什麼推不掉的要緊事？說真格的，我很好奇，但是朝比奈學姊游移不定的視線更讓我掛心。難不成我背後除了長門以外還有別的背後靈？回頭一看。

「…………」

長門固若金湯的無表情，目不轉睛直視朝比奈學姊。這讓我想起了昨晚那通一劈頭就要求她幫我作弊的電話。

糟了，我什麼都沒跟長門講。

「啊，那個，長門……」

「…………」

這種程度的喬裝，別說是長門了，任何人都騙不過。

「這一位呢，是另一位朝比奈學姊。」

「我知道。」

長門的回答一時讓我摸不著頭腦。

「啊，對喔！對對對，前幾天才跟妳介紹過嘛。」

「…………」

「呃……那個……」

「…………」

「對、對不起。」

圖書館櫃檯人員盯著夾在不知為何猛道歉的朝比奈學姊和像倒立冰柱般佇立不動的長門兩人中間的我，活像是在看進入深眠狀態動也不動的熊貓的那副眼神，將近三天我都忘不掉。

不過，長門就是長門。才開始說明十秒——

「是嗎。」

站著不動的身體，下巴部分以奈米單位牽動了一下。這是長門式頷首的表示。

順便提一下我的說明主旨：「從現在起，我得和這位朝比奈學姊一起去辦事，不好意思，在我回來前，能不能請妳在這裡等我？」意思差不多是這樣，也取得了長門的諒解，不然她不會說：「我等你。」

長門看也沒看和自己換手、成了我的新背後靈的朝比奈學姊，就直朝塞滿厚得可當枕頭的學術書的書架走去。

「我們走吧，朝比奈學姊。」

看到連帽粗呢外套完全消失在書櫃的陰影處後，我才出聲叫學姊。館內的壁掛時鐘指著下午兩點前。

「那個……阿虛。」

朝比奈學姊以緊張的高八度音說：

「你沒跟長門同學說明，她就跟你一起來了？」

「是呀，不小心就邀她一起來了。」

「什麼不小心。你實在是……」朝比奈學姊用力搖頭。「長門同學也會生氣的。」

對不起。我倒覺得是我惹朝比奈學姊生氣了。安啦安啦，長門那傢伙不太會生氣的——

咻——學姊對著我倒抽了一口氣。

「我……算了。反正你一定要跟長門同學好好道歉。聽到沒有？」

莫名擺出學姊架子，使性子轉頭不理我的朝比奈學姊一出了圖書館，就盯著對面車道一言不發。讓我好生困惑。

困惑到接下來要去哪、做什麼事，得再看一次內袋的信確認。

在寒風中默默走了十來分鐘，不知是身體冷掉了，還是失去說話對象的我逐一讀取貼在電線桿上的街道巷弄門牌的關係，朝比奈學姊的神情和步伐又恢復了緊張感。

差不多快到我們要找的地方了。看到了天橋的橋樑。

我再一次打開手裡握著的信紙，對照內容，確認就是這座天橋沒錯之後，我和朝比奈學姊沿著人行步道，在一排花壇旁停下腳步。

「開了好多花喔。」

真是朝氣蓬勃的花壇。縱貫南北的縣道沿路設置的花壇不是縣營就是市營的。花兒們耐得住冬季的嚴寒和車輛排出的廢氣照常盛開的意志力固然令人佩服，但也太過怒放了。要在綿延十幾公尺的花團錦簇中找尋失物談何容易，在昨日的尋寶行之後，我真的要懷疑我的面相是不是註定會遇上土劫了。

我小心不讓風給吹跑，翻出第二張信紙來看。

「一定要從這裡面找嗎……」

採地毯式搜索的話，會花上很多時間。我沒有預估到要花上這麼多時間。

「不用，我想應該很好找。」

朝比奈學姊指著花壇——

「信裡有提到三色堇盆栽，就只有那一角有。」

我一面對於自己對花的名字如此漠不關心感到羞愧，一面看向朝比奈學姊指的方向。一群小小的藍白色花朵正迎風搖曳著。

「那邊盛開的是福壽草，那邊的是仙客來。旁邊的是……呃，紫羅蘭吧？」

朝比奈學姊的花草知識如此豐富，真教人意外。

「呵呵。我也是來到這邊之後才開始鑽研的，我也認識很多種植物喔。」

得救了。比起昨日在茅草山上有如大海撈針般的尋寶勞動，搜索範圍整整縮小一萬倍。只要翻找種植三色堇的區域就行了。

「啊，千萬別踩到花喔。」

對冬天的小花呵護有加的朝比奈學姊的耳提面命，我不敢不從。我只得踩在花壇邊邊，從三色堇植栽上面觀察地面。

信上寫說掉落的東西是一種儲存媒體。那種東西為何會掉在這種地方，暫且就不去深究。就算信上寫說掉下來的是未來人，也一定會有未來人掉下來。要是沒有，我就真的比跑腿小弟還不如了。

在朝比奈學姊幫忙把風下，我悄悄蹲下來掰開三色堇的莖，撥開葉叢，不斷在花壇找尋。一心只想快快找到、快快閃人。雖然路上行人和車子並不多，但是做這種事是很容易被誤會成摧花狂魔的。我暗自祈禱巡邏的員警千萬別經過，同時以視線來回搜尋三色堇的根部。

持續找了三十分鐘後，我用褲子擦掉沾到指尖的泥土，然後拭汗。

奇怪。

什麼都沒發現。種植三色堇的一角，我到處都找過了。比在英語閱讀課上猛查下一個會被抽問到的句子英文生字的我還要全神貫注。我想可能是弄錯了，就到其它花壇試試看。仙客來和紫羅蘭的花叢也都翻找過了。

可是，還是找不到儲存媒體。比小石子還人工一點的物體看都沒看到。

翻找途中，朝比奈學姊也加入搜尋行列，將我可能看漏的地方重點式的再找一遍。兩人一前一後仔細找，找不到還是找不到。

「怎麼回事……？」

如果我們在這裡什麼也找不到的話，大人版朝比奈不可能不知道。跪在這裡審視花的根部的朝比奈（實千瑠）學姊，正是她過去的翻版。要我們找尋打從一開始就不存在的東西——她不可能會下這種沒半點好處的指示才對。

「怎麼辦？阿虛？」

朝比奈學姊的神情和聲音像是快哭出來了。

「找不到的話麻煩就大了。最優先的強制碼是絕對要服從的。要是沒照做的話，我……」

連口罩已經脫落，掛在一隻耳朵下都沒發現。朝比奈學姊的心情顯得比先前遇到長門時還要不安。其實我也是。正當我決定要將花壇的花全部挖起來找時——

「你們在找這個嗎？」

背後響起了一個意想不到的聲音。聽起來不像是我認識的人，我本能的立刻站起身，毫不猶豫轉頭過去看。沒錯，我果然是在思考前身體就先行動的人。

我伸出一隻手保護朝比奈學姊，重新面向步道。

離我們大約五步左右，站著一位和我們差不多同世代的男子。我對那張臉沒印象。肯定是頭一次碰面。可是看到他的第一眼就讓我認定，我不會喜歡這個人。那張臉上浮現的，毫無疑問是負面的情感。

瞧他好像拎著什麼髒東西似的，指尖夾著一片小板子。薄薄的，酷似信上插圖的物品。

「剛才的景象一點都不好玩。虧你有耐性肯花上三十分鐘當個摧花賊。換作是我才不幹。」

看來就一副刻薄相的薄唇略微歪斜。就算我再遲鈍，也明白他在嘲笑我們。

「你這笨蛋也是個奇特的人類。」

眼神有如從高台往下望那般睥睨。

「連理由都不曉得，就任勞任怨幹起免費義工，這樣唯唯諾諾的人生有何意義？我實在無法理解。你這傢伙是吃飽沒事幹嗎？」

這一年來，我歷經多次異變培養出來的危機感應能力正傳達出黃色警示的訊息。但，面對危機若只能感應也是毫無意義，要能成功迴避，日後才能談笑風生話當年：「當時真是好險啊！」雖說有時危機就是轉機，但是轉機也可能掉飛機，這實在不是讓人安心的狀況。既然知道自己完全不期望的死期即將到來，乾脆就豁出去設法化危機為生機，現在就是那種時候。

「那個東西，你在哪裡撿到的？」

聽到我的問題，那渾小子邪笑了一下道：

「在那邊花壇找到的。你們來到之前，我才剛剛得手。很簡單。這工作一點也不難。」

「快交給我！」

雖然我盡力擠出了可怖的表情，但是那小子只是冷哼了一聲。

「這又不是你的東西，我幹嘛一定要交給你？撿到失物就要交給派出所。」

「交給我比較快。我會交還給原本的失主。不用繞一大圈交給警察去失物招領。」

「呵。」

好惹人厭的笑法。

「你以為那封信上寫的住址收件人，就是這個東西的失主嗎？是誰跟你這麼說的？那個外星人嗎？」

這渾小子——居然也知道長門！不對，慢著，他怎麼連信的內容也知道？我明明只有給朝比奈學姊看啊。

換句話說，這人是……

朝比奈學姊雙手抓著我的手臂微微顫抖。我對著那張驚恐與混亂交織的臉詢問：

「朝比奈學姊，妳認識他嗎？」

「不。」學姊用力搖頭，「我不認識他。我的……呃唔，我所認識的人中沒有這個人。」

「我是誰無關緊要。我也不會一見面就把你們抓來吃掉。雖說這是一個很好的機會。」

那渾小子對著手上的東西吹氣，像是要吹走上面的灰塵，露出可憎的邪惡微笑。古泉要是變成大壞蛋，八成也會那麼笑。這就是五官長得太端正的缺點。有敵意很容易就看得出來。

言歸正傳，現在怎麼辦？要海扁對方一頓，奪取那個像是儲存媒體的東西嗎？可是對方如果是超脫常軌的非人類，就算我和朝比奈學姊聯手夾攻，獲勝的希望也很渺茫。可惡！真該把長門也一併帶來的。

就在我緊握拳頭，煩惱著不知該做出備戰姿勢，還是從口袋掏出手機打電話求救時——

「哼。」

邪面郎似乎失去了興趣，從鼻子冷哼一聲，彈出手指。飛舞在空中畫出拋物線的小小薄板朝我面前落下。我反射性的在它掉到地上前飛撲過去，雙手接住。

「你要就給你。這在我來說是規定事項。你就繼續賣老命照指示去行動吧。繼續當一個照著未來指示去行動的過去傀儡。」

我注視手中的薄板。很像是數位相機的記憶卡，卻是前所未見的規格。不過我對記憶卡的種類不是很熟，也無法斷言。有點髒髒的，可能是之前放在花壇裡的關係吧。

過程姑且不論，目的物得手就好。不好的是眼前的男子。

「你究竟是什麼人？為什麼知道我們會來這裡？」

「哼。」

那兩片薄唇又抿得更薄了。

「你應該先去問別人吧。像是你這笨蛋為什麼會來到這裡？原因為何？你該先搞清楚的是這些問題才對。」

被像是同齡的傢伙不可一世的進行莫名其妙的指責，我感到異常的光火。可是，我這人最大的優點就是深謀遠慮。絕不會魯莽地讓感情駕馭了理智。

何況我身邊還有一位緊緊摟著我，眼睛卻怯生生望著那渾小子的朝比奈小可憐。

「你該質問的人不是我。」

渾小子險惡的眼神攫住我身旁的人。

「沒錯吧？朝比奈實玖瑠。」

朝比奈學姊微顫了一下，透過手心傳導到我身上。她將我的大衣抓得更緊。

「你——你在說什麼呀？我、我又不認識你。我們在哪見過嗎……？」

渾小子的嘴角兩端頓時向下歪。

「妳這樣的認知就對了。以妳我的交情說幸會就很夠了。這次算妳及格。不過我對妳可就要說別的招呼語了。妳明白我的意思嗎？朝比奈實玖瑠。」

之前的挑釁態度已經十三分難以容忍了，現在更是完全超出了我的容忍度。這渾小子注視朝比奈學姊的眼神顯而易見淨是敵意。他視朝比奈學姊為頭號大敵。

現在說這個可能不太恰當，但我真的覺得這渾小子很有人味。許久沒遇到如此惡狠狠的狠角色了。打從一開始他就沒有假裝是好人跟我們打哈哈，毫不掩飾內心的想法，是個想到什麼就說什麼的直腸子。要說就快說，有屁就快放！我和春日都不喜歡拐彎抹角走後門。

「你想說什麼就快點說。」

對付可疑人物，態度就要強勢一點。善於迂迴前進，說半天才搔到癢處的人才有古泉一個就夠了。我在語氣中加入所剩不多的力道說：

「有事找我就直說。是要我代為轉告春日什麼事嗎？我可以直接介紹你們彼此認識，不另收仲介費。」

「不用。你是指涼宮春日嗎？我沒有見她的必要。」

他這段話讓我大感意外。我本以為他也是繞著春日公轉的不可思議人種的一員。

「我和朝比奈實玖瑠不一樣。」

渾小子的眼睛瞇成細線，瞪著在我身後只露出臉蛋的SOS團專屬未來人好一會之後，又以同樣的目光注視我。

「最好別對她的規定事項照單全收。事實不是只有一個。到目前為止的結果和我的規定事項本來就一致。那個記憶裝置是未來不可或缺的東西。不管你是親手撿起，或是某人給你的，結果都不會改變。你現在不是就拿到那個了?沒錯吧?」

大錯特錯。我的預定表裡,一個字都沒提到會遇到你這種傢伙來攪局的項目。

「你這笨蛋真不是普通的鈍耶!你還想不透那根本沒什麼差別嗎?我出現在這裡的意義為何?你當我是吃飽沒事幹來這裡閒晃嗎?」

「我哪知道你是來幹嘛的!」

我不假思索地衝回去。我有的是會幫我思考為什麼的團員。不好意思,假如你想進行禪問答的話,麻煩找我們的副團長去。

「謝了,我的行程中沒有那樣的預定。」

不留情面的拒絕後,只見他像是快被風吹跑似的直往後退。

「我今天來只是單純的露露臉。順便逗你們一下。這也是我的預定表裡記載的行為。至於有沒有列在你那邊那位未來人的預定表裡就不曉得了。接下來的,呵,無可奉告。」

他迅速轉過身,以悠哉的步調離去。一說完想說的話,連自我介紹都沒有就離去的舉動真是太失禮了,該有人好好教訓他一番!就在我迷惘該不該追上去時,讓他給逃掉了。

因為朝比奈學姊僵直得有如銅像,緊抱著我的手臂不放。她腳底像是生根一般,動彈不得,只是用膽怯的雙眼凝視著那位討厭鬼的背影。直到他的身影消逝在轉角後,她依然沒能將視線移開。

「天吶……」

突然間，嬌小學姊的手鬆脫了，我及時扶住差點不支倒地的她。當她溫暖的體溫傳遞到我的手時，我可以理解春日為何總愛黏著她不放，但現下可不是暗爽的場合。

「朝比奈學姊，妳真的對那渾小子的來歷一點頭緒都沒有？」

朝比奈學姊搖搖晃晃的，好不容易才站起來，以微乎其微的音量說：

「……我猜……雖然只是猜想……那個人，應該是從未來過來的人……」

我想也是。他所使用的詞彙和朝比奈學姊部分重疊。以我的想像力，這部分尚可推理得出來。問題是，他到底是來幹嘛的？我不認為他搶在我們之前找出失物是善意的表現。否則他就不會看著我和朝比奈學姊趴在地面來回匍匐三十分鐘了。

新登場的未來人，且對朝比奈學姊相當敵視。

無關乎讓人快凍僵的寒冬低溫，我微微感到一股涼意。就如同外星生命體有派系之分，未來也會有意見相左的人馬。啊，古泉也暗示過在「機關」之外，有令人不快的組織存在著。之前那些人馬都在做什麼，我不曉得，能確定的是又有新人種在我們眼前出現了。

「真是一樣米養百樣未來人。」

對於我的喟嘆，朝比奈學姊似乎想回應什麼而開了口：

「是啊。那個……」

話只到這裡，只見學姊小嘴一張一合了好一陣子之後，美目低垂。

「是禁止項目。就算我想說，也說不出口，就是這樣。」

這樣就夠了。我一點都不在意，學姊也別放在心上。

「可是，那一定很重要。我之前就想過，總有一天會和那種人碰面。只是……沒想到是在這麼不安定的時期……」

「不安定？」

「是的。因為，原本這個時間點的我，是正和涼宮同學在一起的那位才對。」

或許原因就是出在這。

我從大衣外側壓了壓內袋裡的密函。假設我和朝比奈學姊在此和那個邪面郎相遇是規定事項的話，按理說朝比奈（小）就不可能和春日、古泉等三人在一起。之所以能成立，是因為從八天後過來的朝比奈（實千瑠）和我一起行動。

我一直將儲存媒體緊握在手裡，直到手心冒汗才回過神來。雖說今天的重要課題是這個才對，但是比這個東西是什麼更讓我在意的疙瘩已然成形。我將撿來的那東西丟進放密函的同一個內袋，又開始對剛剛才離開的邪面郎火大起來。凡是想為害朝比奈學姊的傢伙，不管他是過去、現在或未來人，我一概都不會饒過他。鶴屋學姊也不會輕易饒了他。相信春日更不會，長門和古泉應該也不會輕易放過對方。

「還會再見到他嗎？」

「大概會。」

朝比奈學姊意外乾脆的點了點頭。怯懦的神情已由困惑，轉為若有所思。值得高興的是，學姊尚未發現她一直挽著我的手。

「那個人說，說他和我的規定事項是一樣的。我相信應該沒差多少。而且……」

話又講到一半就斷了。那也是禁止項目嗎？

「不是。」

朝比奈學姊終於稍微離開我的身子。

「他看起來實在不像是壞人。阿虛，你認為呢？」

我的看法暫且擱一邊，光憑他說了那一堆令人火大的話，又把我和朝比奈學姊用輕蔑的口氣貶得一文不值，就搆得上壞人的標準了。可以叫本大爺你是笨蛋的人……算了，是有那麼幾個人在叫，但是絕對不包含今天才初次碰面的那渾小子。

當然，就算他叫我的綽號，我也不會高興。

當了半小時的摧花狂魔，加上又有怪人鬧場之故，多出來的時間都浪費掉了。春日規定得回站前廣場集合的時間是下午四點正，現在已經三點多了。從這裡回到圖書館將長門從書架前掰開來，直接殺到車站前應該還有的是時間，可是我又不能放這位朝比奈學姊自個回去。就算幫她叫計程車，也無法防範司機是不是那群來歷不明的傢伙的共謀。對於方才那個害我的瞎操心指數再次上昇的冷笑邪面郎，我又更加不爽了。

雖然對錢包很傷，還是陪朝比奈學姊搭計程車回到鶴屋學姊家後，再原車直接殺到圖書館去吧。

我攔下正好經過的一部個人車行計程車，和朝比奈學姊一同坐進去，關上車門後問道：

「鶴屋學姊的住址是什麼來著？」

「啊，我也不清楚耶。是什麼町來著呢？」

此時，中年司機親切的發話了：

「您們說的是那棟很大的鶴屋宅邸嗎？我知道怎麼走。」

連自宅都可以當路標，鶴屋一家實在是太好用了。我連打電話問地址的麻煩都省了。

中年司機似乎很健談，先是問我們讀幾年級，接著又想知道我們的高中生活過得如何，然後又告訴我們他兒子現在是小學生，連打算讓他兒子進私立明星國中的計畫都不吝分享給我們知道，就這麼聊著聊著，車子已抵達鶴屋家正門。

先行下車的朝比奈學姊頻頻向我跟司機道謝，我目送她的身影直到在鶴屋家建地內消失為止。總算放心了。相信新未來人也不敢找上鶴屋家來。人人都該擁有一位值得信賴的學長姊。

「接著到市立圖書館。」

我靠在座椅上，說出下個目的地，緊繃的精神終於舒緩下來。

我一趕回圖書館，就見到長門站著看書的等人模樣。抱著重量感十足的精裝本站著看，竟然一點都不顯疲態，教我好生佩服。

「讓妳久等了，抱歉抱歉。」

「沒關係。」

長門啪答一聲闔上書皮，踮起腳尖將那本像是辭典的書本放回書架上，掠過我身旁，快步走向出口。

我慌忙跟上她的腳步，從內袋掏出那個叫儲存媒體的東東。

「長門，妳知道這玩意是什麼嗎？」

那時我們已走到了圖書館外，長門腳下不停歇地慢慢將臉轉過來，凝視著我的指尖。

「事情是這樣的——」

我一邊朝車站的北口前進，一邊敘說來龍去脈。我對長門沒什麼好隱瞞的。包括鞋櫃裡的密函，以及剛才發生的事情全部一五一十跟她說。

「……是嗎。」

長門以普通的無表情點點頭，普通平坦的音調回答：

「那個記錄裝置被輸入了破損的檔案。」

她以電腦斷層掃描般的目光凝視著那片薄板說：

「一半以上都損壞了。保存下去也沒意義。」

是什麼檔案？

「情報不足。損傷度很高，消失的部分太多了。」

裡面放的東東連長門也不曉得是什麼嗎？那這世上就沒人曉得了。我要送這東西過去的那個收件人會曉得嗎？

「在修復的過程中，有可能會轉換成完全不同的檔案。」

長門露出讀取完畢的表情，目光移開了記憶裝置。

「可以推測得出那是什麼。」

垂在背後的連身帽在她行走時不斷晃動著。

「填補那份檔案的缺損部分之際，在兩百一十八處輸入和原本的檔案不同的情報，原本參引該記憶裝置的播放器用別的格式閱覽，就能得到某種技術的原始基盤的理論。」

我想進一步詢問前，長門繼續頭也不回的說道：

「那是朝比奈實玖瑠所使用的，時間移動理論的原理性基礎檔案。」

只不過——以下是長門的解說。

就算順利拿到那份檔案，以人類目前的科學知識與技術力也是無法理解箇中意義，更不可能直接聯想到那和時間航行有關。可是，那的確是不可或缺的重要檔案。沒有這個情報就無法開發出時光機器，人類也不可能穿梭時空。她們的時間移動方法，是藉由摸索好幾千次之後偶然的發現或發明運轉的。那個發明的根源就是——

「這東西是嗎？」

「對。」

一臉不感興趣的撲克長門步調絲毫未放緩，我也只能加緊腳步。原來我手上握有掌控未來的燙手山芋。一股無形的巨大壓力襲來。

「檔案也可能是假的。」

長門應該不是在挑撥離間。

「很難想像那份檔案會是唯一一份存檔。理應會有複數的備份檔才是。」

想想也對。一般託運的貴重物品，多半都是調虎離山的誘餌，真品早已採用別的管道安全運抵，諸如此類的案例比比皆是。朝比奈（大）朝我眨眨眼、食指放在櫻唇上，巧笑倩兮的影像又浮現在我眼前。可是她也有剋星，那個人就在我身邊。

「啊啊，對了！長門。」

我對著迅速向前行的那顆頭髮半長不短的頭顱說：

「今天真是不好意思。」

長門的步伐略微減速，無表情的臉孔轉向我，進行無言的詢問。

「沒有啦，是我昨天忘了跟妳說我有約朝比奈學姊，沒說明原委就求妳幫忙，想想實在是很不好意思。」

「…………」

長門就這麼轉頭看著我，繼續向前直行。黑眸像是在探索我的真意，凝視了大概十步左右的時間，我終於坦承：

「是朝比奈學姊要我跟妳道歉。總之，真的很抱歉。」

「……是嗎？」

長門終於又看向前面。淡淡繼續走著的她，大約過了五秒左右，又說道：

「是嗎。」

車站前，春日和朝比奈學姊像對玩累了的幼犬姐妹相依偎在一起，站在一旁的古泉臉上掛著人畜無害的微笑。

集合完畢後，我們又轉移陣地進入咖啡廳進行午後成果報告。當然，要對春日提交的報告內容從去年春天以來就乏善可陳，打死我也不敢跟她說又出現了個怪人。所幸和第一屆不同的是，即便我報告「沒有發現不可思議或是可歸類為不可思議的現象」，春日的心情也沒有變差。

「好吧，偶爾就是會有這麼一天嘛。」

除了「這麼一天」，還有什麼樣的一天嗎？

心情不只沒變差，反而還特別好的春日，咕嚕咕嚕地喝著卡布奇諾後說：

「明天也要來喔！不可思議現象一定料想不到我們會連著兩天進行搜尋。我們要出其不意，才能抓到它的狐狸尾巴！不可思議現象總是會意外出現。就像在轉角處遇到那樣偶然。」

是啊是啊，還會突然從後面出聲叫你呢。我的無名火又上來了。一想到那渾小子觀察我和朝比奈學姊時臉上浮現的輕蔑微笑，我甚至有種喝下肚的歐蕾突然成了黑咖啡的錯覺。你給我記住，下次再讓我遇到，我就抓住你脖子丟到春日或是長門面前下跪。

大概是我的臉太臭了，春日偷瞄了我一下，似乎想說什麼，最後什麼也沒說，接著又露出匪夷所思的笑容。

「嗯，算了。記得明天要到喔！日期一旦改變，狀況也會跟著改變的。永遠都過同樣的日子豈不是很無趣？在我的想像中，星期天才是最棒的獵奇日。因為它給人很悠閒、容易掉以輕心的印象。還有，它和星期一應該也互看不順眼。我就是有這種感覺。」

聽著春日擅自將星期給擬人化且賦予個性的蠢話，我能熊想起下週一學校也放假，就在我擔心市內搜奇會不會連續辦三天時，又憶起朝比奈（實千瑠）學姊不是那麼說的。和春日聊得很開心的朝比奈（小）含蓄的笑聲，正在療癒我的心靈時——

「今天就到此為止吧。」

春日發布解散宣言。

就如我所聽說的，時間剛好是下午五點正。

唉唉唉。想想今天可真是死了不少腦細胞。

我騎著腳踏車逆風而行，回想中午前古泉說的話、二人份的朝比奈學姊、沒報上名號只是口出惡言的那個渾小子、長門毫無起伏的表情、春日無意義的活力臉龐。儘管我不想再捲入麻煩、也不想再思考，偏偏比這更麻煩的還沒結束。我大可兩手空空直奔家門，但我並不健忘，也無法裝作沒看見內袋中的東西，那提醒著我明天還有任務要執行。

所以，我還是繞到了便利商店，買了郵票和信封，又直接前往大賣場。

在寵物專區張望了好一陣子，整顆心都被和三味線大不相同、附有血統證明的名貓名狗們給奪走了，好不容易才斬斷誘惑，認真找起烏龜賣場，最後發現了被飼養在同一個水槽裡，和樂融融的疊起羅漢來的小烏龜和小綠龜。可以的話真想找朝比奈學姊一起來。我很想看看學姊貼在有放美國短毛貓或是喜樂蒂的玻璃櫃上驚嘆「哇～」眼神閃閃發亮的模樣。我妹那麼做的畫面，我已經看膩了。

我開始打量起水槽裡的小龜。

「嗯～要選哪隻好呢～」

物色大會開始。小龜們幾乎一動也沒動，一個個交疊在以遠近法鋪設出來的岩石層上。真是可愛極了。可以理解為何有那麼多愛龜人士。不過牠們好像不太愛理人。沒辦法，誰叫現在是冬天呢？話雖如此，我明天就要將烏龜放入寒冬中的河川了，這真的是令人兩難的行為。烏龜到底會不會開心被野放呢？終日關在溫暖的水槽裡度日，和回歸到自由歸自由，卻嚴苛的大自然，哪個會給牠好印象呢？

或許是感應到我炙熱的視線，一隻小烏龜緩緩抬頭仰望空中。可能是因此破壞了平衡，噗通一聲，那隻小烏龜從岩石上掉入了水中。只見牠四肢並用划到了過濾器噗咕噗咕產生水泡的水邊，可能還是太冷了，過沒多久又回到同類的背上。好，就決定是你了。

我叫住正忙著卸貨的店員，指著那隻烏龜，表明我的購買意願。這位不知是正職或兼職的大學生模樣的店員，頓時開心得不得了，拿出陳列在架上的烏龜專用商品，以懇切又慎重的熱心態度開始說明烏龜的飼育方法。我還想說只要拿個紙袋提回去就行了。畢竟我不是買來養，而是要放生的。可是當時的氣氛實在很難說出口，萬一他問我為什麼要這麼做，我可答不出來。連我自己都很想知道為什麼。

結果，我以身上沒帶那麼多錢為由，委婉地拒絕了對方的盛情，青年店員就拿了個小塑膠箱，鋪了些砂礫，裝了些水槽的水，小心翼翼得像是在捧什麼珍寶似的，把我看上的那隻小烏龜抓到塑膠箱中，連同飼料盒一同遞給我說：

「烏龜之外的物品全部送給你。」

他露出愉快的笑容，引領我到收銀機去。看來這位店員真的很喜歡烏龜。

「若有關於烏龜的任何問題，隨時都可以來問我。」

說完，他就自己打收銀，自掏腰包付箱子和飼料錢。真是不好意思啊～這隻小烏龜明天就要面臨被丟到河裡的命運了。

內心帶著些許的酸楚，我拿著裝在箱子裡的小烏龜出了大賣場，將東西全放進腳踏車籃裡，再度上路。

時間已從白天變成黑夜，但我還不能回家歇息。得去一個地方才能讓今天畫下休止符。

「哈！阿虛！我就知道你會再來。晚安！」

前來開門的是在星空下照樣散發陽光氣息的和服俏姑娘，讓我連車帶人一併進屋叨擾的，自然是鶴屋大宅。

「嗯？那是什麼？伴手禮嗎？」

鶴屋學姊目光停駐在車籃裡的箱子。

「哎呀，是烏龜，小烏龜！真是謝謝你了，不過我家的池子養很多草龜了。不知不覺就繁殖了好多，將這麼小隻的放進去恐怕會被欺負得很慘。」

很遺憾，這不是要送給鶴屋學姊的禮物。硬要說的話，是要交給朝比奈學姊的寵物。

「是嗎？那真是很遺憾～！對了，阿虛，不好意思喔。我今天無法親自送實千瑠到圖書館！實在是抽不出時間。」

我將腳踏車停在廣闊的日本庭園一隅，拿起裝有烏龜的飼育箱，和鶴屋學姊並肩一起走，順口詢問：

「學姊今天是有什麼事啊？」

「法會。今天是我們全家齊聚一堂，在祖先靈前追思的日子。是我老爸的老爸，也就是爺爺的忌日。他這一生過得可精采了。會上大家都在聊他的趣事，熱鬧得跟宴會沒兩樣！」

毫不避諱說給我聽的鶴屋學姊，走路的方式活像是卯起來準備跟烏龜比長跑的兔子。

「你那麼擔心實千瑠嗎？何不乾脆留下來一起住？我會在旁邊打地鋪，只要你沒有非分之想就ＯＫ。」

學姊以一張完全沒有緊張感的笑容面向我。感謝學姊猶如仙女變給仙杜瑞拉高級衣裳那般的美意，萬一我一時昏了頭應聲說好，學姊鐵定會賞我一記彈額頭讓我清醒清醒。誘惑繞了一圈，成了陷阱又回來等我往下跳。鶴屋學姊也知道，才故意那麼說。

「那種想法我連有都不敢有。」

我會回答什麼，大概也在她預料之中。假如真的能睡在兩位學姊中間，我的神經一定會緊繃到睡不著。儘管身體累得要命。

可能是因為冷，小烏龜瑟縮在箱子一角動也不動。我頓時覺得丟在鶴屋學姊家的池子裡搞不好還比大自然的河川來得好，但是朝比奈（大）的指令又不能違背，真是左右為難，怎麼做都不是。

「啊，阿虛嗎？」

見到了被鶴屋學姊領進別館小屋的我，朝比奈學姊聲音中帶點詫異。可能想說不是才剛分手，怎麼我又來了吧。可見她忘了這個。我將烏龜飼育箱交給她。

「明天請學姊帶這個來好嗎？」

請回想一下#4密函的內容。『明天上午十點五十分以前將烏龜丟入河裡。』是我和朝比奈學姊將執行的最後任務。因為同樣要搭明天市內搜奇行動的順風車，在時間點上自然得好好做一番安排。我上午九點要和春日他們在站前集合，然後在咖啡廳吃吃喝喝、抽籤分組，少說一個鐘頭跑不掉，烏龜還是請朝比奈學姊帶過來比較妥當。要是帶這種東西去到集合地，即使對方不是春日，我也會遭受質詢的口水風暴。

「嗯，是呀，說得也是。」

朝比奈學姊接過箱子。

「我也記得星期天早上，阿虛什麼都沒有帶……」

咳嗯！一聲咳得很故意的乾咳傳來。是在和室折疊桌上準備我們三人份用茶的鶴屋學姊發出來的。她閉著一隻眼睛，感覺上有點像在對我眨眼示意。

「明天也請人接送實千瑠會比較好吧？」

「可以拜託學姊嗎？」

對於我的順勢提問，鶴屋學姊乾笑了一下。

「啊——我也很想，不巧我明天的行程也是排得滿滿滿。我必須出席家族會議。不過你放心！我會跟家裡的人說一聲，派車送實千瑠過去。時間呢？」

上午十點四十五分，請送學姊到河川沿岸的櫻花步道上。詳細地點這位朝比奈學姊知道。朝比奈學姊迷糊歸迷糊，也不至於會路癡到找不到那張回憶的長椅才是。

「ＯＫ，ＯＫ，包在我身上。回程再叫計程車坐回來。」

鶴屋學姊大力拍了拍玲瓏的胸脯。

「我明白阿虛在擔心什麼。我也常常和實玖瑠走在鬧區呀。差不多每隔兩百公尺就會有人來搭訕。真是煩不勝煩。這就叫作實玖瑠魅力、凡人無法擋吧？」

再加上四射的鶴屋活力，那更是無人能敵。

「實玖瑠看起來就像是有機可乘的小乖乖。那也是我最擔心的。假如她身邊有個帥哥跟前跟後，我倒還比較放心。」

要真是那樣我就更不放心了。光想像那些有的沒的，我就註定每天過著煩悶不已的生活。

「哈哈哈哈！實千瑠，妳有讓阿虛安心的法寶喵？」

有喵～就算她這麼跟我說，我也認為沒有。朝比奈學姊被鶴屋學姊的話惹得滿臉通紅，小手連忙否認。有如啞巴吃黃蓮的表情，是想守住基本上在這裡的不是朝比奈實玖瑠，而是實千瑠的設定吧。我個人是早就無所謂了，相信鶴屋學姊也是，算了，繼續裝下去也好。畢竟那也是我出的主意。

明天任務的前置作業差不多都ＯＫ了。我喝著鶴屋學姊泡的澀茶，打量朝比奈學姊。她凝視著幼龜，隔著塑膠箱子用手指逗弄牠的模樣，讓人會心一笑。是該認真想想要將這位朝比奈學姊寄放在鶴屋家到何時了。照現在這樣下去，她好像會和朝比奈（小）錯身而過，滯留在這個時間帶似的，那樣行嗎？還是得讓她再回到八天——不，現在算來是三天——後？

我想起信封上的編號。＃3、＃4，還有＃6。只要不是未來對數字的算法有了變化，譬如四接下來是六的話，應該還有一封＃5的信落在某處。拼圖的缺片還沒有寄到我這邊來。＃6密函是不能給這位朝比奈學姊看的。恐怕連提都不能提。信上是這麼寫的。

『當一切結束後，請到七夕那一夜我與你相會的那張公園長椅來。』

鶴屋家的茶風味絕佳，口感比社團教室喝的要高級許多。我真的很感激解語鶴的貼心，未針對我為何帶烏龜來一事問東問西。看著貼在塑膠箱上觀賞烏龜的兩位學姊，我開始動腦筋。

當一切結束後——換句話說，朝比奈學姊從八天後過來這件事對朝比奈小姐而言是規定事項。可見不久之後就會解決。

我與你——這個「我」指的是朝比奈（大），不是（小）（實千瑠）。至今四年前的七夕，我在那個地方兩度和同一個人面對面。

我的嘴巴又開始癢了。該不該跟朝比奈學姊明說，將莫名其妙的幾封信放到我的鞋櫃的人就是未來的妳呢？朝比奈（大）當初又看了幾封信？不管我怎麼做，都會成為規定事項嗎？

還有，這位朝比奈學姊又察覺到多少了？我只是照著未來的指示去做，對朝比奈學姊總是含糊其詞。這麼做到底正不正確啊……

我微微搖了搖頭。

理不出頭緒來。這就叫苦思不如不思吧。這也是那個邪面郎撂下一堆怪怪的狠話就走人的後遺症。管它哪個才正確。這也是長門對我的訓示之一。

未來的事想再多也沒用。未來自己的責任要由現在的自己來揹負。到那時候，我會拚命詛咒過去的自己。現下的我只能努力做到最好，以免被未來的自己咒得半死。沒時間多想了。

動手去做就對了。

稍事歇息後，我就告辭了鶴屋家，回自家去。睡在床上的三味線的睡臉看起來好和平。只要這傢伙能睡得如此安穩，這個世界也會繼續平穩下去吧。不過，就算天地異變，我想牠也不會得不眠症。

「一切就看明天了……」

明天要一併做解決。在春日的不可思議搜尋行動連續第二天，將烏龜放生。我該做的事應該就只剩那件事。那沒什麼難的。和之前努力開挖挖不到的寶藏，昧著良心害素昧平生的陌生人送醫、移動大石、撿起記憶裝置寄到某處去比起來算不了什麼——喔哦，還有那件事。我得在忘掉前趕緊行動。

我在便利商店買來的新信封上，寫下＃3記載的住址和名字後，放入那個儲存媒體，再貼上不管寄到哪一國都不怕郵資不足的郵票，再度披上大衣。當然，寄件人的姓名我沒有寫。

將匿名信投入郵筒之後，接下來只能祈禱郵寄過程中不會發生差池了。妳可別指望我包生還包養喔，朝比奈（大）。

妳交代我的事，我應該會圓滿達成。到時絕對要告訴我來龍去脈喔。當一切結束後，在那張七夕的長椅上相見。

第六章

命運的星期天來臨。

和昨天一樣，我九點以前就騎著腳踏車來到了站前廣場，大家也一如往常早就到齊，在照例由我買單請客的咖啡廳抽籤分組，也照預定是我和長門分到一組。事情只要跟長門交代過一次，長門就不會忘。也不會有失誤吧。這點我得好好向她看齊。尤其是跟長門的約定，說什麼都得死守。畢竟長門待我不薄。

我在咖啡廳時頻頻注意時間，一方面也注意到春日似乎比昨天更ＨＩＧＨ了。但我現在沒心思去管那個。自從開始尋寶後她就一直是這個調調，月初的低潮大概是身體不適吧。

春日拚命跟朝比奈學姊咬耳朵，不時露出意有所指的笑容，這真是不可思議的光景。我很想知道跟春日交頭接耳的朝比奈學姊為何笑得那麼幸福，但是古泉和長門的表情並沒有變化，看樣子應該不會發生什麼天地異變的事情才是。

當我將杯底殘存的維也納咖啡泡沫喝乾時，春日將帳單滑到我面前，站起身來。

時間是上午十點正。

就算徒步走到河川沿岸的櫻花步道，時間也相當充裕。

再度集合是正午時分，將烏龜放生後就走，加上來回時間也一併列入考慮的話，還剩下很多時間。

看著春日、朝比奈學姊和古泉的身影逐漸遠離，我對長門說：

「抱歉。今天妳一個人去圖書館好嗎？一小時後我再去接妳。」

「是嗎。」

長門拉起連身帽戴在頭上，看也沒看我一眼回應我。

「長門，我和朝比奈學姊在做什麼，妳曉得嗎？」

「必要的事。」

長門喃喃低語，朝圖書館的方向走了出去。我躊躇了一會，也追上去。

「對誰而言？」

「你和朝比奈實玖瑠。」

妳沒包含在內嗎？春日和古泉咧？

「…………」

一言不發繼續往前走的長門，最後連身帽的深處發出了平坦的聲音。

「可能會加入。但還不曉得。」

可能是停下腳步的我模樣看起來很沮喪吧，長門忽然回過頭來，以玻璃般的眼眸定在我的臉上。

「可是……」

她的瀏海在風中飄揚。

「很快就能知道了。真要是那樣的話我會採取行動。古泉一樹也會。」

自我認識長門以來，她的說話方式就一直是像這樣跳來跳去不連貫。

「進行方向一致。我也是。你也是。」

彷彿那就是結論，長門又忽地面向前面，靜靜往前走。這次我沒追上去。

「謝謝妳，長門。」

因為有點難為情，我說得很小聲。逐步遠離的連身帽身影有沒有聽到我不曉得，但我相信她意會得到我的心意。這點神通長門不可能沒有。

這也讓我確信了某些事。儘管有程度上的差異，但我確信我和長門、古泉以及朝比奈學姊是彼此的連帶保證人。正中央有個耀眼如恆星的春日，我們就等同於繞著她打轉的惑星。世事本難預料，或許有一天夜空中的火星和金星會突然消失，讓人感到相當寂寞吧，起碼占星師就會很困擾。我也是。在查明火星人和金星人百分之百不存在之前，我可不希望地球的鄰居連一聲預警都沒有就消失不見。平常沒意識到的東西忽然不見了，讓人陷入大恐慌的案例時有所聞，還意外的多。呃，就拿應考時的自動鉛筆芯來說好了……算了，這種無聊的比喻不聽也罷。總之，我死也不想再度體會去年十二月嚐到的那種巨大失落感。

「這又是長門告訴我的。」

我該走哪條路，冥冥中早已註定。

三十分鐘後，我抵達了河岸。怒放的櫻花在秋季已經全然不見蹤影，只剩褐色樹枝裸露在外，瑟縮著等候春天到來。我沿著步道走向長椅，俯看位於低處的河川。這裡是典型的天井川（註：堤防有多餘的泥沙淤積，造成河床比周邊的平原高的河川），水面離河岸差不多有三公尺。護岸工程做得很完善，給人清爽的好印象。水量不是很大，水深也只有幾公分程度，加上又是下游，所以水流相當平穩。到了夏天就會看到一票不知人間險惡的小孩下水追逐小魚的歡樂模樣。至於在這麼冷的冬天，是沒有人會想接近冰冷河水的。

岸上不見得也是如此，但我以前坐在上面聽朝比奈學姊講述未來的那張長椅是空著的。雖說今天是星期假日，但是在這麼冷的天，又不是日正當中的時刻，幾乎不會有人來河岸散步。櫻花步道上幾近無人狀態。只有一組看似悠哉的狗兒和快要冷死的飼主，默不作聲的散步著。

正當我努力發揮演技，扮演一名聆聽淙淙流水聲，思想頗有見地的孤高男學生時——

「阿虛。」

朝比奈學姊從面向車道的階梯走上河堤。裝小烏龜的容器是記得帶了，昨天的口罩卻忘了戴。算了，沒差，單是蓋頭遮臉的針織帽和脖子上的披肩，給人的印象就大不相同。再說今天做完這個，任務就結束了。

朝比奈學姊先是朝我揮揮手，又轉身向著車道一鞠躬。定睛一看，有輛像是有錢人家的第二輛車的高級國產車悄然駛離，那應該是鶴屋家的車。我也得跟司機先生道聲謝才是。

上午十點四十四分。我和朝比奈學姊走到河邊，正好四十五分，時間拿捏得剛剛好。

「河水……好像很冰……」

朝比奈學姊低頭看了看流速緩慢的水面，又將箱子拿到面前，凝視著烏龜。

「不知道這隻小烏龜能不能順利長大?」

對小生命也呵護備至的溫柔學姊說道：

「請等我一下下。」

她將箱子放在地上、打開蓋子，從大衣口袋取出烏龜的飼料盒。小烏龜朝突然消失的天花板伸長了脖子，露出疑惑的表情。朝比奈學姊一取出飼料靠近牠，小烏龜就整個吞了下去。才花了一個晚上，小烏龜就變得如此通人性，可見朝比奈學姊的人德有多深厚。

儘管朝比奈學姊和小烏龜彼此很依依不捨，可是很抱歉，時間快到了。離十點五十分只剩三分鐘。

「春天時要再來喔。」我用誘哄的語氣將小烏龜抓起來。小小的幼龜毫不抗拒，乖乖躺在我的掌心一動也不動。

「再相逢時，這孩子一定大了一號。」

雖然無憑無據，但我也只能這麼說。我甩開朝比奈學姊擔心小烏龜的視線，做出拋擲姿勢。就在我要以一記極盡優美的低肩側投丟出去之際——

「打擾了。」

背後冷不防地傳來這麼一聲。握著烏龜的我，差點就掉入河裡。連續踩了好幾個空，好不容易才重返地面，連忙轉身向後看。

「上次謝謝兩位大哥哥、大姊姊。」

一位聲音稚嫩，戴著眼鏡的小小少年正向我們低頭行禮。他就是上個月我從千鈞一髮的交通事故中救出的那位少年，我稱之為眼鏡弟弟。此外，他就住在春日家附近，春日平時也會擔任他的臨時家教。

「啊……」

朝比奈學姊相當驚訝，我也是。我壓根沒想到會再見到他。

「請問你們在這裡做什麼？」

眼鏡弟弟以和我妹天差地遠的知性臉龐，直盯著我和朝比奈學姊，以及我手上的烏龜瞧。

我才想問你在這裡做什麼咧。

「我正要去補習。」

我才要開口詢問，少年已經主動說明，指著肩上揹著的背包。

「我每次都是走這條路去補習班。那時候也是。」

少年又再度一鞠躬，露出不可思議的神情，目光緊盯著地上的箱子和我掌心裡手舞足蹈的有殼爬蟲類。

「大哥哥是要將烏龜放生嗎？」

「嗯……對。」

這麼一回答，我內心又開始為罪惡感所啃咬。朝比奈學姊和這位少年的目光都透露出他們對小烏龜深表同情，無言的問著：在寒冷的冬天將這麼小一隻烏龜丟進河裡是要做什麼？我也是千百個不願意啊。問題是這件事不做又不行。

眼看手錶上的時間離指定時刻不到一分鐘了，情況不容許我再發呆，我高速運轉不甚靈光的腦袋。

「弟弟，你家可以養寵物嗎？不，我意思是說，你帶這小傢伙回家，爸媽會不會生氣？」

少年推了推眼鏡說道：

「我想應該不會。只要我負責照顧的話。」

「是嗎。那好，你等我一下。」

我抓起小烏龜的背部，在河邊蹲下來。我們所在的岸上離水面高約三公尺，不是很大的距離。河川的流速緩慢，也不至於將烏龜給沖走。

我輕輕將烏龜丟了下去。就像在丟羽毛似的，儘量減輕牠落水的衝擊。

「啊！」朝比奈學姊驚呼。

噗通一聲，烏龜落水了。泛起同心圓狀的漣漪，沉入緩慢的水流中，朝下游而去。

少年定睛凝視著那副光景，彷彿連大氣都不敢喘一下。

一度沉下去的烏龜，踢擊淺淺的河底，再度浮出水面，對於自己製造出的漣漪感到困惑，在河裡載浮載沉了一會兒後就開始划水，爬上附近的石頭，伸長了脖子。看牠的模樣應該不是在跟我們道別。比較像是對自己開闊不少的眼界進行龜類思考。

就這樣，漣漪逐漸歸於平靜，獨留石上一小烏龜。

朝比奈（大）的盤算精確到什麼程度我不曉得，但是她下的指令到「將烏龜丟入河裡」的部分，我是已經完成了。將丟到河裡的烏龜怎麼處置是我的自由——我一邊說服我自己，一邊脫下襪子。逕行捲起褲管準備萬全，留下杏眼圓睜的朝比奈學姊和少年下水去。水溫果然冰得要命，腳底踩到苔蘚之類濕濕滑滑的東西，感覺也有點噁心，但是我每次回鄉下就會和堂兄弟表姊妹一起去玩水，所以這在我來說是小ＣＡＳＥ。

「抱歉喔，小烏龜。」

烏龜抬起小小的頭。我伸手過去時，牠連逃也沒逃，直接就讓我逮個正著。也許這隻烏龜會想說：抓我就不要再丟我。幸好我沒什麼龜文素養。我一隻手拎著烏龜上了岸，將牠裝進原本的箱子時，腳底的冷氣一直竄到後腦勺。嗚，回去會拉肚子。

我一屁股坐在地上，抬高雙腳在空中甩水滴，同時說道：

「弟弟，那隻烏龜送你。」

「可以嗎？」

自某一段落才從旁觀望到最後的眼鏡弟弟有所顧慮的問道：

「大哥哥不是有特別的理由，才要讓這隻烏龜回歸河川的嗎？」

我知道這是小孩子旺盛的求知慾在作祟，不過就和對烏龜一樣，我沒有答案可以滿足你的求知慾。畢竟我連自己的行為意義何在都無法解釋。

「那個無所謂了啦。選在寒冬突然讓烏龜回歸大自然，牠也會覺得困擾的。如果你肯收養牠，牠的境遇絕對比泡在冰冷的河川溫暖太多。」

朝比奈學姊，可以吧？雖然妳說過信上的未來指令是絕對要遵從的，但我的所作所為並沒有違反信上的指示。儘管如此，我還是有點擔心，不過向來對小動物呵護備至的朝比奈學姊已悄悄將飼料盒交給少年。

「這個也給你。這是小烏龜的三餐。」

然後，又擺出大姊姊的架式。

「答應我，要好好照顧牠喔。」

「我答應。」

少年老成持重的回答，卻沒有給人不好的觀感。從朝比奈學姊手中接過飼育箱和飼料盒，緊緊抱在懷裡的少年又說：

「我會好好愛護牠的。」

發言充滿了氣慨。其實你不用擺出那麼堅決的表情也無所謂。

「對了，弟弟。還有一件事要你答應。」

有必要先打預防針。上次就是沒打，我和朝比奈學姊才會被春日整得慘兮兮。那個慘痛的記憶至今仍在我腦海中縈繞不去。

「有位叫涼宮春日的，就住在你家附近吧？」

「是的。涼宮姊姊一直都很照顧我。」

聽到「涼宮姊姊」四個字，我全身莫名的都癢起來了。

「今天的事絕對不可以告訴那位春日。我和朝比奈學姊……對了，就是兔女郎姊姊也在這裡的事，還有你這隻烏龜是我們給你的，也是最高機密。你可以保密嗎？」

「可以。」

少年十分認真的點了點頭。這樣我就安心了。朝比奈學姊也順便問一下：

「你帶烏龜回去養，真的不要緊嗎？那個……令堂或是家人，會不會跟你說不可以拿陌生人的東西？」

「不要緊的。我會找個好理由塘塞過去。」

少年挺直了腰桿。

「我會跟他們說明，用這隻烏龜做實驗的人，因為不需要了，要將牠處理掉時，我正好經過，覺得牠很可憐，就跟對方要了來……相信我爸媽一定會准許我養的。」

這小朋友實在太可靠了。真希望他能教我妹一點訣竅。兩人差不多同年，差別卻如此大，肯定是生長環境的不同導致的差異。

「那麼，我先告辭了，補習時間快到了。」

家教良好的少年再度鞠躬行禮，朝比奈學姊摸摸他的頭，說道：

「上次的約定也不要忘記喔。你一定要小心車子。小心不要發生任何意外，還有，要努力用功讀書。那麼，你將來一定會成為很有用的人。而且是萬古流芳的大人物……」

看著朝比奈學姊伸出的小指頭，少年露出了這年紀的小朋友該有的羞澀，戰戰兢兢的打勾勾。朝比奈學姊和少年一大一小的身影，讓我不由得露出微笑。

之後少年難為情的放開手，抱著宛若寶箱的飼育箱告辭，中間並反覆回頭向我們行禮。朝比奈不斷的揮手，直到看不見他的身影，而我也將終於乾了的裸足套上襪子、穿好鞋子時，她才放下手。

「呼……」

朝比奈學姊幽幽的嘆息。對她而言，或者該說是朝比奈學姊的未來版，那位少年好像是很偉大的人物。假如我回溯時光到江戶時代，遇見名留青史的偉人，也會有相同的感動吧。這不用問也知道。那一定是禁止項目。

「呼。」

我也語重心長的嘆了一口氣。與其說是嘆氣，不如說是所有事情都落幕的鬆了一口氣。和這位朝比奈學姊的任務到此應該算是功德圓滿。空罐惡作劇、葫蘆石、謎樣的記憶裝置、還有烏龜。

問題是，接下來要怎麼做，我完全沒有頭緒。最後一封密函#6上面也隻字未提。可是只要朝比奈學姊不隨便外出，繼續寄居在鶴字第一號別館，我就放心了。剩下的兩天什麼也不用做，這位朝比奈學姊自然就會回到我們原本的時間點。相對的，我也得指示現在的朝比奈學姊回到過去，不過那是後天的事。現在的我真可說是如釋重負。

「朝比奈學姊，雖然妳才剛來沒多久，還是先回鶴屋家休息吧。我們搭計程車先送妳回去。我再原車返回圖書館去接長門。」

「好的……」

朝比奈學姊有些心不在焉，走了出去。在我的引導下，我們走到了與河川沿岸櫻花步道並行的車道。站在路肩等計程車的期間，朝比奈學姊的話也很少，似乎有些悶悶不樂。

等計程車時，我也在注意周圍的動靜，深怕昨天那個怪怪邪面郎又來搞怪。那渾小子很明顯是不懷好意，但是表現得太明顯，做為敵人反而沒那麼可怕。說句不客氣的話，他完全無法讓我的寒毛直豎。換作是古泉那種笑面虎採取昨天那渾小子的方式接近我們的話，我反倒會覺得深具威脅。如果不是對方搞錯了登場演出的時間，就是選角錯誤。

喔喔！我發現自己越來越可靠了。這也難怪，回想從一年前開始，我就不斷捲入光怪陸離的突發事件，每次都讓我的眼界更開闊、思想更寬廣。偶爾也讓自己性命垂危。可是現在不同了。雖然比不上長門堅決，但我也有過知道自己要的是什麼的時候。我不會再誤判自己的立場與位置了。

一直都沒有計程車經過，路上的車子也很少。不過像這樣和朝比奈學姊兩人站在一起也是一種樂趣，我並不覺得等待有多煎熬，但是早先我已經叫長門自己去圖書館了，事情辦完不早點去接她實在說不過去。

——心掛意也無路用。或許我真不該一心二用。

下一個瞬間，我目擊到了難以置信的光景。

當時，我並沒有確認手錶的時間。根本就沒有那個美國時間。所以我並不知道正確的時間。可是，我確定是在上午十一點之前。

事件是這麼發生的。

我和朝比奈學站在縣道的左邊車道外側，有一搭沒一搭的注意有沒有計程車駛來時，有輛大車緩緩駛來。這裡不是什麼快速道路，那種龜速沒什麼不對，事實上我也沒多加注意。

可是那輛緩速行駛的車又再減速，沒打燈號就慢慢停了下來。就停在我們面前。

「幹嘛？」我有沒有這麼懷疑過，我自己都很懷疑。

因為那輛廂型車的側滑門突然開啟，從車內伸出一隻手抓住朝比奈學姊的身子往車裡拖，中間不過才數秒鐘的時間。

「啊………!?」

在我察覺到這一聲是朝比奈學姊的尖叫聲時，那輛苔綠色的廂型車連門都沒關上就快速發車，排出的廢氣簡直像是在嘲笑我的反應遲鈍，待我定睛一看，車子已駛向車道的彼方揚長而去，變成小小的一點。

「什……」

我從茫然到恢復神智，只花了零點二秒左右。車子已經從我的視界消失。

慢著，慢著慢著慢著！

這是怎麼回事？朝比奈學姊從我眼前消失了。她被拉進車子裡，而那輛車已疾速駛離看不見車影，獨留我一人站在車道上……這是什麼情形？

「綁架……！」

而且還是在我面前被綁。就在我身旁被綁。我一伸手就可以阻止，甚至要抱住肉票都沒問題，我倆的近距離就是那麼近的朝比奈學姊，數秒鐘前還在的朝比奈學姊，現在已經不在了。

天底下有這種蠢事嗎？

「可惡！居然有這種事!?」

說到慌張，從十二月春日不在教室裡以來，我就不曾如此慌張過。唯有見到朝倉坐在春日的座位上那當時我內心的震撼足堪比擬。

「糟了！」

是那渾小子幹的嗎!?這是昨天那個邪面郎幹的好事嗎？如果真的是，我就太小看他了。難不成那渾小子的登場方式和角色定位，都是為了讓我卸下心防的表演？假如那真是為了讓我誤以為那渾小子不致於釀成大災害，所設下的分散注意力的陷阱的話——

「朝比奈學姊！」

有股刺耳的聲音震擊著鼓膜。那不是強風撼動櫻花行道樹的聲音。而是我臉色刷白、血色盡失的聲音。

我掏出手機，現在只能向別人求助了。不管是誰都好。只要能將朝比奈學姊帶回我身邊，看是找警察或是消防隊或是自衛隊甚至是總商會都無所謂。我的手指半自動的開始撥打號碼，但我連自己打到哪都不曉得。只知道耳朵聽到撥通的鈴聲，對方很快就接起來。

『怎麼啦？阿虛。』

是春日的聲音。事情發生得太突然，加上我魂只回來一半，才會打去給春日吧。話說這時的我早就喪失了大半思考力。

「春日不好了！朝比奈學姊被綁架了！」

相對於不假思索就討救兵的我——

『啊？你說什麼？』

春日的聲音聽起來相當悠閒。急得整個胃袋都快翻過來的我再度嘶吼：

「我說，朝比奈學姊被綁架了！不快點去救她的話……」

『喂，阿虛。』

春日以幾乎可算是優雅的語調說道：

『我不知道你想幹嘛，但拜託你打這通惡作劇電話之前，劇本也稍微編一下，不要這麼無聊的。你到底是哪根筋不對啊，說這種睜眼瞎話。實玖瑠就在我身旁。如果騙我說是有希，我還可能相信。』

「不對！不是長門！是朝比奈學姊……」

這時我才猛然驚覺，再跟春日怎麼解釋都是白搭。沒錯，現在這個時間點，朝比奈學姊是跟春日在一起。只不過那位朝比奈學姊是原本就在這個時間點的朝比奈學姊，不是出現在清潔工具置物櫃的那位朝比奈學姊，而說到那位朝比奈學姊，就是剛才被車子擄走的——

『扣一分。編這種馬上就會被拆穿的謊話太遜了。而且，開玩笑就是要讓聽者發笑才有效。懶得理你，笨蛋虛！』

「等等——」

掛斷了。

我拿著手機的手不停的顫抖。我不該在這分秒必爭的時刻打給春日。不用她說，我也知道自己是笨蛋。就算再急著討救兵也不該向春日討……

來電鈴聲響了。

我連確認是誰打來的都沒確認，就按下通話鍵。

『喂？』

是古泉的聲音。在我發話之前——

『請放心。涼宮同學她們並不在我身邊。呃，我是跟她們說要去上洗手間，藉機離開的。』

誰問你這個了。那個根本不重要！最重要的是——

「古泉！朝比奈學姊她……」

『狀況我都了解。包在我身上。他們也差不多快到你那裡了。』

「誰快到我這裡了？」

我在重度的天旋地轉襲擊下抬起頭，時間簡直像是算好似的，一輛車停在我面前。那是一輛黑色的計程車。不知道是哪家車行的，但是很眼熟。以前我就坐過同樣的車，被古泉騙去會《神人》。

那輛車的後車門打開了。

「請上車。快點！」

坐在後座的客人向我招手，我飛也似的跌進車內。坐在熟悉車內的是熟人的身影。在我消化完所有事態前，車門已關上，突如其來的重力讓我的身體陷進座位裡。

「我們這就去追車。」

旁邊響起的清脆聲音，我也似曾聽過。夏冬兩季都受這人關照過，我不可能這麼快就忘了她的名字。

「森、森園生小姐？」

「好久不見。」

也才一個月不見，說是好久是有點誇張。可是，為什麼森小姐會在這裡？身上也不是我熟悉的女侍裝扮，而是街上到處可見的普通ＯＬ服裝？

森小姐露出往常的沉著笑容說道：

「古泉沒跟你說明嗎？我也是『機關』的一員。女侍只是隱人耳目的身分，只限定和你們在一起時的兼職時間。」

彷彿是為了讓我安心，森小姐的目光移向駕駛座，並點了點頭。

「不光是我，他也是。」

舉起操縱方向盤的左手，司機透過後視鏡和我目光交接。

「新川先生……」

「您好。」

之前是廚藝了得的管家，現在又搖身一變成為高速行駛的計程車司機。那位剛邁入老年的紳士說道：

「蠻橫也要有個限度，再怎樣也不能綁架那位可愛的小姐。絕不能讓他們逃掉。」

他再度踩油門，我又越加陷進座位裡。搭乘以恐怖高速行駛的車子的恐懼感油然而生，不過，我一度凍得硬梆梆的頭腦也因此開始融化。

森小姐和新川先生。我知道他們兩人是古泉的同伴，也知道女侍和管家是他們的兼職身分。但我完全沒想到會在這種時候再見到他們。簡直像是早就算計好朝比奈學姊會被綁架，連忙派車來支援我似的……啊，對喔。

「這麼說來一切就通了。」

我勉強擠出聲音：

「你們和古泉老早就知道朝比奈學姊會被綁架吧。所以一直在我們附近待命，應該是這樣沒錯吧。」

「並不是。」

森小姐繼續露出女版古泉般的笑容。

「我們當初鎖定的不是你們，而是他們。看到他們的車駛近你們，才知道大事不妙。我們完全沒料到他們會採取這樣的行動。」

「他們指的是誰？」

我腦中不禁浮現起昨天那個冷笑邪面郎。

「古泉連這也沒跟你說明嗎？綁架朝比奈同學的人，是我們『機關』的敵對組織的手下。」

這麼一來，對方是什麼來歷都無所謂了。管他是未來人還是超能力者都一樣不可饒恕。

「他們為什麼要綁架朝比奈學姊？」

「可能是狗急跳牆。為了確保將來在未來上的優位性才出此下策。」

優位性？

「是的。我認為他們是想押她作人質，好在未來討人情。問題是，他們弄錯人了。他們真正想要綁架的，是現在和古泉在一起的那位朝比奈實玖瑠同學才對。」

毫無道理可言的事，森小姐卻說得像是再自然不過。

「他們計劃得很不周詳。看樣子大概是倉促決定的。至於他們為何突然決定出手，有必要調查一番。」

那個邪面怪人的登場也是很突驁。新的未來人。是那渾小子的現身導致的嗎？

森小姐像是讀透了我的心，點頭表示同意。

「這回他們聯手，表示是來真的了。我們也不會漠視不管的。」

「請問，那個『機關』……」

我差點脫口說出「是我的」，幸好忍住了。

「可以站在我們這一邊嗎？」

「我們的希望是維持現狀。那樣還不足嗎？」

沒有討價還價的餘地，自然沒有過與不足。那班惡徒，就是綁架朝比奈學姊的那群人究竟在想什麼？應該說是，他們究竟是什麼人？既然不是我們的同伴，那就是敵人囉？那又是什麼樣的敵人？

「與『機關』對立的組織、與朝比奈實玖瑠同學對立的未來人、以及，有別於製造出長門有希同學的地球外意識體的另一個宇宙規模存在。」

森小姐條理明晰的分析給我聽。

「我們早就認為他們差不多快出手了。在聽取了古泉年初在雪山發生的怪事報告之後。那三者也可能彼此締結同盟。不，應該是結盟了沒錯。涼宮春日同學的確有值得一賭的價值。可能全軍覆沒，也可能大獲全勝。」

車體彈跳似的晃了一下。遇到平交道沒先停看聽，直接就衝過去的黑色計程車，在S彎道過彎時也完全沒有減速，繼續壓著輪胎疾速奔馳。

「那古泉和你們——」

很快就開始暈車的我說：

「早就知道有另一位朝比奈學姊嘍？也知道從一週後過來的那位朝比奈學姊，這段時間藏身在鶴屋學姊家？」

「假如沒有她，另一位朝比奈實玖瑠同學很可能就會被綁走。而且是在涼宮同學面前。」

那麼一來事情就更糟了。春日會採取什麼行動根本沒人曉得。

「這麼說來……」

從未來過來的朝比奈學姊是成了過去的朝比奈學姊的代綁羔羊。也就是說，為了救過去的自己，得讓未來的自己被擄走，是嗎？原來是這樣啊。所以朝比奈（實千瑠）學姊來到這裡確實是有其必要囉？其實朝比奈（大）信上指示的跑腿遊戲，我一個人也辦得到。看來這就是她要我務必帶著朝比奈學姊同行的用意，因為我一個人去辦就沒有意義了。另一個未來人。烏龜與少年。還有綁架。只有朝比奈（大）曉得一切的來龍去脈。

在我懷著五味雜陳的情緒時沉思時——

「別追丟了，新川。」

「我知道。」

兩人的聲音引領我的意識飄向前方。看到苔綠色的車子了。兩台車一樣都是極速狂飆。以一路追逐到這，中間若發生三或四起交通事故也不意外的無視交通規則的飆車法來看。新川先生的駕車技術早已達到了ＷＲＣ的水準。遠遠超出一名管家的能力。（註：ＷＲＣ＝World Rally Championship＝世界拉力錦標賽）

綁匪的車一路往山上開。再繼續前進，就會穿過秋天趕拍電影的場景之一——森林公園，朝更北方前進了。那裡幾乎都是山路，人跡罕至。喵的！他們將朝比奈學姊帶到那種地方是要幹嘛？不可原諒！

我一直緊盯著前面那輛車的車體後部。苔綠色的廂型車。和當時那輛車是同一車款。跟上個月差點撞飛眼鏡少年的那輛一模一樣。不會錯的。再怎麼想，坐在那輛車裡面的傢伙和我們絕不是一國的。

以超高速度狂飆的綁匪車，終於駛離柏油路面，朝真正的山路突進。新川先生靈巧的切換方向盤，緊跟其後。挨著懸崖硬開闢出來的道路，只有兩台車很不容易才能擦身而過的寬度，也沒有裝安全護欄。開車的人要是一時閃神，就可能連車帶人直接掉落山腳下。

萬萬想不到會演變成飛車追逐戰，但我並沒有冷靜到去注意眼前的驚險狀況。因為我滿心只想著要如何將綁匪海扁一頓。

彷彿要分化我滿滿的鬥志似的，這時手機響了。不過不是我手上這一支。森小姐取出自己的手機附耳接聽。

電話內容我聽不清楚，可是聽得出來是男人的聲音。靜默聽了好一會的森小姐說道：

「我明白了。一切按計畫進行。」

她簡短回答後就結束通話，並以優美但高亢的女聲飄向前座。

「新川，就快到了。」

「包在我身上。」

聲音聽起來就很可靠的新川先生點點頭，將變速器切換到低速檔，發揮引擎制動功能。我連問他想做什麼都來不及問。

「嗚哇！」

車子正好來到未鋪柏油的土石路上的圓弧、逼近彎道的部分。從那個轉角、我們的行進方向，有輛警車從逆向車道衝出來。緊急煞車的警車使了個漂亮的甩尾，側腹向著我們停車。完全堵住去路。

無路可走的廂型車全面煞車，捲起漫天土煙、急遽減速中。看到一個車輪差點衝出山崖的那一瞬間，我全身寒毛都豎起來了，但是綁匪那一方的駕駛技術也是一流的。強硬地調整車勢，像在表演滑胎特技一樣，一迴轉，又半迴轉。擦撞山際發出擾人噪音，幾乎撞上警車橫停的車身才停住。

新川先生也以同樣的步驟，安全又緩慢地將黑色計程車打橫停下。雙面夾擊。這麼一來廂型車就只有崖下的路可以逃了。

「新川，你在車裡待命。」

森小姐一說完，就打開車門站在山路上。我跟在她後面下車，朝廂型車衝過去的當兒，森小姐抓住我的胳臂。

森小姐以眼神制止了我，以清亮的聲音對著綁匪的車子喊話：

「請關掉引擎出來。現在還來得及。」

慎重的語氣依舊，只是和在孤島館和鶴屋山莊聽到的聲音種類有所不同。

從警車下來一位警官。看到穿著筆挺制服的那個人，我再度錯愕不已。警帽底下是豎起大拇指對我微笑的多丸弟·阿裕先生的好青年臉龐。坐在駕駛座的，是他的哥哥·多丸圭一先生，那張好好先生的臉以目光對我致意。

森小姐講電話的對象，就是這兩人嗎？

「放了朝比奈實玖瑠同學。你們的行動已經失敗。沒必要意氣用事擴大事端。」

森小姐威嚴的聲音，使我的注意力再度移回廂型車。因為貼了黑色隔熱紙，看不到車子裡面。就在按捺不住怒火的我打算衝過去，踢廂型車一腳也甘願時，怠速空轉狀態的引擎已然靜寂，苔綠色的側開門也有了動靜。緩緩打開是還有反抗心的表示嗎？

但是，當我一見到現身的綁匪的樣貌時，眼睛頓時睜得老大。一言不發下車的惡徒們，出人意表的不是一臉頑強的惡臉悍兵，而是走在大街上隨處可見的年輕男女。就算想將這班惡徒的臉連毛細孔都記得一清二楚，恐怕最有印象的也只是他們沒有一張惡人臉。

可是，那種疑問在我見到精疲力盡的朝比奈學姊後，就拋到九霄雲外了。被最後一位下車的女人攙扶著的朝比奈學姊似乎失去了意識，美目輕閉，虛脫得像個泥人。

還是不可原諒！

衝過去的我，又再度被森小姐制止。

「相信你們也明白了，不過我還是要重申一次。假如那位有一絲絲小傷——」

看到她妖異詭絕的笑容，我就窩囊的快雙腿癱軟。誰想像得到這樣一位標緻大美女會有如此恐怖至極的笑容？春日偶一為之的笑中帶嗔和她比起來可差遠了。

大概是感應到我全身凍僵的氣息，森小姐又面向我恢復女侍版微笑，然後再度向那群混蛋綁匪說：

「你們放了她，我就放你們走。看是要回去自己的組織或上哪去都無所謂。要不然——」

森小姐的微笑又比剛才更加淒厲，我真的快昏倒了。假如我是那班匪徒，看到這麼一張臉，搞不好會當場縮成小不點。

可是，那些綁匪並沒有嚇得屁滾尿流，只是嘖嘖舌，就放開了朝比奈學姊。睡美人朝比奈虛軟的靠在車輪上、屈膝一屁股坐在地。那群綁匪像是對待易碎物品似的動作救了他們自己。要是他們將一代麗人朝比奈用丟的丟出去，我絕對會大吼大叫，張牙舞爪朝那班天殺的惡徒衝過去。

「車子我稍後會請托運行送還回去。請你們徒步走下山。」

森小姐沉穩的指著山崖下。意思是「給我從這裡回去」。從那裡下山可以是可以，問題是沒有登山工具輔助，要他們直接下去是強人所難。但我心裡頭可暢快了。

「沒辦法。」

綁匪之一的語調，輕鬆得像是搞不清楚自己置身於什麼狀況。

「雖然料想過，還是失敗了。這也是必然的吧。」

說話的人是將朝比奈學姊扶下車的一點紅。細細打量，那名女子怎麼看都像是青少年。年紀上看不出和我有什麼差別。

那女子像是在對我獻媚似的，綻放如花般燦爛的笑靨：

「幸會。想不到會在這種情形下見面，儘管如此，我還是深感光榮。本來我是想找個黃道吉日正式造訪的。」

那女子用肢體語言對同夥打暗號。除了留下來的一點紅，其他人毫不戀棧的離開車子。走在最後面的大學生模樣男子板著臉孔將車門關上，然後朝幾乎算是峭壁的山崖走去。眼看一個、兩個逐漸消失在冬天的森林，森小姐和多丸裕先生似乎不打算將他們繩之以法。

我是恨不得早點趕去朝比奈學姊身邊，但是森小姐仍抓著我的手臂沒有放開。綁匪妹噗嗤一聲笑出來。

「你不用擔心。你的寶貝未來人一點擦傷都沒有。我們只是讓她聞麻醉藥讓她睡著而已，說不定她連自己遇到什麼事都不記得呢。說真的，她那麼快就睡著，我們才驚訝。她很習慣被麻醉嗎？」

即使同夥不在，那名女子——不，應該說是少女——依然悠哉悠哉。森小姐，妳打算讓她囂張多久？她可是綁匪、萬惡不赦的綁匪耶。多丸兄弟也是，既然扮成條子，手銬起碼會帶一副吧！

當我下定決心發動抗議時，應該無人乘坐的廂型車側開門從內側打開了。

「真不好玩。」

突然探出頭來的男子，臉上浮現比古泉邪惡版邪惡五倍的笑容。

「這麼簡單就被逮到了，睡美人又說還就還，原本應該要纏鬥久一點的。這樣一來只會產生反效果。」

對方並沒有下車，泰然自若的靠坐在座椅上。是那天的渾小子。別有居心登場的第二位未來人、冷笑邪面郎繼續說：

「這也是規定事項喔。只是對我們來說也是。所以，不能怪我們。」

「請你也離開。」

森小姐用優雅的大姊姊語調說。櫻唇綻放出如毒花般的媚笑。

「還是你想多留一陣子？我們會幫你備好睡床。」

「不用你們雞婆。」

邪面郎低頭看著朝比奈學姊，從鼻子冷哼了一聲，酷似邪眼的眼睛看向我。（註：邪眼，又稱evil eye或魔眼，一旦具有邪眼的人懷著惡意瞪視對方，對方就會受到詛咒。一般說來是魔女的特徵）

「這次的行動不是失敗。單純只是成就歷史上的事實。辛苦了。不管是你或朝比奈實玖瑠。對了，我問你，被當成傀儡舞動四肢，快樂嗎？要是我才敬謝不敏。我最討厭照本宣科，尤其是做已經知道結果的事。」

「哎呀，那樣也很不錯呀。」

綁匪妹說道：

「不然你說，有多少未來是已決定好的？朝著正確的結果不偏不倚地行走，也是需要點技巧的。單單跳舞誰都辦得到，但是要正確跳出指定的舞步就很難了。」

「哼！愛跳就去跳。我根本就不指望你們的辦事能力。」

「是嗎？」

綁匪妹打趣的說：

「我倒是覺得那樣也無所謂。反正我們是志同道合，就繼續通力合作吧！」

憎恨的表情扭曲了五官端正的面孔，邪面郎又再度瞪起我來。我話可說在前頭，我長期接受春日目光的洗禮，你這點程度我才不怕哩。假如你真的想進行視殺戰，我絕對奉陪到底。

似乎領略到我的殺氣，渾小子照樣忿恨不平的說：

「全是蠢貨！每一個都是！我實在是無法理解。你無知得好可怕。」

渾小子握住車門的把手，對我撂下最後一段狠話：

「我會再來的。我和你還得再碰好幾次面。真是愚蠢透頂！可是，那也是我的職責所在。」

他要說的似乎只有那些，一說完就關上車門。

在場的沒人有動作。森小姐臉上仍掛著恐怖的微笑，定睛望著綁匪妹動也不動，我則是因為森小姐的關係，想動也動不了。沒報上名號的無名氏綁匪妹先是面帶微笑站著，後來好像想起什麼似的，走近車子，一口氣打開車門。

就算她不那麼做，我也知道裡面沒人了。車內一個人影也沒有，臉上只差沒寫著「我敵視你」的那個邪面郎已經消失無蹤。管他是空間移動或時間移動，反正那個礙眼怪人從我眼前消失了，是件值得額手稱慶的好事。

「我也要跟各位道別了。」

綁匪妹像是達成任務似的拍了拍手，看著下面的山路。

「就走路回去吧。啊，那輛車隨你們處置。不用還也沒關係。送你們。」

「謝謝。」

森小姐回應之後，終於放開了我的手。我有如擔心留在巢裡的幼鳥的親鳥，往朝比奈學姊飛奔而去。

「朝比奈學姊！」

我扶起她的香肩。微弱的呼吸聲，胸部規律的上下起伏是她活著的證明。我忍不住回頭想對綁匪妹罵國罵，但那名少女已經從山路下到了山崖。

森小姐走到我側邊，湊近朝比奈學姊睡著的粉臉。她將手指按在學姊的粉頸上，鼻子聞了聞學姊的唇邊。

「她沒事。差不多再過兩小時就會醒來。請將她抱上車。」

搬運工裡所當然是我。我早就習慣揹朝比奈學姊了。這同時也是我不想被任何人取代的工作之一。

一回到黑色計程車上，新川先生就以看著愛孫的慈愛目光凝視著朝比奈學姊，對我也投以類似的關注。我讓全身癱軟無力的學姊坐在後座，自己也再當然不過的坐在她旁邊。雖然一時亂了方寸，救回學姊後我只想大喊萬歲。要是真讓他們跑掉的話……不，不用再想下去了，那是不可能的事。

我可以相信規定事項吧，朝比奈（大）。妳會那麼做，就等於這位朝比奈學姊長大成為妳的那段期間是絕對存在的吧？

我的注意力全放在年紀似乎比我小的學姊睡臉，因此沒注意到森小姐隨後也坐上車、也忘了跟多丸兄弟打聲招呼，車子就開走了，直到行駛了好一會兒我才回過神來。

「接下來你想去哪裡？」

森小姐一問，我才明白我乘坐的車正往來程的縣道駛去。

「……請送我到圖書館。」

我想早一步見到長門的表情好安心。回應完後，我就癱在座椅上，疲累程度跟朝比奈學姊有得拼。

本以為將烏龜放生和再度回收就算功德圓滿了，萬萬沒想到還有朝比奈學姊遭綁架的大事件等著我去承受。儘管精神上的疲累已達最高點，我還是緩慢蠕動嘴唇發出聲音：

「森小姐……朝比奈學姊之前也曾被那群人攻擊嗎？像是在我不知道的時候綁架未遂之類的？今後也……」

「這個時代的她沒有被綁架過。」

嗄？那剛才的是……

「這印證了我的推論是正確的。現在時間點的她的確一點事也沒有。這是因為，未來的她當了她的替身。」

森小姐的表情充滿了慈愛。

「朝比奈實玖瑠同學受到許多人的守護。有你、長門有希同學、還有我們……我們也和你一樣，不想將她交給任何人。」

就像我信賴古泉一樣，這個人也是值得信賴的吧。

「其他詳情，可以去問問你那位風華絕代的女侍。我說的是從更遙遠的未來過來的，那位漂亮成熟的大姊姊喔。」

這真是再中肯不過的意見。不用妳說，我也會去問。我吁了一口氣，又開口提問突然想到的問題：

「森小姐，妳是古泉的上級嗎？妳提到他都沒加敬稱。」

森小姐發出呵呵呵、年齡不詳的笑聲道：

「那個沒什麼。就算是同一家公司的同事，在外提到社長時，省略敬稱也是見怪不怪。同樣的，我們也是一樣。」

一聽就知道她是在四兩撥千金，但我對「機關」的階級制度和上下關係沒什麼興趣。我要真的想知道，逼問古泉就行了。儘管他不一定會吐實，就像森小姐一樣。按古泉流的作法，假如他真的想說，沒人問他也會自動說。搞不好這也可稱為是「機關流」。反正再過不久，即使我沒要求，古泉也會滔滔不絕說給我聽。

我就靜靜等待那一刻來臨就好。

我在圖書館前下了計程車，在森小姐的幫忙下，重新將睡美人朝比奈揹起來。

「請多保重，期待他日再相逢。」

森小姐又恢復了女侍時期穩重溫和的笑臉說道。新川先生也是慇懃有如回到管家時期默默行禮，之後兩人就乘著黑色計程車迅速往國道方向北上。古泉帶我去參觀《神人》時，坐在駕駛座上的搞不好就是新川先生喔。下次有機會再問問看。不管是不是，我都要鄭重道謝人家。也要謝謝多丸兄弟他們。

我將朝比奈學姊揹到圖書館玄關，就看到長門在入口外等我。長門站得直挺挺的，似乎一點也不怕冷。在我開口說話前——

「她沒事就好。」

無機質的眼眸轉向臉頰靠在我肩上睡覺的朝比奈學姊的睡臉。

「事情我都聽說了。」

聽誰說的？古泉嗎？

長門緩緩搖了搖頭，又以更慢的速度朝我伸出一隻手。

長門的手上放著一封信。夢幻風插圖旁邊，寫了一個號碼。

#5。

缺號的未來密函，原來是送到長門那裡去了。送件人不用問，我也知道是誰，但長門很爽快的告訴了我。

「朝比奈實玖瑠的異時間同位體。大約一小時前見到的。」

妳果然來過，朝比奈（大）。只不過妳是來找長門。

「她有說什麼嗎？」

「她來拜託我。」

長門淡淡的轉述給我聽，伸出手指，指尖輕觸朝比奈學姊的玉額。

「……嗯唔……呼哇……哇？」

那是魔法指尖。朝比奈學姊睜開了雙眼。

「哇哇！阿虛……咦？我為什麼會被你揹著呢？啊，長、長門同學……」

不顧三味線的意願硬將牠抱起來，就會像學姊現在這樣不安分吧。朝比奈學姊一醒來就開始掙扎，其實我很想再多揹一會兒，但是有長門在看還是先放下來吧。森小姐說的時效只有二小時左右的麻醉藥效，被長門設法解除了吧。只見朝比奈學姊踏回地面的步伐絲毫不見紊亂。

朝比奈學姊的眼角有些泛紅，吊著眼睛看著我。

「請問……我是不是怎麼了？將小烏龜送給那位弟弟之後，之後……啊，對了，有輛車突然停下來……」

在那之後，妳就被迷昏了。我對什麼都不記得的朝比奈學姊據實以告。在聽我述說事情經過時，朝比奈學姊臉一陣白一陣紅，直到我的綁架飛車追逐劇濃縮版落幕，她才出人意表的露出笑臉。

「原來是這樣啊。我也是很有用處的呢。我守護住了現在這個時間點的我，真是太好了。」

學姊樂觀進取的笑容，吹跑了附著在我內心深處的精神疲勞。學姊所言甚是。萬一沒有這位朝比奈（實千瑠）學姊，綁匪說不定會使出更強硬的手段擄走朝比奈（小）。而且是活生生的在春日面前被擄走。就算古泉及其一行人想全力阻止，但是在瞻前顧後下，最後只得不了了之。要是真的演變成那樣，事態可就嚴重了。春日肯定會勃然大怒，古泉一派也不可能坐視不管。可是，這下那群綁匪總該曉得了吧。就算抓走比較無防備的朝比奈（實千瑠）學姊，也不見得會順利。

這一次，我沒有借重長門的力量就救回了朝比奈學姊。要是這次也將長門牽扯進來不知事情會變得如何？那群人應該相當清楚後果。四個臭綁匪是否敵得過一個諸葛長門？值得商榷又令人期待。

「啊，那封信……」

朝比奈學姊的目光停駐在密函#5上。

「那是什麼時候送來的……？」

剛剛，不過是送來給長門。

「送去給長門同學……？」

搧了搧長睫毛，朝比奈學姊小小聲的對嬌小的團員夥伴說：

「長、長門同學。給妳這封信的人，該不會是……啊。」

「不能告訴妳。」

長門直接就拒絕了。樸克臉外星人繼續用道德勸說的語氣：

「總有一天，妳會明白。」

接著又對櫻唇微張，整個人僵住的朝比奈學姊說：

「而且妳自己心知肚明。」

宛若雪人開口在說話，長門一說完，就將連身帽戴上遮住眼睛。

看得出她的眼神裡不是「我不想說」，而是「我不說妳也會懂」的不只有我吧。

夾在兩位悶不吭聲的女團員中間，內心怪不舒服的我，當下決定打開那封信。

#5的內容如下：

『一切都結束了。請轉告在場的朝比奈實玖瑠，要她回到原來的駐留時間點。時間點由你指定。場所也一併順便。隨你處置。』

隨你處置——嗎？真希望這句話能在不同的情況下以不同的意思解讀，一次就好了。當然由朝比奈學姊本人對我說是更好。

算了，想歸想，我也不可能怎樣。那種願望就算實現了，想必我也是什麼都不敢做，只覺得一陣天旋地轉就昏厥過去，昏昏沉沉醒過來才發現是春日把我給敲醒，我苦！所以我從不許太誇張的願望。也不會像春日一樣希望地球自轉變倒轉。不希望成真的願望最好還是封印起來。世界維持現狀就好。

因此，讓朝比奈學姊回到原來的時間點就成了先決條件。我拍拍心已經不知飛到何處去的朝比奈學姊的香肩，拿#5密函給她看。儘管她在意的是寄信人不是內容，但她還是將那封信從頭讀到尾，露出了理解的神情。

「了解。我的任務到此結束了。」

接著又有點落寞的說：

「可是，這樣就變成間接命令了。沒有透過你，我就無法回到原本的時間點。」

不過，那樣的情緒很快就煙消雲散，朝比奈學姊又對我甜甜一笑。

「總有一天，我會表現給你看，我只靠自己也是什麼都辦得到。到時我就是阿虛你們的救星了。雖然不知道那是什麼時候，嗯，一定會的……」

妳的願望會實現的。只要妳沒忘了那個目的意識，以及當時以那個為目標的想法就好。

我看了看手錶，卻沒看進去。

「那麼，關於回去的時間點——」

這位朝比奈學姊出現在清潔工具置物櫃，是距今六天前的下午三點四十五分，當時的她說過自己是從「八天後的下午四點十五分」過來的，所以這位朝比奈學姊的還原時間點應該是距今兩天後的下午四點十五分之後。要是設定在那之前，情況就會和現在有出入。總之要避免同一時間帶有兩位朝比奈學姊就對了。時間差六十二秒左右應該ＯＫ。

「兩天後是星期二吧。設在那天的下午四點十六分如何？那麼一來學姊妳不存在那個時間帶的時間差不多才只有一分鐘。地點也還在同一地點好了。社團教室的清潔工具置物櫃裡面。」

「說的也是……那個時間點的話，只有阿虛在。」

「制服和室內鞋。」

多虧長門的提醒，我才想起來這位朝比奈學姊身上的行頭全是跟鶴屋學姊借來的。她穿來的水手服放在鶴屋學姊家。說到這又想到，待會如果再送朝比奈學姊回鶴屋學姊家，就會超過正午預定再度集合的時間，可是好不容易才救出朝比奈學姊，又不好將她一個人丟在這裡。

「就這麼辦。朝比奈學姊妳就直接穿那樣回到兩天後，制服和室內鞋我今天之內會設法跟鶴屋學姊拿。」

「那就麻煩你了。還有，那個——」

深深一鞠躬的朝比奈學姊，目不轉睛仰望著我，似乎忘了要說什麼似的小口微張，又閉上。是因為長門在場不敢講嗎？

「沒事……了。那件事，呃，等我回去後再說。」

雖然很介意，但似乎不是什麼重要的大事。既然是後天就會知道，現在不知道也無所謂。真希望時間移動機制能當場就啟動，但朝比奈學姊大概也不會讓我有機會拜見那一瞬間。好像得一個人的時候才行。我們一進圖書館，就送朝比奈學姊到女子洗手間。

「阿虛。這幾天真的很謝謝你的幫忙。還有古泉同學和鶴屋同學。」

古泉的話隨時都有機會說，森小姐他們的話下次碰面時再說就可以了。至於解語鶴，相信就算妳不說她也會了解。當然我今天也會跟鶴屋學姊提一下。

「那麼……阿虛、長門同學，後天見。」

朝比奈學姊相當依依不捨，猶豫不決的進去洗手間。聽到廁所門關上的聲音就沒再傳出任何音效。長門靜靜的抬起臉告訴我：

「她從現在的時空消失了。」

結束了是嗎。那只剩下等到兩天後。我陪著長門出了圖書館，深深吐了一口氣。

「長門，妳聽我說，昨天和今天兩天，我見到了有別於朝比奈學姊的未來人，以及和古泉的組織對立的人。」

「是嗎。」

「嗯。所以我在想，妳所說的不同的外星人也已在某處出現。」

「你怕嗎?」

長門以不動的視線詢問我，然後又自個回答：

「我並不怕。」

妳說的對，長門。我也和妳有相同意見。相信朝比奈學姊和古泉也會同意吧。既然我們志同道合，就繼續友好下去吧。

長門一言不發向前行，我也閉上嘴巴繼續走。

心領神會的事用不著特意說出口。這點我清楚得很。ＳＯＳ團不是只有五個個體的團體，乃是一個名為ＳＯＳ團的同心體。這件事我早就心知肚明了，而且也沒有必要對比我還了解的傢伙說。

第七章

車站前，春日一看到我和長門，就像舉著啦啦隊旗似的猛力揮舞著雙手。朝比奈學姊好端端地站在她身邊，隔個幾步有古泉在。春日擁有近乎躁動不安的好心情，朝比奈學姊露出比平常來得更快活的笑容，古泉則對我打了個ＰＡＳＳ，不發一語的用手指撥撥瀏海。

「阿虛、有希你們很悠哉嘛，到哪去鬼混啦？」

春日不懷好意地勾起長門的小手。

「其實是在圖書館裡頭恩愛吧？裡面有不可思議地點的話就還好啦，有沒有啊？」

「有才怪。」

沒有一翻開就會被吸進其中世界的書，也沒人從書裡蹦出來。搞不好翻遍更大更老的圖書館書庫會有一、兩本吧。

「這樣啊，下次再到古書專賣店之類的找找吧。我是想去鶴屋學姊家那個不准外人進入的倉庫裡翻啦，不過祖訓在上就算了。」

春日沒說上哪去就自顧自地踏開步伐，朝比奈學姊跟古泉就像與她心有靈犀似的，掛著滿不在乎的笑容跟上去。我跟長門只得照做。

我清楚得很，就算把「喂！妳要去哪」丟給春日也是白搭。即使目的地不明，她也會大步向前，途中緊急煞車指著腳邊抬頭挺胸地說：「就是這！」吧。SOS團在春日船長掌舵下航向茫茫大海，如果是開船的話還會一路殺到百慕達咧。而這次春日卻只是帶我們到昨天才光顧過的新開張的義大利餐館。

午餐中我瞄了朝比奈學姊幾眼，心中五味雜陳。她用刀和湯匙享用鮮蝦海貝奶油麵的樣子雖讓我安心不少，但是一想到她即將和過去的我度過一段手忙腳亂的時光。我看索性都說出來好了，至少要把遭人綁架的事……

我內心天人交戰還尚未分曉，對面的春日卻粗魯地用叉子戳我的盤緣。

「阿虛你發什麼呆啊？有什麼煩惱的話，有團長給你靠哦。」

她閃爍的雙眸正是活力的象徵。春日就像盯著「在愚人節裡被不入流玩笑給誆了的腦殘」說道：

「對了，還記得你有打電話給我吧？就是那通惡作劇電話啊，你到底想幹嘛？」

「啊，那個啊。」

我得到喝口水的時間後說：

「只是個無聊的玩笑啦。只是一時鬼迷心竅，早知道這麼失敗就不打了，失禮了。」

這瞬間我看了朝比奈學姊一眼，春日也採取同樣行動。朝比奈學姊用一副「咦」的臉停下到口的義大利麵，不過下一刻我和春日又轉回去面面相覷。「是沒關係啦。」春日大發慈悲「下次打惡作劇電話要更有創意哦，有笑點的話加分，集夠多還給你換特製精美小禮物。只不過冷掉的話就準備扣到死吧！記好喔！」

感覺她好像迂迴的要求我打惡作劇電話過去。難不成今後連打普通的聯絡電話也要擠個笑話出來？看著開始苦惱的我，春日和朝比奈學姊用相似的表情偷偷竊笑。

午餐後，春日好似了無遺憾地讓全隊解散。雖然大致聽朝比奈學姊（實千瑠）交代過，不過才上午幾個時辰就準備鳥獸散，看來兩天下來的操勞就連春日也有點吃不消吧。雖然她一直表現出精神奕奕的樣子。

朝比奈學姊抿嘴笑別；長門還是那一號無表情；古泉則是以早就看膩的爽朗態度，各自打道回府。

我晃了一會後叫住了古泉。

「我想跟你道個謝。」

古泉不放在心上地微微笑：

「不敢當。我只是想防範未然罷了，而且也沒有自信說做得多周全。像追車的時候我就顯得多餘。」

巡邏車上作警官打扮的多丸圭一&裕兄弟都是本人嗎？我看連是不是親兄弟都大有問題。

「那說他們只是有時扮成孤島別墅主人兄弟、投資企業老闆兄弟、警察搭檔……的我的同伴不就得了嗎？」

森小姐和新川先生……尤其森小姐的真面目也越來越可疑。

「你的組織，跟朝比奈學姊和長門她們的頭頭有合作關係嗎？」

「並無直接合作，只不過曾幾何時雙方都有了默契，於不知不覺中攜手合作過。已經漸漸轉變成我所不知道的世界，當下離『機關』內部意向的統一也還早的很。」

繼續漫步在巷道裡，古泉聳起一側肩膀說：

「也有部分意見表示，長門同學跟朝比奈學姊只不過是自認為外星人或未來人的可憐少女，外星人或未來人什麼的根本不存在之類的極端論點。」

都到了這地步還要嘴硬啊？附上保證書都行。

「那麼，長門同學魔法般的能力，以及朝比奈學姊的時間移動能力，只不過是因為涼宮同學而觸發，而讓她們深信自己是外星人或未來人——這種看法你覺得如何？」

連這種鬼話都說得出口，那還有什麼不可能？

「搞不好擁有上帝般能力的並不是涼宮同學，而是另有他人吧。」

古泉或許想在一貫的微笑摻點諷刺，然而我只看到他那一如往常的爽朗俊臉。

「颱風眼雖一片晴朗，週邊卻是風雨交加。也許正有人隔岸觀虎，打算從外圍俯視著整個事件的核心也說不定。你也總是忙得團團轉，一個編劇會自己扛那麼累的腳色嗎？」

古泉拿手的迂迴說明又來了，既然欠了他人情就靜靜聽下去吧。不過不能保證全都記在腦子裡，要是辦得到的話我的成績就能稍微像樣點了。

「若要我說句實話，事實上我也漸漸成為少數份子。問我意見歸屬何處的話嘛，我第一個想到的是SOS團。我的感情正強烈地表示，比起『機關』，現在SOS團才是自己所在的團體。所以我也曾經想過，要是『機關』的命令跟SOS團的利益互相衝突的話，我究竟會不會有所掙扎？你懂吧？」

還準備繼續當個長篇大論下的聽眾，偏偏古泉簡述心境後便逕自揮手離去。

我回家坐在鋪滿三味線貓毛的房間地板上，抱胸沉思。朝比奈（實千瑠）學姊的事告一段落，朝比奈學姊（小）的部分才剛起步，換句話說，我還有得忙哩！

未來密函#6仍留在手邊。

『當一切結束後，到公園來——』

＃5已經讓朝比奈（實千瑠）學姊回到原來的時間帶去了，現在只好乖乖照＃6的指示前進。可是此後……

真的都結束了嗎？總覺得還有什麼，卻又說不出個所以然。就像魚乾的刺卡在頭顱裡某個角落一樣。

沒輸入資料的空白腦袋再怎麼榨也無濟於事，只好回頭將朝比奈（大）的信全部重新瀏覽一遍。只是個個都還語焉不明，看不出將來究竟會有何助益，然而——

「沒錯，只有這個例外。」

我手裡的是第三封的指令書。

『請上山去。那裡有塊顯眼的石頭。將石頭往西方移動約三公尺。至於地點，那位朝比奈實玖瑠知道——』

只有這牽扯到春日的行動，SOS團全員在場的也只有此處。白工尋寶團空手而歸，雖早知會有此結果……

把一切都串聯起來只差臨門一腳，只可惜老妹跑進房來叫我吃晚餐，留下缺憾踏出房門，洗個頭後將之前想到的全忘得一乾二淨。把下巴浸到浴缸裡的熱水時，腦海中除了早點睡覺之外什麼也不剩。

好死不死，今日壓軸的指令堂堂登場。只是由春日取代未來人的角色，鞋櫃裡的信也變成老妹手中的電話。

「阿虛電話——春日喵打來的——」

老妹闖入浴室把電話子機塞了過來，我急忙揮手趕人，一邊把話筒湊近耳邊。

「喂——」

『啊，你在洗澎澎啊？』

浴室裡迴蕩著春日的聲音。對啦，不要胡思亂想喲。

『才沒有咧，笨蛋。別管那個，明天一樣車站前集合，知道嗎？』

怎麼現在才說，白天解散的時候說會死喔？

『OK啦，我自己也有點事。』

我可不記得妳把其他人的事當一回事過。

『少廢話！那集合時間就定在下午吧，嗯——兩點整可以吧？可以空手來哦。』

那妳咧？

『那是我的事。記好，明天下午兩點哦，敢不來小心我讓你後悔一輩子。要守時，守時！就這樣。』

春日打電話向來速戰速決。我拿著子機跨出浴缸，用浴巾擦拭身體時心想：

又來了，這次還想怎樣？春日從二月進入萎靡模式以來，節分灑豆、尋寶，連兩天的大搜祕之後，打算來個精采圓滿的大結局嗎？

等等，為什麼朝比奈（實千瑠）學姊沒提過？明天車站集合並不在她講的行程裡。是與她無關，還是完全不知道，難道是刻意隱瞞嗎？

拜託別跟我說根本沒這段歷史啊……

然而在指定時間到指定地點早已成為超乎習性的條件反射，當天下午我抵達車站時，離兩點還有五分鐘，但全員早已到齊的景象，也儼然是更勝冬去春來的一般自然常態了。

天要下紅雨了！春日竟然沒責怪我太慢來，也沒進咖啡廳。一行人浩浩蕩蕩來到公車總站，春日就像押解刑犯一樣把我塞進北上的公車。

朝比奈學姊連打了幾個小呵欠之後趕緊摀住嘴巴，讓人頗為在意；仔細一看，察覺春日也睡眠不足似地不斷揉眼睛。發現被人偷看的春日惡狠狠地瞪了我一眼，噘起鴨嘴把臉別向窗外綠意漸濃的山景。

公車一路駛向山中，和前幾天去鶴屋學姊家的家山挖寶是同一條路。

還在同一站下車，該不會打算用同樣路線爬上鶴屋山山頂吧？

「從這裡是繞遠路哦，這原本就是條小路。這次我們要先繞到南邊再爬上去。」

春日踏著穩健的腳步出發，朝比奈學姊和長門也對二度登山毫不猶豫地隨行。古泉搔了搔下巴說：

「走吧。我們兩個都一樣，人都到這裡了就別想撤退囉。」

古泉說著不明就裡的話，一邊像鴿子咕、咕、咕地乾笑著。

春日繞著山麓外圍朝南邊挺進。我也察覺到目的地究竟為何了，最近這一陣子，連續兩天已經跑了好多趟了。

除了山林以外，僅有乾涸的水田及旱田於眼前伸展開來。第一次是和朝比奈（實千瑠）學姊翻過這條路直往山裡去，第二次則是ＳＯＳ團全體一起從這條路下山。

春日身先士卒作開路先鋒，鑽過最短的獸道，引領全軍到達葫蘆石的位置。

「原來是這樣啊……」

我挪開石頭的那天，朝比奈學姊能夠很確實地帶我上山，原來是已經像這樣來過好幾趟的緣故。

而現在那位朝比奈學姊卻舉步維艱地被春日牽著手走，長門充當跌倒防止員顧在她身後。

不久即抵達目的地，春日飛也似地衝進半山腰的平地，就像看到心儀的椅子一般，一屁股坐到葫蘆石上頭。

「阿虛、古泉，尋寶活動第二彈正式開始！仔細想想，才挖個一天就放棄太沒韌性了，入寶山豈可空手而歸！」

春日露出超陽光炫目笑容，從外套口袋掏出兩支用來種花蒔草的小鏟，往我跟古泉扔來。

「本來想跟上次一樣用鐵鍬來個地毯式搜索，這次就特地用那個放過你們！我們只有一個地方要挖，就是這！」

春日指著正前方，也就是葫蘆石的邊邊。不偏不倚，正是三天前我跟古泉死命挖了兩公尺深的地方。「已經挖過了吧」還來不及出口，春日又開口了：

「找得要死要活東西最後竟然出現在早就翻過的地方，這種事不是常有嗎？寶藏也一樣，要找就要在同一個地點巨細靡遺地找，我說有寶藏就一定有啦。」

春日的自信比開花爺爺的忠犬（註：出自日本民間故事「開花爺爺」，描述有位正直的老爺爺在撿回來的小狗帶領之下，挖出能讓枯萎櫻樹開花的寶物。隔壁的貪婪爺爺想如法炮製卻慘遭失敗）還要過剩。朝比奈學姊也肯定地點頭陪笑，唯有長門連眉梢也不動一下。在這情況下，我也不能拿著鏟子發呆，我終於有點了解古泉的微笑所為何事了。

不過挖著挖著倒也沒花到什麼時間和力氣。之前填回去的土相當鬆軟，用小鏟挖也遊刃有餘，而且才剛插進土裡，前端立刻傳來硬物的觸感。

沐浴在春日的奸笑下，我把土撥開，拿起鏟子戳到的東西。這方盒怎麼看都不像元祿時代（註：1688～1704，經濟繁榮之太平盛世）的古物，倒比較像是仙貝或是餅乾的包裝罐。三天前我和古泉根本沒挖到。肯定是這三天有人埋在這裡的，不過實在沒那個閒功夫去想是誰放的。

「打開看看嘛。」

春日的表情就像麻雀盯著選上小巧衣箱的老公公看一樣。（註：出自日本民間故事「剪舌雀」，描述一個老公公因善待麻雀，受到麻雀報恩的故事）

我抓緊盒子，「鏗」的一聲把蓋子扒開。

「…………」

別說黃金，就連小判也沒半個。不過要說裡頭裝的是寶物，大概也不會有人敢非議吧。

六個用亮麗的包裝紙精美地裹著的小盒子，不用說還打上了緞帶。

然後終於，用「終於」來形容再貼切也不過。

我終於想起今天是幾月幾日了，與其說想，應該說是注意到。對一部分男學生來說，就某方面而言比七月七日還意義非凡的日子。

今天是二月十四日。

也就是情人節。

「我親手做的喲。」

春日側著身子解說：

「昨天我、實玖瑠和有希從早弄到晚，還在有希家熬夜，熬夜耶！本來還想從可可粉開始做的，但感覺實在太異想天開了。所以最後就做成巧克力蛋糕囉！」

包裝上的貼紙有她們手寫的我跟古泉的名字，一人各三張。

古泉放下鏟子，一板一眼地拍了拍手後，拿起一個小盒子。上頭寫著「給古泉同學，實玖瑠」，那可是朝比奈學姊親手做的寶物啊！

春日像機關槍似的開轟：

「對啦！那是人家特地做的啦，做的時候感覺超好玩而且賣力得很喔。不過沒什麼不好。我整個人被這個計畫弄得心神不寧，本來還想笑你們活該中計，那又怎麼樣？搞清楚，都變成這麼廣泛的傳統了，還有人在強調那是商家的陰謀，腦袋有問題啊？好啦好啦，我跟有希跟實玖瑠都弄得很開心啦，本來還想加辣椒進去的說。怎樣啦，你那什麼表情？」

豈敢豈敢，真是感激得痛哭流涕啊。我真的是這樣想。誰叫我直到剛才都把今天這個會讓全國男性同胞引頸期盼的日子給忘得一乾二淨呢？早知道就會準備幾句動聽的花言巧語來應對，這種純粹的突發狀況害得我不知該對這三位女團員說什麼才好。即興來段瀟灑的回禮還是裝害羞矇混對我而言難如登天，大概是我人生經驗還太嫩吧。

身體放鬆下來，有種「謎底全都解開了！」的感覺。二月以來春日的反常，來自未來的朝比奈學姊三緘其口的尋寶真相，還有谷口突如其來的牽拖……

春日也很那個說，明明就一直把怎麼給巧克力這件事放在心上嘛，真是口嫌體正直。在教室大大方方地給不就得了，還假借挖寶的名義掘了個大洞再埋回去，個性說有多彆扭就多彆扭。這麼說來鶴屋學姊也是共犯之一？那張藏寶圖也是唬濫的，春日會輕言放棄也是知道根本就沒寶物埋在那裡。那時候她口中的寶藏是準備到時候再埋進去的，而寶藏——就是我和古泉手上各三個巧克力蛋糕，讓春日從二月開始就忐忑不安，還把朝比奈學姊跟長門牽扯進去。

該怎麼說咧——

超級大白痴！企劃這個的春日跟後知後覺的我都是。

「義理巧克力啦，義理的！應該說勉強算是義理巧克力啦！說真的我實在不想講什麼義理不義理的。巧克力還是巧克力蛋糕都是巧克力嘛。（註：日本繞口令中有句「スモモも桃も桃のうち」，意即李子跟桃子都是桃科的）」

春日聽起來就像秋天草叢裡聒噪的怪蟲一樣，我擠出點力氣抬頭看了看。

眼中是春日怒氣沖天的目光、朝比奈學姊宛如一個淘氣姑娘般優雅微笑，還有長門漠然地看著我的手。

「感激不盡，我會好好享用的。」

被古泉搶先了……只見春日啾起嘴唇說道：

「希望你回家趕快吃掉，最好晚餐前一口氣吃光光！不要拿去神壇上供哦。」

春日霍地一聲又別過頭去，然後快速站起身來。

「可以回家啦，活動結束後不趕快離席的話，回家路上會大塞車哦。超想睡的，我們弄到太陽出來耶！之後還直接跑到這裡埋起來，又回去有希家睡了差不多只有兩個鐘頭。實玖瑠跟有希都一樣呢！」

回程，在站牌等公車時，春日在離我最遠的地方，就像是在注視後天一樣，死命不看我的眼睛。真是的。

我對旁邊的朝比奈學姊低聲耳語：

「妳沒喜歡的人嗎？」

「嗯。」

朝比奈學姊一臉落寞地說：

「就算我喜歡上這裡的誰，哪天回到未來就一定得分手，到時候一定痛不欲生吧……？」

真是無懈可擊的想法，一點反駁的空間都沒有。就算在如此完美的論點下，我仍猶豫著該不該就此乖乖默認。

「那就不要回去嘛。」我說：「這個時代也沒差到哪去吧？當作回娘家一樣偶爾回去未來一趟，把戶籍遷來這就好啦。」

「呵呵，謝謝你。」

朝比奈學姊漸露微笑，令人想一親芳澤的朱唇如花蕾般綻放。

「只不過這裡並不是我出生的時代，我的故鄉在未來。哦不，應該說這裡已經是過去，而我只是個過客。未來才是我的現在、我的家，總有一天要回去的。」

就像是竹林公主一樣，無論獻上何種計策仍於事無補，時辰一到就得離開凡間。因為這兒並不是她的歸屬吧，也許我真這麼想。就算跳到幾百年前，剛開始或許會對一切感到新鮮好奇，但久而久之便會懷念起文明利器。想碰畫面流暢無比的電動、想在便利商店用微波爐加熱雞排便當，想用手機發個沒意義的簡訊或是講超時電話之類的。再怎麼說，還是覺得窩在自己房間睡懶覺殺時間最為愜意。

就算在這個時代能做一樣的事，學姊她還是會覺得有點格格不入吧。她終究身在過去，我能想像一個人若是待在不自然的地方，可能根本靜不下心來。

「啊，可是可是……」

朝比奈學姊慌張地揮動雙手澄清。

「我不是說在這裡不快樂哦。在這過得很有意義，讓人想努力鞭策自己。其實我也很感激阿虛你能一直陪在我身邊。」

這番話真令我喜出望外，乾脆說點什麼來試探她的心意吧！

「那妳回未來的時候……帶我一起去好不好？」

不過這樣的話春日可不會悶不吭聲啊。

「到時候就來個SOS團未來旅行。把春日、長門還有古泉都一起帶去，我保證讓他們沒得抱怨。啊啊，開始覺得搬到未來去也不錯呢。」

「咦？」

妖精般圓潤的雙瞳錯愕地睜了開來。

「不行，絕對不行！那是絕不能觸犯的禁止事項……」

朝比奈學姊臉上的惶恐持續了一會兒，但似乎是注意到我的表情，於是她闔上嘴，細瘦的肩膀開始陣陣抖動。

「嘻嘻嘻，討厭啦，不要開這麼認真的玩笑嘛，嚇死人了。」

「抱歉。」

是啊，這擺明是個玩笑。我必須存在的時代就是現在，儘管至此幾經波折，還在三年前到四年前之間披星戴月穿梭來去；然而此時此刻，SOS團所在的社團教室，仍舊是我必返之地。高中生活還不滿一年，春日她現代的行程裡還有一狗票計畫在向她招手，事實上她也不會有罷休的一天吧。因此，甩開一切逃到未來一事看來還言之過早。

朝比奈學姊隨時都有可能回未來去，但至少她現在還陪在我們身邊，這就夠了。若將愉快時光全都緊密串連，未來的日子也會自然而然地變得有趣吧。學姊曾把時間平面比喻為連續動作圖，如此說來，要是每一頁都在搞笑，那最後一頁絕不會是恐怖情節。我也絕不允許這種鳥事發生，誰又想呢？

我曾一度失去春日與ＳＯＳ團的夥伴，現在她們又重回我的懷抱。當時的決心令我難以忘懷，日後無論遭遇何種困難，或跌或撞都絕不猶豫奮勇向前。我並不是能夠毫不在乎地，將僅僅兩個月前所下定的決心撇得一乾二淨的全方位拆橋高手。只不過請把「唉唉唉」留給我，那是特例。

一句話，不管多麼賤價的自尊，也要稍微貶值之後才能拿去跳樓大拍賣。就算一面喊「唉唉」一面搖頭，只要肯盡全力挺身而出就沒問題，台詞本身實在是無關緊要啦。「春日大笨蛋」也好，「帶我一起去」也罷，像長門一樣保持緘默也沒問題。玩兩人三腳時每個人的腿都得跟夥伴繫在一起，與其單獨一人將三隻腳全包，倒不如五人六腳來得輕鬆寫意。

我在這一個禮拜對以上種種有著深切體會。

那段往返於站前廣場與自家間的日子，也離現在有好一段時間了。春日從頭到尾都偏過臉，背對著我連聲招呼都不打。忿忿然邁開大步的團長殿下，明天究竟會以何種表情在教室出現呢？

我一邊確認收在口袋的小盒子重量，同時向朝比奈學姊與長門道謝。學姊還不好意思地鞠躬說：「對不起，一直瞞著你，因為涼宮同學嚴禁我們說出口……」什麼，春日連長門的口都封得住啊？算了，不無道理，反倒是我竟然忘了這種重大事件才說不過去。這段時間風波不斷，情人節這個字眼簡直就像被我貼上NG牌，不留痕跡地從意識中脫落了。

我回到房間，迫不及待地打開三個小包裹，不過並不打算照春日說的當晚餐吃掉。透明塑膠盒內盛著覆上一層巧克力糖衣的蛋糕。

春日的是圓的，朝比奈學姊是心型，長門的則是星星的形狀。各個表面上都有用白巧克力抹了幾個字。

大剌剌地寫上「巧克力」，跟內容物一個樣的是春日的，長門的則是用明體揮毫「餽贈」二字。朝比奈學姊的則寫著「義理」，一想這不太像她本人的作風時才發現還有下文。從盒底探出臉來的紙巾一角，記有「是涼宮同學要我這麼寫的」這段看似匆忙寫下的話。一邊想像三個人在長門家的廚房手忙腳亂地打拚，順手把三盒小禮物請進了冰箱。啊，要記得囑咐老妹不要隨便偷吃。

隨著夕陽西沉，我踏上鐵馬準備出航。

最後的檢查點在長門的公寓附近，就是公園裡那張長椅。

四下無人的昏暗公園內，被朦朧的路燈照得粉亮的長椅上沒有坐人。停下車，一腳踏進公園後仍不見人影。

我坐在冰冷的長椅上，對著空氣說：

「妳在吧，朝比奈小姐。」

椅背後的常綠灌木叢沙沙作響，我要等的人繞過長椅翩然現身。

「可以坐下嗎？」

那還用說，也許會聊上一陣子。

「呵呵，恐怕我得長話短說呢。」

朝比奈（大）優雅媚麗的身姿確保了我旁邊的座位。穿著冬裝的大人版朝比奈，除了那令人雙目為之融化的美貌外，幾乎與常人無異。

吸滿冬季的寒氣後，我邊吐氣邊說：

「可以跟我解釋清楚嗎？」

「該從哪開始好呢？」

「從我跟小朝比奈像是幫人跑腿似的第一次惡作劇開始。」

就是在地上打釘蓋上空罐，讓某位可憐男子中招送醫院的事。現在說起來好像是塵封已久的往事一樣。

「那是非作不可的嗎？」

朝比奈小姐傾著頭淡淡地微笑說：

「阿虛，你想像一下。不管是幾年前還是幾十年前，要是你能回到過去——」

口吻相當慎重。

「而且能目睹歷史的發生。但是，那歷史卻跟你記憶中的不一樣時，你會怎麼辦？」

「怎麼個不一樣法？」她所說的我聽不懂。

「比如說你現在回溯到去年的今天，那個時候你在哪呢？」

大概蹲在房間打電動吧，記得應該沒有誰送我巧克力因而樂不可支的事情。

朝比奈小姐微微點了點頭。

「試想看看和那段過去不同的狀態。你回到一年前的家，卻發現自己不住在那。連妹妹，父母都不在，根本就是另一個陌生的家庭住在那裡，甚至自己的家人都跟認知中有所差距，在他鄉過著另一種生活的話……」

怎麼可能？

「回到過去，卻發現歷史跟所知的有微妙差異，你知道在未來的我們會怎麼想嗎？如果說過去的歷史必須經常受到來自未來的干涉，不這樣做的話我們的未來就無法形成，而會有所改變……」

朝比奈小姐的聲音漸行漸遠，彷彿在緬懷著什麼似的。

「本來該活下來的人卻死亡的過去；本來已相識的兩人不曾謀面的過去，如果知道放著這些過去不管，我們的未來就永不到來的話……」

那寂寥的微笑又蒙上了一層陰影。

「我就明說吧，那天踢了你放的空罐而受傷的人，會在醫院與某個女性邂逅。之後兩人結為連理生兒育女，延續香火。這全是因為他進了醫院的緣故，除此之外並無兩人見面的歷史。」

眼前突然閃過那男子抬頭看著我跟朝比奈學姊，靦腆微笑的畫面。

「那儲存媒體也是如此，將其中資料以那種狀態傳遞是必需的。某人只是偶然構築了相同的資料，不過那份偶然卻不存在於過去，或許是被抹消了。因此我們才要代為傳遞資料，並盡量佈置成偶發狀況的樣子。」

有人撿到掉在花壇裡的儲存媒體，並偶然寄到正確的地址給那個某人——她繼續說明。

我不知道該做何回應。那絕非偶然，還有那時候出現怪人，把儲存媒體交給我們的事。如果那時他故意攪局的話，事情又會如何演變呢？

「他不會的，那份資料也對他的未來舉足輕重，所以他才來到這個時代。」

朝比奈小姐簡單明瞭地敘述：

「對我們未來人來說，那是必然；對你和收到資料的人來說，那卻是個偶然。時間就是這麼一回事。」

「…………」

頭有點暈，大概是剛才那番話輕鬆突破我的想像可行範圍所造成的。

「那孩子也只是偶然遇見烏龜。他會一直記得從一對男女手中拿到小烏龜，還有當時男子把烏龜丟進河裡所激起的漣漪，以及漣漪隨著流水緩緩而下的樣子。烏龜相當長壽，所以每當他看見那隻烏龜都會想起當時的情境。雖然還摻進很多其他要素，但他將以此為契機，發展出一套基礎理論。」

恐怕——感到頭暈目眩的我想像力卻無限狂飆。或許那位少年將來會成為時光機發明者之類的，千鈞一髮之際搭救他與小烏龜的事件都藉由我的手，使未來起了變化。那位少年以及這世界的未來，就在我無心插柳之下……

某個角落的記憶被冷不防地喚醒。那是校慶數天前，正為了電影最高潮場景忙得死去活來的時候，長門對我說的一句話。

『為了穩定未來，必須輸入正確數值。朝比奈實玖瑠的任務就是調整那個數值。』

現在不是對自己記憶力過人沾沾自喜的時候。這裡最耐人尋味的一句話，就是「為了穩定未來」。無論未來穩不穩定都只有一個吧？這種想法我早已敬謝不敏。

也許吧，但在不很確定的情況下我也無法明確表達。不過我的洞察力搬出了一句話，還拖了個問號在我腦海中打轉。

難道未來不穩定嗎？

也就是說，相對於朝比奈學姊的未來，還有別種未來存在嗎？

這樣的話就說得過去了，但也只有一小撮而已。倘若未來真的分成無數枝節繁衍下去，那麼必然也會分為那個眼鏡弟弟存活跟死亡的未來。只不過我在當時抹煞了後者的可能性。

也就是在我一臂之力下，將一種未來消滅殆盡。

我不知道這是不是正確答案。儘管是脆弱到僅能夠讓那種推論成立、插進「給讀者的挑戰書」只會被罵驢蛋的理論基礎，但是要驅散已成形的妄想恐怕並非易事。想到這我一臉茫茫然無言以對。還有後續嗎？

「分歧點都集中在這段時間帶，雖然大多殊途同歸，但你在這幾天做的事必定會造成分歧，往不同的未來延續下去……」

學姊優美的嗓音變得微弱。

「而最近你會面臨一項重大歧異，將導致強大的未來……如果你選了另一邊，那我們的未來就……呃……可能會有不好的影響。」

身體莫名地僵硬，明明想面對朝比奈小姐的。可惡，臉為什麼轉不過去！

「不過沒關係，因為我相信你。對吧？」

我的意識逐漸模糊，在朦朧中似曾相識的文字和線條如漩渦般交錯糾結。白板上的圖在意識裡環繞著，在漩渦中看見了兩個X。X點會有兩個，那是古泉的假設。

過去是無法被完全抹消的，訂正後的歷史將會覆寫原來的時間帶。

這又喚起我其他記憶。那個落入無限迴圈的暑假，我們已經重複同樣的兩週數萬次了。不過除了長門，大家都只記得最後兩週的事，其他的數萬次形同從未發生過。那麼，這解答不就呼之欲出？

過去是可以被消除的，而事實上存不存在根本不成問題。就算曾存在，沒人發覺的話結果都一樣。所以為了達成目的——

只要消除記憶即可。

十二月十八日到二十一日之間我四處奔波，跳回三年前、被朝倉刺傷等等記憶如果全被抹去，只是單單從病床上醒來的話將會如何？我一定會乖乖聽信古泉的說辭——認為只不過是跌下樓梯撞到頭，喪失了三天份的記憶罷了。

變成文藝社少女的長門、書法社的朝比奈學姊、異常適合綁馬尾的別校的春日，還有一般人化的古泉等，這每項記憶都被消除的話，就用不著在乎時間迴圈或是時光跳躍的整合性了。

但是，如此一來就變得格格不入。

十八日凌晨，在朝倉的攻擊下瀕死的我看著來自未來的我們，讓我再次了解我不得不回到那段時間。能治好發生異常的長門的只有三年前的長門，而執行的則是上個月一月二號的長門。只有這幾件事是必要的。

隨後時間即遭到覆寫——

我覺得全身發冷。春日對此事一無所知，谷口跟國木田也是。知道內情的只有我、長門、朝比奈學姊，還有耳聞此事的古泉而已。

這樣的話，我和春日的立場互換也不無可能。無論我知不知道歷史曾遭人操刀篡改，只要沒那段記憶的話，所謂的「事實」也不會存在。

況且，現在為這些事煩擾的我，也隨時有可能被別的時間軸覆寫過去。現在的自己不復存在，另一個我往不同的未來前進。只因為另一條時間軸的緣故。

病房裡長門所說的話再次浮現。

——消弭你對那件事的記憶。

——誰也不能保證一定會發生。

一週後的朝比奈學姊曾保證這一週內不會遇見自己，所以我也費盡苦心不讓她們碰面。萬一遇上了搞不好也沒什麼大礙。

因為只要把現在的朝比奈學姊記憶消除就沒問題了。之後再回到一個禮拜前的話，見不見面對結局一點影響也沒有。

感覺有種負面情緒從丹田湧上心頭，這和上個月在病床上對資訊統合思念體所感覺到的如出一轍。不過這次矛頭卻是指向朝比奈（大）。

她把過去的自己，也就是朝比奈（小）玩弄於股掌之間，讓朝比奈學姊一直扮演老是手忙腳亂，感覺不大可靠的可愛傻大姐。啊啊，不過我也知道這是情非得已，要讓過去自己的體驗合乎歷史也情有可原。這就是古泉說的未來對過去的對應措施吧。不過，難道不能想想什麼好法子嗎？

束縛著我項上人頭的魔咒終於解開，這個轉頭動作幾乎花了我一個鐘頭。怎知當我想吐露出心中的話時，竟發現旁邊空無一人。

朝比奈小姐從我身邊憑空消失，光線微弱的路燈所照射的長椅上只剩我在唱獨角戲。可是有一個小盒子代替朝比奈小姐靜悄悄地擺在座位上。

一個精心包裝過、打上緞帶的正方形小盒子。

還附上了卡片，透過燈光一看，上頭只有短短一句「Happy Valentine」。是盒隨處可見的巧克力，一點都沒有未來風格的形狀或味道。巧克力的配方到那個時代都沒變動嗎？還是她特地迎合這時代調配的啊？

「可是朝比奈小姐……」

這樣就想打發我？雖然今天妳破例提供資訊，但還是差那麼一點嘛。不想談自己被綁架的事就算了，然而春日的情人節尋寶跟葫蘆石的事，根本就是故意瞞我的吧！沒錯，其中一定有蹊蹺。春日想把巧克力埋哪裡都沒差，究竟有什麼理由一定要埋在葫蘆石那邊？又為何要搬開它呢？

還是說這都在朝比奈（大）的五指山中呢？我從今以後的所做所為，都在妳的規定事項內列得清清楚楚了嗎？

『當一切結束後——』

看來還早，總有一天我會再臨此地，連SOS團員也一起拉來好了。勸妳快想好要怎麼跟古泉和春日解釋吧！再怎麼說我也只能當個小小的觀察員而已嘛。

我立刻打了通電話。

「喂喂？啊，鶴屋學姊是嗎？是我啦。那個，實千瑠學姊已經回自己家了，她託我謝謝鶴屋學姊的照顧，還說跟妳借的衣服一定會還……咦，這樣啊？還有那個，可能後天妳認識的朝比奈學姊會莫名其妙的跟妳道歉，妳就由她去吧。還有她留下來的那件北高制服，明天可不可以幫我帶來學校？對，到我這，在放學前。」

到此為止只是例行報告罷了，鶴屋學姊明快地回我「好哇～～」之後，我調整一下呼吸。

「還有一件事，這才是重點喔。鶴屋學姊家的山，就是藏寶圖的那座山啦。這樣啊，沒問題。想不到春日她會繞那麼一大圈……對啊，我有拿到四個，呃、三個才對。還蠻有趣的。」

我稍微壓下鶴屋學姊震耳欲聾的笑聲：

「關於那張藏寶圖啊，山的南面有一條小路可以從水田旁邊爬上去妳知道嗎？這樣的話就好說了。爬上去之後有一塊平地，妳知道那邊有一塊長得像葫蘆的石頭嗎？真的有啦沒騙妳。從那塊石頭的地方向東三公尺，往下挖看看，搞不好會有什麼哦。」

接著又對滿頭問號的學姊說：

「因為我沒證據，所以也不能百分之百保證。不過應該是有啦。」

倘若我沒有事先移動葫蘆石的話，春日一看到石頭就會以它為準直接叫我們動工開挖吧。然後搞不好會找到什麼原本不會被找到的東西，不該被發現的東西。

而我只不過是抱著石頭往西移動短短三公尺的距離。

隨口回應鶴屋學姊後，我掛上電話。

這是一點小小的抵抗，朝比奈小姐。其實我也不打算耍手段跟妳還是未來搶什麼，不過有時候就是想作怪。

但我還不至於像春日那樣旁若無人啦。

尾聲

翌日，好不容易趕上朝會的我衝進教室，無視結屎面的谷口和調侃同學的國木田，朝座位後頭出聲搭訕。

「喲！還好吧？」

「那當然！」

春日她心懷鬼胎時特有的微笑貓臉（註：愛莉絲夢遊仙境中會隱形的微笑貓）總算回魂啦？哇哦！沒瞪我就算了還咧嘴一笑，看來她也是那種睡一晚就能轉換心情的特異體質。

當預備鐘響時，背後的春日伸長脖子開始跟我咬起耳朵：

「阿虛，我警告你哦。昨天的事不要大嘴巴到處亂說，尤其是谷口他們。要保密哦一定要保密，否則我會很糗……才怪，反正你不要到處張揚就是了。物以稀為貴嘛。」

妳在碎碎念什麼啦，一旦進了我口袋就休想討回去啊，尤其是吃的！

「又沒要你還，緊張什麼。要你還一開始就不會給了啦。先別說這個，放學後還有得忙，你要給我做好心理準備哦。」

收到。其實我一直都閒不下來，要把今天的朝比奈學姊送到八天前，還要去迎接兩天前的朝比奈學姊。現在這落落長的一個禮拜終於安然落幕。

那天午休鶴屋學姊跑到教室來找我，幸好很少沒帶便當的春日去了學生餐廳。我放下吃了一半的便當，往走廊上扯開嗓門大喊「阿虛～！」的學姊跑去。

「換個地方說話。」

學姊一把抓起我的領帶直往樓梯跑，在屋頂門前停下腳步。春日之前也帶我來過這昏暗的樓梯間，雜七雜八的美術用品散落一地的情景一如當時。

「我就直說囉。」

鶴屋學姊試探性地笑了笑，從胸口拿出一疊相片。

「阿虛我問你哦，你怎麼知道那裡有埋東西啊？嚇了我一大跳。」

真的挖到啦？什麼東西啊？

「有夠傻眼的！」

鶴屋學姊將相片展開成扇。

「第一個驚喜是，我挖下去就有一個真～～的超過三百年以上的壺跑出來跟我Say Hello耶！」

學姊遞來的照片上有一個布滿龜裂的陶器，並以某處的白牆為背景。

「確定有三百年以上哦？」

「超～～級確定的啦！我還拿這跑去做同位素定年檢測耶，可是沒想到裡面的東西更讓人嘆為觀止！」

第二張相片照的是一張破破爛爛的和紙，上頭好像有用假名寫成的字，不過我還是看得霧煞煞。唯一看得懂的就只有紙片一端似曾相識的山圖，還有打上小X的地點。山腰上的X是指什麼就不在話下了吧。

「這個啊，真的是鶴屋房右衛門，也就是我的老祖宗寫的喔。大意是『得到這個怪東西後有點不安所以埋在山裡』，時間是元祿十五年。」

春日好像也曾提到說，她那張藏寶圖上寫著相似的話。而那張是謄過的，這張才是如假包換的真跡。

「不過這個房右衛門爺爺也有點散仙散仙，把信跟東西埋一起，要別人怎麼找啊？」

鶴屋學姊笑嘻嘻地指著第三張相片。

「這啥啊？」

影像盡收於相片裡所以不清楚縮小了多少，看來大概是一根十公分左右的金屬棒，而且表面依然閃閃發光，完全不像在地底長眠了三百年之久，仔細一看，上面還刻有像是電路板的線，呈蜘蛛網形放射狀分布。乍看之下雜亂無章，事實上卻有優美的對稱性。這東西真的是江戶時代的裝飾品嗎？

「壺裡就只有那封信跟這個！可是問題來了，根本就沒人相信祖先的時間膠囊會冒出這種東西——」

鶴屋學姊興高采烈地晃著相片說：

「我跟你說哦，這個是鈦銫合金做的耶！」

那真是驚為天人。晚點去找國木田，重新再嚇嚇自己。

「三百年前地球上的科技要搞這種加工根本是天方夜譚。幫我檢定的人說，如果真是幾百年前就有的話，大概就只有超古代文明遺產、或是未來人去到當時的遺留物，要嘛就是來自外星球的宇宙船碎片這幾種可能呢！」

……拜託不要是超古代文明……

「不過，這看起來比較像是某種東西的零件吧？」

鶴屋學姊仔細端詳第三張照片，然後用笑盈盈的臉面向我。

「阿虛你覺得是哪種咧？未來人跟外星人，哪個比較好啊？」

天真無邪的學姊甚至冒出了下面這句話，讓我一時語塞。

「趕快做出決定會比較好喲！」

從刻有鶴屋家印的壺發現的O—PARTS（註：神秘不明裝置、物體）被安置在鶴屋家裡嚴密保管著。有鶴屋學姊拍胸脯保證令人安心不少，不過這也是必然採取的動作吧。先決條件是要躲過春日的耳目，不過我得坦白，事實上本人正飽受某種預感的煎熬。希望事情不至於演變到那種地步，事實上我也不願多想……

總覺得這零件總有一天會派上用場。

該不會太早告訴鶴屋學姊了吧？不告訴任何人，我也不去挖，就這樣放在心底也不失為一種方法。

不過我辦得到嗎？明知道那裡應該埋著什麼不得了的東西，我還能耐著性子裝傻嗎？我的求知慾可是強烈到看到不懂的字眼就非得上網查個徹底，現正熊熊燃燒呢！

而且春日也可能在什麼因緣際會下跑回去挖，能早點回歸鶴屋家所有，對那神秘裝置也算是好事一樁吧。要是有天超古代人、未來人還是外星人突然出現討回，依春日的死個性保證免談。我本來就不希望那傢伙看到這東西，因為那群人搞不好會像朝比奈學姊或長門一樣隱藏身分。與其回到過去讓現在成為未然，不如盡自己所能防範未來的不測，畢竟我還活在當下嘛。

跟鶴屋學姊道別後回到教室，撞見春日正大口偷扒我的便當。

「喂！那是我的耶！」

「我知道啊，我才不會亂吃不認識的人的便當。」

就算是認識的也不可以吃啊！給我吐出來！

「先別管這個。」

春日把筷子放回空便當盒內塞了過來，用奇怪的表情仰望我。

「幹嘛裝那種噁心的表情啊，你在偷笑什麼？」

偷笑？你倒說說看我幹麼偷笑？摸摸自己的臉，才發現春日所言不假，臉部肌肉不知該說是鬆弛還是變形。

「怪臉。」

丟下沒禮貌的兩個字，春日轉過頭去。秀髮隨之舞動，露出小巧玲瓏的耳朵。

這瞬間我好像抓住了什麼頭緒似的。

就是我下意識偷笑的原因。為何還笑得出來，我在這禮拜遭遇多少不測？跟另一位朝比奈學姊閒晃就別提了，還跳出新未來人跟新組織，惹出綁架朝比奈學姊等充滿敵意的麻煩事。和這些傢伙日後還有的攪和，再加上另一派的外星人可能順勢進來參一腳，更雪上加霜的是又在山裡挖到了用途不明的O—PARTS，怎麼看都不是吊兒啷噹傻笑的時候吧？

像那樣的傢伙只是單純的笨蛋，而我可不想加入他們的行列。沒錯，到如今我才了解，之所以沒綳著一張臉是有理由的。

到目前為止我已遭遇諸多不測，日後很可能繼續禍不單行下去。然而現在的我卻完全不為所動，竟感覺不管是何方神聖儘管放馬過來吧。

那是因為我壓根不把這些傢伙放在眼裡？兵來將擋水來土掩，但我可不是一個人孤軍奮戰喔！到時候身邊一定有長門、古泉、朝比奈學姊助陣，還有春日雙手扠腰，叉腿站立地擋在我前面，後頭還有傲視群雄哈哈大笑的鶴屋學姊。管你是敵是友是中立還是共鬥勢力，敢來就全都一起上吧！

蓋上春日還我的便當盒，再用餐巾裹好塞進書包。

說我臉怪，妳看我的表情更怪吧。我剛剛的臉有那麼怪嗎？

「喂，春日。」

「幹嘛？」

我對著皺眉頭的春日說：

「SOS團就煩勞妳費心囉。」

春日一臉錯愕。

「還用你說！」

唇角眉梢頓時高揚，用她獨特的笑容大喊：

「那可是本小姐的團啊！」

放學之後，以為接下來我的工作只剩調換兩位朝比奈學姊就大功告成，差點忘記上午春日「叮嚀」過還有事要忙。其實也稱不上忘記啦，只不過這盛況空前的場面還真是始料未及。

一開始我聽春日說要辦阿彌陀籤抽籤大會，朝比奈學姊要穿巫女服頒獎而已，但這抽籤大會的內容竟然是……

「SOS團遲來一天的朝比奈實玖瑠自製情人節巧克力阿彌陀籤抽籤爭奪大會！參加費一人五百圓！」

至今想起春日舉著擴音器到處宣傳的模樣，仍會對自己的愚鈍不察深感汗顏。

在朝比奈學姊自製巧克力阿彌陀籤抽籤爭奪大會上，要用的紙有一整個捲軸那麼長；儘管向每人「酌收」五百圓參加費，應該還是能輕輕鬆鬆看著大家爭先恐後報名捐獻，笑嘻嘻點收以萬為單位的進帳才對。除了我跟古泉手上的之外，朝比奈學姊好像還做了第三號義理巧克力。我才不會把我的巧克力提供給這種遲早遭天譴的鬼活動咧。

「其實幾乎都是長門幫我做的……」

朝比奈學姊身穿立刻瞬間移動到神社也非常合宜的巫女服，站在中庭草地上，面有愧色地向我吐實。那件不知上哪弄來的巫女服，是春日在班會時間結束後飛也似地把學姊拖進社團教室，強迫她換上的。看來春日對我節分撒豆時不小心說溜嘴的話還耿耿於懷嘛。

在春日的吆喝下，我跟古泉把長桌從社團教室搬下來，一擺在中庭草地上，春日就手拿擴音器開始行動，而長門則是被任命為櫃檯小姐。

不久後男學生們就像被鮮肉引來的殭屍一樣擁向中庭，形成一片黑潮，現場瀰漫著一股令人不禁憂心國家前途的異樣空氣。看到谷口跟國木田也混在裡面，我不由得開始擔心起班上同學的未來。

春日透過擴音器開始疏導大量男學生跟少數幾個女學生形成的人群：

「要報名的到這邊，在有希前面排成一列！繳了五百圓就會發號碼牌，拿到牌子的到古泉那裡，找自己喜歡的位置寫上號碼。一人一條橫線，愛畫哪裡就畫哪裡！」

長門俐落地應付人客，一旁的古泉在B4影印紙上用尺猛畫直線，看來需要多達三位數的直線，光兩三張紙是畫不下的。

我看錶的次數也隨著古泉用膠帶連接影印紙的動作不斷增加。糗大了，再這樣下去鐵定趕不上啊……

朝比奈（實千瑠）學姊四點十六分會回來，要趕在十五分把這邊的朝比奈學姊送過去，還得扣掉把巫女服換成制服的時間。

而現在時針都划過四點了，長門的號碼牌尚未發完，古泉的線也沒畫齊。

朝比奈學姊捧著禮物盒站在一旁，身為吉祥物卻笑得一臉僵硬。這個時節扮成巫女好像滿冷的？不過想這些都無濟於事。在全力計算脫下巫女服換上制服要花多久時，阿彌陀籤總算完成。果然不出所料，幾乎用掉整個捲軸分量的紙，何其壯觀啊！

春日慢條斯理地拿起筆，在數十條直線中隨意挑出一條，底下畫上愛心，之後亂無章法地加上一大堆橫線。

「來吧！可以爬到這個愛心，獲得朝比奈親手作的人情巧克力的就只有一個人！拿到的一定會感動到痛哭流涕！先從右邊開始吧！」

明明從中頭彩的記號爬回來就一了百了，浪費那麼多時間是要我死啊？一抽就中的機率雖低，卻可以慢慢讓整個場子熱起來，真是用心良苦，然而我現在根本沒有這種閒功夫啊啊啊。

對我的焦躁毫不知情的春日，把手提式音響架到桌上並按下播放鍵，一首輕快活潑的主題曲隨即流洩而出。是「天國與地獄」，辦運動會啊？（註：奧芬巴哈（OFFENBACH）作，十九世紀後半歌舞喜劇『地獄中的奧菲歐（Orphee aux Enfers）』中序曲的一部分。在日本是運動會必放曲目之一）

看來必須使出殺手鐧了，抽籤女神就降臨在身邊真是上輩子修來的福氣。

「長門，抱歉。」

我假裝看著仙貝罐裡堆積如山的鈔票和硬幣，坐上鋼管椅把臉湊近紋風不動的櫃檯小姐耳邊懇求。

「拜託讓抽籤一次結束吧，沒時間了啦！」

「…………」

長門原本目不轉睛地看著因冷風和緊張抖個不停的朝比奈學姊，聆聽我的禱告後側目瞄了我一眼，然後不發一語的迅速站起，在春日換上紅筆準備要抽籤前一刻，從旁伸手雲淡風清地補上一筆。

十分鐘後，我揪著朝比奈學姊的小手往社團教室狂奔而去。

「哇啊、阿虛……！會痛啦，到底怎麼了嘛？」

就算被我連拖帶跑的學姊發出陣陣哀嚎，我也顧不得了，只剩不到五分鐘了！

「以後再跟妳解釋，不趕快的話就糟了！」

我單手抱起嬌小的巫女學姊，一步跨過三階樓梯快馬加鞭直往上跑。

不愧是長門，爽快地幫我把抽籤一次搞定。眼看第一位同學竟然不費吹灰之力地抱走大獎，春日和其他人在感到訝異前都難掩失望之情。不過獎品本來就只有一個人會中，拜託各位別放在心上啊。還想繼續HIGH下去的春日把BGM換成「英雄今日得勝歸」（註：韓德爾作，摘自神劇『猶大・馬卡布斯（Judas Maccabaeus）』），接著硬拉56號牌的同學出來，跟朝比奈學姊面對面站好。附帶一提得獎人是位捲髮的可愛一年級女生，她怯生生的羞澀神情令人印象深刻。在莫名的熱絡氣氛下，朝比奈學姊生硬地把巧克力頒給了她，在春日的要求下兩人握手的那一刻，在場全體觀眾突然歡聲雷動拍手叫好，到底是在爽什麼我完全摸不著頭緒。還要等春日用不知哪來的拍立得為她們拍下合照，不過再耗下去麻煩就大啦！

我猛然抓起朝比奈學姊的手不等她發問，連待會用來應付的藉口都沒想就直接往樓上衝，而現在總算到了社團教室門口。

「咦、那個，你這是？……阿虛……？」

冷不防被我架來社團教室，也難怪朝比奈學姊一頭霧水。

「快點換衣服！」

我把衣架上的制服塞到她身上。

「三分鐘內穿好，趕快！」

不知道是被我的氣魄還是猙獰的表情嚇到，只見朝比奈學姊邊抖邊點頭，卻沒動手寬衣的跡象。吼！乾脆我幫妳脫算了！就在我心一橫準備動手時，她那白皙的玉指怯懦地指向門口。

「那個……」

「又怎樣了啦！」

「你先出去一下好不好。」

於一秒內以迅雷不及掩耳之勢奪門而出的我，靠在緊閉的門前頻頻看錶。時間是十二分三十三秒。

「朝比奈學姊妳好了沒！」

「……等、等一下啦！」

可惜現在光注意春日有沒有追來就讓我費神勞心，根本沒有那種閒情對窸窸窣窣的衣物摩擦聲發揮多餘的想像力。

「朝比奈學姊！」

「再一下下……」

下午四點十四分已過，已經等不下去了！我二話不說衝進教室裡。

「哇、阿虛？還沒啦、哇、哇啊！」

朝比奈學姊杏眼圓睜，手擺在水手服的拉鍊上就這樣僵著不動。白衣和褲裙散落一地就是她趕著更衣的最佳證明。不過現在可沒閒功夫收拾。

我雙手掐住她的雙肩，打算趁勢把她壓進清潔工具置物櫃裡去。

「哇！阿、阿虛！」

無視學姊的聲音不分青紅皂白的硬推是我的錯。朝比奈學姊腳下一滑，就這樣順勢被我壓在底下。

「哇啊！不要，不要啦……」

我到底在搞什麼飛機啊。無暇欣賞她癱倒在地柔弱搖首的艷姿，我連忙把身穿水手服的學姊攙起。再用一手將發出巨響的不鏽鋼櫃打開，一把將學姊塞了進去。

「朝比奈學姊，請仔細聽好。請立刻溯行到從現在開始的八天前！不要多問，快點行動！」

淚眼汪汪的她驚魂未甫的說：

「……可是，沒申請的話……」

「拜託妳！沒時間了！」

「八天前嗎？幾點？」

可惡！快想起來啊！那時候到底是幾點幾分？朝比奈學姊到底是跟我說怎樣？因為阿虛叫我到八天前的下午——

「下午三點四十五分！用最快的速度過去！」

「好、好的……咦？」

學姊猶如小動物般天真無辜地望著我，之後雙眼圓睜一手放在頭上。

「還沒申請竟然就下來了。時空座標……八天前，二月七日下午三點四十五分的……這裡？什麼，最優先強制碼……？」

「妳到那邊就會懂了，我應該會在那邊等妳。那邊的事另一個我會幫妳處理，記得幫我向他問好。」

離四點十五分已不到十秒鐘。

我向驚惶的朝比奈學姊點點頭，把清潔工具置物櫃門輕輕關上。隔著不鏽鋼櫃，聽不見她任何聲息。

所謂天理昭彰報應不爽，前面種什麼因，以後就得什麼果，對這種現世報我有種前所未有的強烈感受。現在我會在這裡氣喘吁吁，全都是拜我前天把朝比奈學姊的歸還時間設定在四點十六分之賜；而當時的我完全無法想像現在會搞到如此焦頭爛額，總歸都是我的錯。

「朝比奈學姊？」

我試著對不鏽鋼櫃發出聲音，不過無人回應，我也知道這是白費工夫。況且也不能向八天前的我提出忠告，因為我沒聽說，而學姊也沒講。就算我想說也已經沒時間了。

手錶指出現在是四點十五分過三秒。

靜得出奇，在除了我之外空無一人的社團教室內，只留下風聲和從中庭乘風而來、逐漸模糊的喧鬧聲。還沒散場嗎？

我呆立在清潔工具置物櫃前默默地等著。

磅鐺——！

不是這樣形容也行，反正就是清潔工具置物櫃裡出現異物的聲音。

不用靠呼吸聲也能感覺到裡頭有人。下午四點十六分整，我產生了一種單純的不鏽鋼櫃好像成了古董家具的錯覺。

我打開門，說出準備用來迎接她的台詞。

「朝比奈學姊，歡迎回來。」

身穿跟鶴屋學姊借的長大衣配披肩的她，已經與我睽違了四十八小時。

「啊……那個……」

朝比奈學姊羞紅了臉低下頭，然後慢慢抬起。清澈無瑕的雙眸戰戰兢兢地往上飄移，視線一對上我就吊在那種也不動。

一會兒她浮現了一抹淺淺的微笑，朱唇有如芙蓉含蕊般綻放，幾個字隨之飄送而來。

「……我回來了。」

要是能繼續在這享受跟學姊兩人相對卿卿我我該有多好，可惜現在狀況可一點兒也不允許。得趕快叫她換掉外出服才行，不過托鶴屋學姊送的制服卻遲遲不見蹤影。

沒法子，只好請學姊再次穿起巫女服，而我也再度步出社團教室靠在門上。

話說回來，春日她們怎麼還沒來興師問罪啊？一切順利是很好啦，但順利過了頭反而叫人不安。還有一位現在才捧著紙袋姍姍來遲，早點現身也許我就不用費那麼大勁兒了。

「呀呵～～歹勢啦阿虛，喏，實玖瑠的制服跟室內鞋。想說午休順便給你的，結果不小心忘光光了。」

鶴屋學姊靠近了幾步。

「那之後咧？春日喵好像在中庭搞些什麼，實玖瑠咧？」

學姊對著默默指著社團教室門口的我意有所指的笑了笑，猶如打開自家冰箱般，氣定神閒地轉開門把。

「嗨，實玖瑠。妳在換衣服嗎？啊——那正好。妳順便把這件衣服給帶回去吧。」

接著又對我眨了一隻眼，逕自往門後走去。雖然我只能乖乖的蹲在走廊盯著牆看，不過朝比奈學姊驚慌的臉孔並不難想像。不曉得看過幾百次了。

「讓我幫妳吧！換衣服喔換衣服喔～～！今天是巫女大放送？」

我蹲在走廊邊，耳裡只有朝比奈學姊不知所措的怪叫和鶴屋學姊童稚的嬉笑聲。為什麼借給朝比奈學姊未曾謀面的妹妹的衣服，現在會套在朝比奈學姊身上，鶴屋學姊大概完全不放在心上吧。我和她都心知肚明多做解釋毫無助益，雖然如此依然毫不在意就是鶴屋學姊最偉大的地方。看來在她面前我會一輩子抬不起頭來。

當我露出一臉苦笑時，只見春日帶著長門和扛著長桌的古泉凱旋歸來。看她趾高氣昂踩得地板喀喀作響，還有響得更囂張的收錢罐，若是身在漁船上必定會毫不猶豫地高掛大豐收旗大肆炫耀一番。

「你幹嘛把實玖瑠抓走啊？被噓得很慘耶！」

我是怕她穿那麼薄在外面站太久會感冒啦。況且這也太便宜那些人了，光憑朝比奈學姊的這身特別打扮，就可以收他們五百圓的鑑賞費了！

「是啊，你說的很有道理。應該要留一手才對，物以稀為貴嘛。」

春日竟然爽快地贊同我的話，難道第二彈企劃已經起跑了嗎？

「不過阿虛我真的嚇到了耶，有希她突然主動為大家頒發安慰獎。」

春日拍著長門細瘦的背：

「不是有那種超值包的巧克力嗎？就是有刻英文字母的那種。有希還自己一個一個發給沒抽中的人耶！沒想到她會準備那些東西，幹得好啊有希！妳還真是設想周到。這點子太棒了，這樣一來以後不管辦什麼也會有人衝著安慰獎慷慨解囊吧！」

我心想，應該說是衝著長門才對吧，不過在感激她腦筋機伶之前，還得先謝謝她幫我爭取時間呢。

「…………」

長門微微側身，一副迫不及待回到社團教室埋首書中的樣子。這表情只有我能解讀出來。

這時，社團教室的門從內部打開。

「啊，鶴屋學姊妳來啦？那件衣服是？」

「嗨，春日喵！這是我借實玖瑠的啦。我只是來拿回去的，沒有想要當電燈泡的意思哦！」

鶴屋學姊把長大衣披在肩上，剩下的衣服塞進紙袋裡，鞋子則套在指尖滴溜溜地轉動著。

「春日喵拜拜～！」

「嗯，鶴屋學姊明天見！」

兩人互相擊掌，從頭到尾都目不斜視的鶴屋學姊就這樣消失在走廊彼端。朝比奈學姊和午休說過的事好像從沒發生過，跟她平常的樣子沒啥兩樣。就算我想學也學不來，實在太了不得了！只要有她在鶴屋家肯定是風調雨順國泰民安。

「…………」

長門飄進社團教室，隨性從書架摘下一本書，以行雲流水之勢攤開鋼管椅，逕自沉溺到書中世界去。

春日在一旁斜睨我幫古泉把長桌搬回原處，完全沒注意身穿巫女服的朝比奈學姊一臉好久不見的樣子，自顧自的說：

「實玖瑠！妳看我們海削了這麼一筆軍資，這次大可買上好的茶葉回來好好慶祝一番囉！這次多虧妳立了大功，以如此輝煌功績我決定擢昇妳為ＳＯＳ團副副團長！不用害羞儘管高興吧實玖瑠！」

看著在團長桌裡探著手的春日意氣風發的樣子，我選了最邊邊的座位，精疲力盡地癱在長桌上。

總之就是精疲力盡。終於了解到隨便扯上時間移動，努力讓前因對上後果是多～麼累人的事。就算想責怪誰，也都是自己自作自受，到頭來推卸責任的箭頭還是轉了三百六十度回頭指向自己。未來人都這麼辛苦的啊？看來暫時對朝比奈學姊口風要緊一點。若是對現在的朝比奈學姊造成沉重的精神負荷，她可能會立刻變得跟被人一戳就縮成一團的鼠婦一樣膽怯。（註：日文叫團子蟲，是一種小型陸生甲殼類，又稱為土鱉或潮蟲。牠們不屬於昆蟲。在受到驚擾時會捲成一團）

「讓我分擔一點也沒關係哦，善後處理可是我的拿手好戲。」

古泉在旁邊用只有我能聽到的音量低聲說話，一面拆卡片遊戲的包裝。

「關於涼宮同學的計畫，我好像看出點端倪了。」

我一抬起頭，就和正在細看集換式套牌、一臉笑咪咪的古泉四目相對。「哪種髮型最搭咧？」口中念念有詞的春日把朝比奈學姊押在椅子上，來回玩弄著她的秀髮。任由擺布的學姊眼瞇成一條縫，就像被人梳理著背毛的貓一樣。我邊注視這副景象邊說道：

「你不是說春日跟平常一樣嗎？」

「所以啦，尋寶跟市內搜奇都是平常涼宮同學會做的事啊。倒不如說是她是硬裝得跟平常沒兩樣？沒想到你竟然把情人節忘得一乾二淨，別說是涼宮同學，我看誰也想不到。那是對你我這種男學生來說，就算沒把握能拿到巧克力還是會放在心上的日子啊。當然啦，涼宮同學還以為你會很在意，故意裝做毫不知情。連續兩天市內搜奇就是很明顯的表示，算是一種要讓你焦躁不安一個勁猜想能不能拿到巧克力的作戰計畫吧。」

那直接放在我的鞋櫃或是哪裡不就好了？我的鞋櫃可不是未來人專用信箱啊！

「誰叫涼宮同學就是愛在這種小地方搞怪呢。那樣做的話她一定覺得無聊透頂。更何況那些寶物是我們費盡千辛萬苦才挖到的，發現時自然會更加喜出望外。」

古泉好似在賞玩著他的牌，手邊閒不下來的將其一一排列。

「我玩得很高興哦，難道你不是嗎？」

這算啥？誘導詰問啊？

我還在想要作出何種機智的反應時——

「那邊！阿虛跟古泉！竊竊私語時間結束了！」

大嗓門將昏昏欲睡的朝比奈學姊給嚇醒，也抓住了我和古泉的視線。春日一將手放開朝比奈學姊梳成髮髻的頭——

「那麼，開始講課！」

就磅磅磅地拍擊著白板。

「特別是阿虛跟古泉同學你們要仔細聽好哦！」

春日閃動著有如謀略家般的笑容，擺出一副補習班講師的姿態對著我們這些成績不佳的老實學生說道：

「現在我要講解三月的預定活動項目！」

我端詳著下個月月曆。

「女兒節啊？」

春日瞬間無言。

「……對哦，還有那個。」

還真的忘了。

「我記得啦！要溫故知新才會讓新活動開花結果，我怎麼可能忘記。三月三號嘛，對了，就從空中走廊的最上層撒雛霰（註：雛霰為將米炒膨，再用紅、黃、青、白等色的糖蜜染色而成，在女兒節供奉神明）吧！」

女兒節有這種鬼活動我還是第一次聽說。

「那個先擺一邊，三月不是有另一個絕不能忘的重要節日嗎？」

春日的笑靨，就像用超巨砲型天文望遠鏡，對著銀河中心觀測到的星空般光彩奪目。

「我今天特別要讓阿虛跟古泉同學的腦袋好好記下到時候要準備的事！」

那麼賣力到底是要講什麼？

「就是白色情人節啦！在三月十四日這天，不管在情人節收到的是人情巧克力還是什麼碗糕都要回報三十倍給對方喔！」

總是像匹被人戴上眼罩的野馬一樣往斜前方衝撞的春日，怎麼就偏偏選在對她大小姐有利的時候回歸大眾路線啊？不過三十倍什麼的也算是春日式的通貨膨脹模式在作祟啦。

「有希跟實玖瑠快趁現在說出想要的東西吧！這兩隻會乖乖照辦哦！」

她直指我跟古泉。

「不管想要什麼都會帶回來孝敬妳們哦！白鶴報恩早就老掉牙了，身為現代的人類應該要獻上比布匹還好上千倍的東西過來！」

接著春日氣勢磅礴地笑開了嘴：

「先說給你們參考一下，我想要～的東西啊，是有好幾個候補，但還沒想到要誰當主角，這幾天就會公布，敬請期待！不會故意肖想你們一個月弄不出來的東西啦，放一百二十個心吧！」

春日毫不客氣，大概會學竹林公主那樣，向上門的求婚者提出無法無天的要求吧。我衷心祈禱不要是「邪馬台國畿內說實際物證」或是「蓬萊島出品不老不死超級仙丹」之流的不可能的任務，同時跟春日嗆聲：

「只不過，小心我們尋寶花的力氣也在附帶條件之中哦。」

話才出口就覺得會收到反效果，可惜無力回天。

「沒問題！」

春日眼底散射出炫麗神采，簡直就像封入整座昂宿星團（註：金牛座中重要星團，英文名Pleiades，俗稱「七姊妹」，天氣好時可看到九顆星）似的。

「正合我意！如果是本小姐想要的，就算遠在火星上我也會不辭勞苦把它拿回來的！有希、實玖瑠，妳們也一樣吧？」

看著朝比奈學姊滿臉躊躇，還有長門盯著書頁點頭的模樣，古泉和我不約而同地聳起雙肩，就像事先演練過似的。

後記

未來的自己在做什麼，無法預知，但過去的自己在做什麼，有時連自己也不太了解。與其說是不了解，簡單說就是「那時候在想什麼全忘得一乾二淨」。所以為了避免忘記，是應該要記個備忘錄，但是日後往往看到那個備忘錄也不曉得自己是在記什麼。譬如說——

……我想就上述的感想藉題發揮寫一篇後記，於是就翻出以前的記事本，結果……該怎麼說呢？裡面記載的東西意義不明程度，讓我不得不做出「這早已不是有沒有忘掉的問題。我以前一定是接收到某處的謎樣電波才會自動寫下這種筆記」的結論來自圓其說。基本上，就算留下「百萬根的紅薑傳說」或是「巴甫洛夫的小蝌蚪」諸如此類的記憶殘像，在推理出它真正的意思之前，除了困惑還是困惑。（註：巴甫洛夫（Ivan Petrovich Pavlov，1849～1936）俄國生理學家，曾進行條件反射的研究）

當時的我一定是心想：「只要記下這個字眼，日後回頭看就會想起詳情」，對自己的記憶力信心滿滿。但是在現在的我看來，想不想得起來尚在其次，想不想要想起來才是問題所在。就算想起來了，也一定是無聊的發想，萬一真的是很有趣的東西，又覺得好像輸給了過去的自己，反而更火大。所以我才不想認同自己之前記的那些東西是有意義的。

不管如何，我學乖了，今後在記備忘錄時，會儘可能寫得詳細一點。寫下來是好事，但若是連曾經寫下來都忘了，而且忘了很多次，日後又會給我另一個教訓……

言歸正傳，本作成了涼宮系列中最長的一話。

自「消失」以來，作品中延續得最長的冬天也在這一回劃下句點，之後的作品預定是春神造訪的季節。附帶一提，我最喜歡的季節，是聽得到悠閒的青蛙和忙碌的蟬鳴聲二重奏的初夏時節。一想到有好一陣子氣候不會那麼冷，就很開心。半夜想跑便利商店，也會跑得比較勤。

當然，本系列得以出版到第七集，全要感謝諸多人士的用心牽成與書迷朋友的大力相挺。回顧寫書的立場，從第一本數來，真的像是轉眼雲煙。讓我既驚訝又焦躁，不知各位讀者惠讀拙作後，又覺得如何呢？

本人再度借此一角致上萬分感激，如不嫌棄，希望下一本拙作也能承蒙大家垂愛。

那麼，不久後再會。

谷川　流

Kadokawa Fantastic Novels

灼眼的夏娜1

作者／高橋彌七郎　插畫／いとうのいぢ

ISBN986-729-988-4

電擊遊戲小說大賞受賞作家高橋彌七郎的校園奇幻故事。當平凡的高中男生遇上炎髮灼眼的少女時，他的日常生活被脫軌失序的異世界取代……

灼眼的夏娜2

作者／高橋彌七郎　插畫／いとうのいぢ

ISBN986-718-967-1

存在喪失者悠二，藉由體內的寶具「零時迷子」，得以過著正常人的生活。夏娜想以自己的方式為悠二打氣，可惜一再弄巧成拙。此時，另一名火霧戰士現身了……

灼眼的夏娜3

作者／高橋彌七郎　插畫／いとうのいぢ

ISBN986-174-002-3

貌似柔弱的吉田一美正式對夏娜宣戰！而擾亂她們心緒的悠二，察覺到一片陰影籠罩著天空，這正是「紅世使徒」所釋放出來，名為「搖籃花園」的詭異封絕。

灼眼的夏娜4

作者／高橋彌七郎　插畫／いとうのいぢ

ISBN986-174-028-7

由特殊封絕『搖籃花園』現身的蘇拉特與蒂麗亞，是覬覦夏娜持有的「贄殿遮那」而來的「紅世使徒」。夏娜為了殲滅眼前的敵人，躍向閃耀著詭異金黃色的天空!!

灼眼的夏娜5

作者／高橋彌七郎　插畫／いとうのいぢ

ISBN986-174-064-3

「決定了！我一定要成為火霧戰士！」奇才・高橋彌七郎在本集獻上「灼眼的夏娜」誕生時的精采秘辛，文末還收錄插畫家いとうのいぢ老師的鉛筆草圖集。

灼眼的夏娜6

作者／高橋彌七郎　插畫／いとうのいぢ

ISBN986-174-117-8

本集故事又拉回夏娜與吉田一美爭奪悠二的主軸。兩女之間的戰爭趨於白熱化！當人稱「調音師」的火霧戰士出現在三人面前之際，一切開始運轉。

灼眼的夏娜7

作者／高橋彌七郎　插畫／いとうのいぢ

ISBN986-174-154-2

得知悠二已死的事實，吉田一美絕望地逃離，悠二卻追上前去……另一方面，又一名「紅世魔王」侵襲御崎市，三名火霧戰士對其嚴密防禦竟然束手無策……

Kadokawa Fantastic Novels

涼宮春日的憂鬱
作者／谷川　流　插畫／いとうのいぢ
ISBN986-7427-88-2
第八屆「Sneaker」大賞受賞作。校內第一怪人涼宮春日，組了個「為了讓世界變得更熱鬧的SOS團」，而外星人、未來人與超能力者皆應涼宮的願望出現了？

涼宮春日的嘆息
作者／谷川　流　插畫／いとうのいぢ
ISBN986-7299-20-5
率領SOS團的涼宮春日，這次把歪腦筋動到校慶去了！只要她隨口一句，那些外星人、未來人、超能力者就會吃盡苦頭——
——暴走度NO.1的校園故事再次展開！

涼宮春日的煩悶
作者／谷川　流　插畫／いとうのいぢ
ISBN986-7299-53-1
一無聊就會發動異常能量的涼宮春日，這次又突發奇想，號召SOS團參加棒球大賽、舉辦七夕許願活動、前往孤島合宿……瘋狂SF校園喜劇第三彈！

涼宮春日的消失
作者／谷川　流　插畫／いとうのいぢ
ISBN986-7189-18-3
聖誕節即將來臨的某一天早上，突然變得不太尋常。教室一如往昔，座位也沒有改變，可是涼宮卻不在我後面的座位上…光怪陸離、超脫現實的校園系列第四集！

涼宮春日的暴走
作者／谷川　流　插畫／いとうのいぢ
ISBN986-7189-80-9
當學生的總希望快樂的暑假永遠不要結束。可是當這樣的願望成真時，竟變成一個永無止境的大災難!?「五」入歧途的阿虛苦難系列安可上演！

涼宮春日的動搖
作者／谷川　流　插畫／いとうのいぢ
ISBN986-174-048-1
一向唯我獨尊的涼宮春日，在校慶當天竟然日行一善當起救火隊來……更意外的是，居然有人向長門告白……日本熱賣三百萬部之涼宮系列，第六彈動感上市！

涼宮春日的陰謀
作者／谷川　流　插畫／いとうのいぢ
ISBN986-174-160-7
從8天後過來的朝比奈學姊突然出現在我面前。而且，指派一無所知的她過來這個時間點的人，竟然是我。未來的我到底有什麼陰謀？劇力萬鈞的第七彈登場！

國家圖書館出版品預行編目資料

涼宮春日的陰謀 / 谷川流作；王敏媜、吳松諺譯,
——初版.　——臺北市：臺灣國際角川, 2006
〔民95〕面；　公分——(Kadokawa fantastic nov-
els)
譯自：涼宮ハルヒの陰謀
ISBN 978-986-174-160-4（平裝）

861.57　　95016027

Kadokawa
Fantastic
Novels

涼宮春日的陰謀

（原著名：涼宮ハルヒの陰謀）

2006年12月12日　初版第1刷發行
2023年12月15日　初版第11刷發行

作　者：谷川流
插　畫：いとうのいぢ
譯　者：王敏媜、吳松諺

發行人：台灣角川股份有限公司
總　監：呂慧君
總編輯：蔡佩芬
主　編：林秀儒
編　輯：黎夢萍
設計指導：陳晞叡
美術設計：莊捷寧
印　務：李明修（主任）、張加恩（主任）、張凱棋

發行所：台灣角川股份有限公司
地　址：104台北市中山區松江路223號3樓
電　話：（02）2515-3000
傳　真：（02）2515-0033
網　址：www.kadokawa.com.tw
劃撥帳戶：台灣角川股份有限公司
劃撥帳號：19487412
法律顧問：有澤法律事務所
製　版：巨茂科技印刷有限公司
ISBN：978-986-174-160-4